EXPURGO

SOFI OKSANEN

EXPURGO

Tradução de
Julián Fuks

EDITORA RECORD
RIO DE JANEIRO • SÃO PAULO
2012

CIP-BRASIL. CATALOGAÇÃO-NA-FONTE
SINDICATO NACIONAL DOS EDITORES DE LIVROS, RJ

O36e

Oksanen, Sofi, 1977-
Expurgo / Sofi Oksanen; tradução de Julián Fuks. – Rio de Janeiro: Record, 2012.

Tradução de: Puhdistus
ISBN 978-85-01-09247-2

1. Mulheres – Psicologia – Ficção. 2. Estônia – História – Ocupação soviética, 1940-1941 – Ficção. 3. Estônia – História – 1991 – Ficção. 4. Crimes de guerra – Ficção. 5. Romance finlandês. I. Fuks, Julián. II. Título.

11-5132

CDD: 894.543
CDU: 821.511.111-3

Título original em finlandês:
Puhdistus

Texto revisado segundo o novo Acordo Ortográfico da Língua Portuguesa.

Editoração eletrônica: Abreu's System

Revisão da tradução do finlandês: Pasi Loman

Direitos exclusivos de publicação em língua portuguesa somente para o Brasil adquiridos pela
EDITORA RECORD LTDA.
Rua Argentina, 171 – Rio de Janeiro, RJ – 20921-380 – Tel.: 2585-2000,
que se reserva a propriedade literária desta tradução.

Impresso no Brasil

ISBN 978-85-01-09247-2

Seja um leitor preferencial Record.
Cadastre-se e receba informações sobre nossos lançamentos e nossas promoções.

Atendimento e venda direta ao leitor:
mdireto@record.com.br ou (21) 2585-2002.

as paredes têm ouvidos, e de suas orelhas pendem belos brincos

Paul-Eerik Rummo

PARTE UM

Há uma resposta para tudo;
quem dera soubéssemos a pergunta.
Paul-Eerik Rummo

Maio de 1949

Para a Estônia livre!

Tenho que tentar escrever algumas palavras para manter a razão, para não deixar que a mente falhe. Vou esconder meu caderno aqui sob o assoalho para que ninguém o encontre, mesmo que cheguem a me encontrar. Isso não é vida para um homem. As pessoas precisam de outras pessoas, de alguém com quem conversar. Tento fazer muitas flexões, cuidar do meu corpo, porém já não sou mais um homem — estou morto. Um homem deveria cuidar da casa, mas na minha casa é uma mulher quem o faz. É vergonhoso.

Liide está sempre tentando se aproximar de mim. Por que não me deixa em paz? Ela cheira a cebola.

O que está segurando os ingleses? E quanto aos Estados Unidos? Tudo se equilibra no fio de uma navalha, nada é certo.

Onde estão as minhas garotas, Linda e Ingel? O sofrimento é maior do que eu consigo suportar.

Hans Pekk, filho de Eerik, camponês estoniano

1992
LÄÄNEMAA, ESTÔNIA

A mosca sempre vence

Aliide Trüu observava a mosca, e a mosca a observava de volta. Os olhos da mosca se inchavam, e Aliide sentia náuseas. Uma varejeira. Estranhamente grande, ruidosa e ávida por depositar seus ovos. Parada, esperando para entrar na cozinha, esfregando as asas e as patas contra a cortina, preparando-se para o banquete. Queria carne, nada além de carne. A geleia e todos os outros enlatados estavam seguros, mas não a carne. A porta da cozinha estava fechada. A mosca esperava. Esperava que Aliide se cansasse de persegui-la pela sala, desistisse e abrisse a porta da cozinha. O mata-moscas acertou a cortina. A cortina tremeu, as flores de renda se enrugaram e cravos apareceram do lado de fora da janela, mas a mosca escapou e se empertigou no batente, em segurança, muito acima da cabeça de Aliide. Calma! Era disso que Aliide precisava naquele momento para manter a mão firme.

A mosca a despertara de manhã andando por sua testa, tranquila como se estivesse numa estrada, importunando-a com desdém. Ela se livrara das cobertas e se apressara em fechar a porta da cozinha, que a mosca ainda não cogitava atravessar. Mosca idiota. Idiota e repulsiva.

A mão de Aliide agarrou o cabo suave e gasto do mata-moscas e com ele investiu. O couro rachado acertou o vidro, o vidro tremeu, os grampos da cortina retiniram, e o cordão de lã que a segurava no alto foi parar atrás do dossel, mas a mosca escapou, zombando dela. Embora Aliide tivesse passado mais de uma hora tentando se livrar do inseto, a mosca se esquivara de cada ataque e agora voava perto do teto com seu zumbido pegajoso. Uma varejeira nojenta saída do esgoto. Ela ainda a acertaria. Descansaria um pouco, depois se livraria da mosca e se concentraria em ouvir rádio e preparar as conservas. As framboesas estavam esperando, assim como os tomates, maduros e suculentos. A colheita havia sido excepcionalmente boa naquele ano.

Aliide ajeitou a cortina, aproveitando para abri-la. O jardim chuvoso ressentia seu tom cinzento; os troncos das bétulas agitavam-se encharcados, as folhas se deixavam alisar pela chuva, a grama alta oscilava, gotas caíam da ponta das folhas. E havia algo por baixo. Um vulto. Aliide se retraiu, abrigando-se atrás da cortina. Voltou a olhar para fora, desfez o laço da cortina para que não pudesse ser vista do jardim e prendeu a respiração. Seu olhar desviou das manchas de mosca no vidro e focou o gramado em frente à bétula que fora fendida por um raio.

O vulto se movia e nada nele era familiar exceto seu tamanho. A vizinha Aino certa vez vira uma luz em cima da mesma árvore quando estava indo para a casa de Aliide, mas não tivera coragem de continuar, em vez disso retornara e ligara para Aliide para perguntar se estava tudo bem, se não havia nenhum óvni em seu jardim. Aliide não notara nada de incomum, mas Aino tinha certeza de que havia óvnis diante da casa, assim como na casa de Meelis. Depois disso Meelis nunca mais falou de outra coisa. O vulto, no entanto, parecia ser deste mundo: estava escurecido pela chuva, camuflava-se na vegetação e parecia do tamanho de uma pessoa. Talvez fosse algum bêbado do vilarejo desmaiado em seu jardim. Mas ela não teria ouvido se alguém tivesse feito uma algazarra junto a sua janela? Tinha a audição aguçada. E teria dado para sentir o cheiro dos vapores de álcool mesmo através das paredes. Algum tempo antes um bando de bêbados de uma casa próxima saíra com um trator com gasolina roubada, e fora impossível não ouvir o barulho. Atravessaram o terreno dela várias vezes e quase derrubaram a cerca. Próximo de Aliide, não havia mais nada além de óvnis, velhos e arruaceiros idiotas. A vizinha Aino vinha passar a noite com ela várias vezes quando os garotos aprontavam demais. Aino sabia que Aliide não tinha medo deles; ela os enfrentaria se necessário.

Aliide deixou o mata-moscas que seu pai fizera sobre a mesa e se esgueirou até a porta da cozinha, chegando a colocar a mão na maçaneta, mas então se lembrou da mosca. Estava quieta agora. Esperava que Aliide abrisse a porta. Ela voltou à janela. O vulto ainda estava no jardim, na mesma posição de antes. Parecia uma pessoa: dava para ver o cabelo claro na grama. Estaria viva? O peito de Aliide se apertou; comprimido, o coração começou a bater mais forte. Devia ir ao jardim? Ou isso seria uma estupidez, uma imprudência? Seria o vulto o truque de algum ladrão? Não, não, não podia ser. Ela não fora chamada até a janela, ninguém batera na porta da frente. Se não fosse pela mosca, ela nem sequer o teria notado antes que desaparecesse. Ainda assim. A mosca estava quieta. Ela ouvia. Na cozinha, ativou-se o ruído alto da geladeira, que atravessou a despensa e foi romper também o silêncio do celeiro. Ela não conseguia ouvir o zumbido de antes. Talvez a mosca tivesse ficado no outro cômodo. Aliide acendeu o fogão, encheu a chaleira e ligou o rádio. Falavam das eleições presidenciais e em pouco tempo viria a previsão meteorológica, mais importante. Aliide queria passar o dia em casa, mas o vulto a perturbava, perceptível na periferia da visão também através da janela da cozinha. Tinha a mesma aparência de antes, tal como a de uma pessoa, e não parecia ir a lugar nenhum por conta própria. Aliide desligou o rádio e foi até a janela. Estava tudo calmo, como sempre é calmo no fim do verão em um agonizante povoado estoniano — o galo de um vizinho cacarejava, e isso era tudo. O silêncio era peculiar naquele ano: expectante, mas ao mesmo tempo como a calmaria depois de uma tempestade. Havia algo similar no gramado de Aliide, alto demais, chegando à altura da vidraça. Molhado e mudo, plácido.

Esfregou o dente de ouro, cutucou com a unha o vão entre os dentes — algo estava preso ali — e escutou, mas tudo que ouviu foi o ruído da unha contra o dente, e de repente sentiu um calafrio subindo pelas costas. Parou de cutucar entre os dentes e focou a atenção no vulto. As manchas na janela a irritavam. Limpou-as com um pano, depois jogou o pano sobre a pia, pegou o casaco pendurado e vestiu-o, lembrou-se da bolsa sobre a mesa e a apanhou, procurou em volta algum lugar onde escondê-la e enfiou-a no armário dos pratos. Sobre o armário havia um tubo de desodorante finlandês. Também o escondeu, e pôs a tampa no açucareiro, onde via-se o sabonete Imperial Leather. Só então virou em silêncio a chave da porta interna e a abriu. Parou na entrada, pegou o cabo do forcado de zimbro que lhe servia de cajado, então trocou-o pela bengala industrializada, mas também a abandonou, optando pela gadanha entre as ferramentas disponíveis. Apoiou-a contra a parede por um instante, alisou o cabelo, ajustou um grampo, prendeu algumas mechas atrás das orelhas, apanhou de novo a gadanha, afastou a cortina da porta principal, destrancou-a e saiu.

O volume continuava no mesmo lugar, embaixo da árvore. Aliide se aproximou, mantendo os olhos naquele vulto, mas também atenta à possível aparição de qualquer outro. Era uma garota. Encharcada, enlameada e maltrapilha, mas ainda assim uma garota. Uma garota completamente desconhecida. Uma pessoa de carne e osso, não algum mensageiro do futuro enviado pelos céus. As unhas pintadas de vermelho estavam descascadas. A maquiagem dos olhos escorria pelas bochechas, e os cachos dos cabelos já estavam lisos; nos fios havia pequenas bolhas de laquê, nas quais se grudavam pequenas folhas prateadas de salgueiro. Os cabelos eram grosseiramente pintados de loiro, deixando à mostra raízes escuras e oleosas. Sob a sujeira, no entanto, a pele parecia perfeita, a bochecha branca era quase transparente. A pele do lábio inferior seco estava cortada, e entre os cortes o lábio estava inchado e vermelho como um tomate, reluzente e ensanguentado, fazendo a sujeira parecer um revestimento, algo a ser polido como a superfície fria e lustrosa de uma maçã que estivera exposta ao frio. As pálpebras estavam pintadas de violeta, e nas longas meias pretas e translúcidas havia pequenos rasgos. Não ficavam frouxas nos joelhos; eram justas, boas meias. Com certeza ocidentais. Um dos calçados caíra e jazia sobre a grama. Era uma sandália caseira, gasta no calcanhar, com um forro de flanela desfeito em bolinhas cinzentas. As tiras eram de couro brilhante com fechos de níquel. Aliide já tivera sandálias idênticas. Quando novas, o acabamento era cor-de-rosa e gracioso; o forro era macio e rosa como a pele de um leitão. Eram sandálias soviéticas. O vestido? Ocidental. O tricô era bom demais para vir do outro lado. Só se conseguia algo assim no Ocidente. Da última vez que sua filha Talvi voltara da Finlândia, trouxera sandálias exatamente iguais, com um cinto largo. Talvi dissera que estavam na moda, e pelo menos de moda ela entendia. Aino conseguira uma semelhante no pacote de doações da igreja, embora não lhe fosse nada útil — mas, afinal, era de graça. Os finlandeses eram tão ricos que podiam até doar roupas novas. No pacote também havia uma jaqueta leve e algumas camisetas. Logo seria hora de pegar outro. Mas o vestido daquela garota era bonito demais para ter sido doado. E ela não podia ser da região.

Uma lanterna estava caída ao lado da cabeça. Uma lanterna e um mapa enlameado.

A boca estava aberta, e, inclinando-se, Aliide pôde ver os dentes, brancos demais. Os vãos entre os dentes brancos formavam uma sequência de manchas cinzentas.

Os olhos se agitaram sob as pálpebras.

Aliide cutucou a garota com a ponta da gadanha, mas não houve movimento. Chamados também não produziram nenhum estremecimento das pálpebras, tampouco beliscões. Aliide foi buscar uma bacia com água da chuva acumulada e salpicou alguns pingos sobre ela. A garota se encolheu em posição fetal e cobriu o rosto com as mãos. A boca se abriu num grito, mas saiu apenas um sussurro:

— Não, água não, chega de água.

Então os olhos piscaram e se abriram, e ela ergueu o corpo para se sentar. Aliide se afastou, só por segurança. A boca da garota continuou aberta.

Sem emitir qualquer som. Ela fixou os olhos na direção de Aliide, mas seu olhar histérico não parecia registrá-la. Não parecia registrar nada. Aliide tentou tranquilizá-la repetindo que estava tudo bem, com a voz suave que se usa com animais. Os olhos da garota não demonstraram nenhuma compreensão, mas havia algo familiar em sua boca escancarada. A garota em si não era familiar, mas seu comportamento era, as expressões estremecendo sob a pele de cera sem nunca chegar à superfície, o corpo alerta apesar dos trejeitos vagos. Precisava de um médico, isso estava claro. Como Aliide não queria tentar cuidar dela pessoalmente, cuidar de uma estranha em circunstâncias tão questionáveis, sugeriu que chamassem um médico.

— Não!

A voz soou decidida, embora o olhar ainda estivesse desfocado. Uma pausa seguiu-se ao grito, dando lugar em seguida a uma torrente de palavras, dizendo que ela não fizera nada, que não era preciso chamar ninguém por causa dela. As palavras atropelavam-se, as primeiras sílabas de uma tropeçando nas últimas sílabas da anterior, tudo na cadência de um sotaque russo.

A garota era russa. Uma russa que falava estoniano.

Aliide se afastou ainda mais.

Ela precisava comprar um cachorro. Ou dois.

A lâmina bem afiada da gadanha reluziu, embora a luz solar moderada pela chuva fosse cinza.

O suor brotou no lábio superior de Aliide.

Os olhos da garota começaram a entrar em foco, primeiro voltados para o chão, para uma folha baixa de bananeira, passando a outra folha, afastando-se em direção às pedras do fim do canteiro, à bomba d'água, à bacia embaixo da bomba. Em seguida o olhar se voltou para as pernas da própria garota, para suas mãos, detendo-se por um segundo e logo deslizando para a ponta da gadanha de Aliide, sem subir mais, em vez disso retornando às mãos, aos arranhões, às unhas descascadas. Parecia estar examinando os próprios membros, talvez contando-os, braço, punho e mão, todos os dedos no lugar, depois o mesmo com a outra mão, depois com o pé descalço, os dedos, o tornozelo, a canela, o joelho, a coxa. O olhar não chegou aos quadris, deslocando-se subitamente para o outro pé. Estendeu a mão em direção à sandália, recolheu-a vagarosamente e calçou-a. A sandália entortou e logo se encaixou. Ela recolheu o pé calçado e sem pressa apalpou o tornozelo, não como quem suspeita que esteja torcido ou quebrado, mas como quem não se lembra do formato normal do tornozelo, ou como um cego tocando algo desconhecido. Enfim conseguiu se levantar, mas ainda não olhou para o rosto de Aliide. Estabelecida com firmeza sobre os pés, tocou os cabelos e penteou-os em direção ao rosto, embora estivessem molhados e parecessem viscosos, puxando-os para a frente e escondendo-se, como se os cabelos fossem uma cortina esfarrapada numa casa abandonada que não tinha nada a esconder.

Aliide apertou os dedos em torno da gadanha. Talvez a garota fosse maluca. Talvez houvesse escapado de algum lugar, nunca se sabe. Talvez estivesse apenas confusa, talvez houvesse acontecido algo que a deixara assim. Ou quem sabe ela fosse na verdade a isca de uma gangue russa.

A garota sentou-se no banco debaixo da bétula. O vento jogou os galhos na direção dela, mas a menina não tentou evitá-los, nem mesmo com as folhas batendo em seu rosto.

— Afaste-se desses galhos.

A surpresa tremeluziu nas bochechas da garota. Surpresa misturada com outra coisa — parecia estar se lembrando de algo. Que uma pessoa pode se afastar de folhas que a estão fustigando? Aliide espremeu os olhos. Louca.

A garota se esgueirou para longe dos galhos. Seus dedos agarraram o canto do banco como se tentasse não cair. Uma pedra afiada jazia próxima à mão. Com sorte, ela não seria alguém que se enraivecia facilmente e começava a jogar pedras nos outros. Talvez fosse melhor que Aliide não a deixasse nervosa. Tinha que ter cuidado.

— Agora, de onde exatamente você veio?

A garota abriu a boca várias vezes antes que seu discurso começasse — frases vacilantes sobre Talim e um carro. As palavras corriam como antes, conectando-se umas às outras nos lugares errados, conjugando-se prematuramente e começando a incomodar os ouvidos de Aliide. Não era o discurso nem o sotaque russo, era outra coisa: havia algo estranho em seu estoniano. Embora com sua pele jovem e suja, a garota pertencesse ao presente, suas frases eram esquisitas; vinham de um mundo de papel de algodão, velhos álbuns mofados desprovidos de fotos. Aliide tirou um grampo dos cabelos e o enfiou dentro do ouvido, girou-o e retirou-o e em seguida colocou-o de volta nos cabelos. O incômodo persista. Num lampejo lhe sobreveio um pensamento: a garota não era de nenhum lugar próximo, talvez não fosse nem mesmo da Estônia, mas que estrangeiro conheceria aquele tipo de linguagem provinciana? O padre do vilarejo era finlandês e falava estoniano. Estudara a língua quando fora trabalhar ali, e a conhecia bem, tendo escrito todos os seus sermões e elogios em estoniano, de modo que ninguém mais se dava ao trabalho de reclamar da falta de padres estonianos. Mas o estoniano da garota tinha um sabor diferente, era de outra ordem, amarelado e corroído pelas traças. Tinha um estranho cheiro de morte.

Das frases lentas se depreendia que a garota estava indo para Talim de carro com alguém e que havia brigado com essa pessoa, que batera nela, forçando-a a fugir.

— Com quem você estava? — Aliide enfim perguntou.

Os lábios da garota tremeram por um momento antes de ela murmurar que estava viajando com o marido.

O marido? Então ela era casada? Ou era uma armadilha plantada por ladrões? Para uma isca, ela se mostrava bastante incoerente. Ou seria essa a ideia, despertar compaixão? Ninguém fecharia a porta para uma pobre garota no estado em que ela se apresentava, fecharia? Os ladrões estariam atrás dos pertences de Aliide ou atrás de sua madeira? Vinham roubando a madeira de todo mundo e mandando-a para o Ocidente, e o julgamento da restituição das terras de Aliide não estava nem perto de terminar, embora não devesse haver nenhum problema nesse sentido. O Velho Mihkel acabara sendo julgado por ter atirado em alguns homens que haviam aparecido para cortar árvores em suas terras. Ele não teve grandes problemas: houve algum movimento sub-reptício e a corte judicial entendeu a deixa. O processo de Mihkel para recuperar suas terras estava apenas pela metade quando o maquinário finlandês apareceu de repente e começou a cortar suas árvores. A polícia não quis se envolver no assunto — afinal, como poderiam proteger as árvores do homem a noite inteira, sobretudo se ele não era nem mesmo o proprietário oficial? Então as árvores simplesmente desapareceram, e no fim Mihkel atirou em alguns dos ladrões. Tudo era possível naquele país agora, mas ninguém mais cortaria árvores nas terras de Mihkel sem permissão.

Os cachorros do vilarejo começaram a latir. A garota se assustou e tentou ver a estrada através da cerca, mas não olhou em direção ao bosque.

— Com quem você estava? — Aliide voltou a perguntar.

A garota lambeu os lábios, olhou para Aliide e para a cerca e começou a arregaçar as mangas. Seus movimentos eram desajeitados, mas considerando suas condições e sua história, bastante graciosos. Seus braços machucados se revelaram quando ela os estendeu em direção a Aliide como para provar o que estava dizendo, ao mesmo tempo voltando o rosto para a cerca como se preferisse escondê-lo.

Aliide estremeceu. Definitivamente a garota estava tentando despertar sua compaixão, talvez quisesse entrar na casa para ver se havia algo para roubar. Os hematomas eram reais, no entanto. Aliide disse:

— Parecem antigos. Parecem hematomas antigos.

O frescor das marcas e a ferocidade que sugeriam fizeram brotar mais suor no lábio superior de Aliide. Os hematomas voltaram a ser cobertos, e o silêncio se impôs. Era sempre assim que as coisas aconteciam. Talvez a garota tivesse notado a aflição de Aliide, porque puxou o tecido sobre os hematomas com um movimento rápido e brusco, como se não tivesse percebido até aquele momento a vergonha de mostrá-los. E disse com ansiedade, olhando para a cerca, que a noite fora escura e que ela não sabia onde estava, que simplesmente correra e correra. As frases partidas terminaram quando ela garantiu a Aliide que já estava indo embora. Não ficaria ali para importuná-la.

— Espere — disse Aliide. — Vou trazer um chá de valeriana. — Entrou em casa e, da entrada, voltou a perscrutar a garota. Estava imóvel, sentada no banco. Era óbvio que estava assustada. À distância dava para sentir o cheiro do medo. Aliide percebeu que ela própria tinha começado a respirar pela boca. Se a garota era uma isca, estava com medo das pessoas que a haviam mandado. Talvez Aliide devesse ter medo também, talvez devesse interpretar as mãos trêmulas da garota como um sinal para trancar a porta e permanecer dentro de casa, manter a garota fora, acontecesse o que acontecesse, para que ela fosse embora e deixasse em paz uma senhora de idade. Para que não ficasse ali, espalhando o cheiro repulsivo e familiar do medo. Talvez houvesse alguma gangue por aí, atacando todas as casas. Talvez ela devesse ligar e perguntar. Ou a garota viera especificamente a sua casa? Alguém ficara sabendo que Talvi vinha da Finlândia fazer uma visita? Mas isso já não era tão importante quanto costumava ser.

Na cozinha, Aliide encheu uma caneca de água, à qual misturou algumas gotas de valeriana. Pela janela podia ver a garota, que não se movera um palmo. Aliide tomou ela própria um pouco de valeriana, e uma colherada de remédio para o coração, mesmo não sendo a hora da refeição. Depois voltou a sair e ofereceu a bebida. A garota pegou a caneca, cheirou-a com cuidado, depositou-a no chão, derrubou o conteúdo e ficou assistindo enquanto o líquido era engolido pela terra. Aliide se irritou. A água não era boa o bastante?

A garota garantiu o contrário, mas queria saber o que Aliide tinha colocado na água.

— Só valeriana.

A garota não disse nada.

— Tenho alguma razão para mentir para você?

A garota olhou para Aliide. Havia algo sagaz em sua expressão. Isso perturbava Aliide, mas ela foi buscar outra caneca d'água e o frasco de valeriana na cozinha e entregou-os separadamente para a garota. Ela ficou satisfeita ao sentir o cheiro e se certificar de que era só água, pareceu reconhecer a valeriana e verteu algumas gotas na caneca. Aliide se irritou. Estaria tentando provocá-la? Talvez ela fosse mesmo louca, talvez houvesse escapado do hospital. Aliide se lembrou de uma mulher que escapara de Koluvere, pegara uma camisola e saíra correndo pelo vilarejo cuspindo nos estranhos que passavam.

— Então a água está boa?

A garota sorvia com avidez, deixando escorrer um pouco pelo queixo.

— Ainda agora eu tentei acordá-la e você gritou "não, chega de água".

Claramente a garota não lembrava, mas seus gemidos anteriores ainda ecoavam na cabeça de Aliide, reverberando de um lado para o outro em seu crânio, girando uma e outra vez, remetendo a algo mais antigo. Quando a cabeça de alguém for afundada na água suficientes vezes, o som provocado é surpreendentemente consistente. Esse som conhecido estava na voz da garota. Um lamento sem fim, desesperançado. A mão de Aliide lutava contra ela própria. Doía de vontade de dar um tapa na garota. Cale-se. Saia daqui. Fora. Mas talvez estivesse errada. Talvez a garota tivesse ido nadar e quase se afogara, talvez por isso tivesse medo de água. Talvez Aliide estivesse deixando sua imaginação dominá-la, estabelecer relações inexistentes. Talvez tivesse sido aquela linguagem amarelada, corroída pelo tempo, que lhe provocava esses pensamentos.

— Fome? Você está com fome?

A garota olhou como se não houvesse entendido a pergunta ou como se não lhe houvessem perguntado nada.

— Espere aqui — Aliide comandou, entrando de novo na casa e fechando a porta atrás de si. Logo voltou com pão preto e um prato com manteiga. Hesitara por um momento em relação à manteiga, mas decidira levá-la. Não seria tão avarenta a ponto de não gastar um pouco com a garota. Uma armadilha muito boa, de fato, para pegar alguém como Aliide, que já vira de tudo, tão facilmente. A dor compulsiva na mão de Aliide se alastrou para o ombro. Ela apertou ainda mais forte o prato de manteiga, para assim conter o desejo de bater.

O mapa manchado de lama já não estava sobre a grama. A garota devia tê-lo guardado no bolso.

A primeira fatia de pão desapareceu por completo dentro da boca da garota. Foi apenas na terceira fatia que ela teve paciência para passar manteiga, e ainda assim o fez num arroubo, colocando um naco bem no meio do pão, dobrando a fatia ao meio, pressionando-a para que a manteiga se espalhasse e dando uma mordida. Um corvo grasnou no portão, cães latiram pelo vilarejo, mas a garota estava tão concentrada no pão que os sons não a fizeram pestanejar como antes. As galochas de Aliide brilhavam como velhas botas lustradas. O orvalho subia pelos pés através da grama úmida.

— Então, e agora? E o seu marido? Ele está atrás de você? — Aliide perguntou, observando-a de perto enquanto ela comia. Era fome genuína. Mas aquele medo. Seria apenas o marido que ela temia?

— Ele está atrás de mim. O meu marido.

— Por que você não liga para a sua mãe e pede para ela vir buscá-la? Ou avisa onde está?

A garota balançou a cabeça.

— Bem, ligue para algum amigo então. Ou para algum membro da família.

Ela balançou a cabeça de novo, dessa vez de forma mais violenta que antes.

— Então ligue para alguém que não vá contar ao seu marido onde você está.

Mais balanços de cabeça. Os cabelos sujos se descolaram do rosto. Ela os colocou de volta no lugar e pareceu mais centrada do que maluca, apesar dos espasmos incessantes. Não havia nenhum reflexo de insanidade em seus olhos, embora o tempo todo ela olhasse obliquamente por baixo da sobrancelha.

— Não posso levar você a lugar nenhum. Mesmo que eu tivesse carro, não há gasolina aqui. Sai um ônibus do vilarejo uma vez por dia, mas não é confiável.

A garota garantiu que iria embora logo.

— Para onde você vai? Voltar para o seu marido?

— Não!

— Então para onde?

Com a ponta da sandália, a garota revolveu as pedras do canteiro em frente ao banco. Seu queixo quase encostava no peito.

— Zara.

Aliide se surpreendeu. Era uma estranha apresentação.

— Aliide Truu.

A garota parou de revolver as pedras. Agarrara-se ao canto do banco depois de comer, e agora estava começando a segurar com menos força. Sua cabeça se ergueu um pouco.

— Prazer.

1992

LÄÄNEMAA, ESTÔNIA

Zara busca uma história verossímil

Aliide. Aliide Truu. As mãos de Zara soltaram o banco. Aliide Truu estava viva e parada diante dela. Aliide Truu morava naquela casa. A situação parecia tão estranha quanto o idioma na boca de Zara. Tinha uma vaga lembrança de como conseguira encontrar a estrada certa, a estrada dos salgueiros, mas não conseguia se lembrar se percebera que a encontrara, ou se passara a noite diante da porta sem saber o que fazer, ou se decidira esperar que amanhecesse para não assustar ninguém ao chegar como uma estranha durante a noite, ou se tentara entrar no estábulo para dormir, ou se olhara pela janela da cozinha sem se atrever a bater na porta, ou se sequer pensara em bater na porta ou em qualquer coisa. Quando tentou se lembrar, sentiu uma pontada na cabeça, então se concentrou no momento presente. Não tinha nenhum plano de como se comportar quando chegasse ali, muito menos de como se comportar quando conhecesse bem ali no jardim a mulher que procurava: Aliide Truu. Não tivera tempo de pensar com antecedência. Agora só precisava tentar seguir adiante, aplacar o pânico, embora ele estivesse apenas esperando para irromper a qualquer momento e tomar conta dela. Tinha que parar de pensar em Pasha e Lavrenti, tinha que ousar estar no presente, conhecendo Aliide Truu. Tinha que se controlar. Tinha que ser corajosa. Lembrar-se de como se comportar diante de outras pessoas, pensar em uma atitude condizente com a mulher parada diante dela. O rosto da mulher era feito de pequenas rugas e ossos delicados, mas não deixava entrever qualquer expressão. Os lóbulos das orelhas eram alongados e pedras douradas pendiam deles, suspensas por ganchos. Refletiam o vermelho. As íris eram cinzentas ou cinza-azuladas, os olhos aquosos, mas Zara quase não ousava olhar acima do nariz. Aliide era menor do que ela imaginava, totalmente esquálida. O cheiro de alho que emanava dela era levado pelo vento.

Não tinha muito tempo. Pasha e Lavrenti a encontrariam, disso não havia dúvida. Mas ali estava Aliide Truu, e aquela era a casa. Será que a mulher aceitaria ajudar? Zara tinha de fazer com que ela entendesse rapidamente a situação, mas não sabia o que dizer. Sua mente parecia vazia, embora o pão tivesse clareado seus pensamentos. O rímel irritava os olhos, as meias estavam arruinadas, ela fedia. Fora tão idiota ao mostrar-lhe os hematomas — agora ela pensava que Zara era o tipo de mulher que atraía desgraça ou que pedia para ser agredida. Uma garota que havia feito algo de errado. E se a velha fosse como a *babushka* sobre a qual Katia lhe contara, ou como Oksanka, que trabalhava para homens como Pasha, mandando garotas para a cidade para serem exploradas. Não dava para saber. Em algum ponto no fundo de sua mente havia um riso jocoso, a voz de Pasha lembrando-a que uma garota tão estúpida quanto ela jamais conseguiria se virar sozinha. Uma garota tão estúpida quanto ela só serviria para que lhe dissipassem a gagueira, o desleixo, o mau cheiro; uma garota tão estúpida como ela merecia ser afogada na pia, porque era desesperadoramente estúpida e feia.

Era estranha a maneira como Aliide Truu fixava os olhos nela, apoiada na gadanha, tagarelando sobre a extinção do colcoz, como se Zara fosse uma velha conhecida que passara para jogar conversa fora.

— Não tem mais aquela quantidade imensa de visitantes por aqui — Aliide disse e começou a contar as casas cujos moradores jovens haviam partido. — Todo mundo foi embora de Kokka para construir casas para os finlandeses, e todos os jovens de Roosna saíram para abrir negócios em Talim. O menino dos Voorel entrou para a política e desapareceu em algum lugar de Talim. Alguém deveria ligar para eles e pedir que aprovem uma lei que diga que você não pode simplesmente deixar o campo. Como vamos conseguir fazer com que alguém conserte o nosso telhado por aqui, se não há mais trabalhadores? E é compreensível que os homens não fiquem, uma vez que não há mulheres. E não há mulheres porque não há homens de negócios. E quando todas as mulheres querem estrangeiros e homens de negócios, quem vai querer um trabalhador? A comuna pesqueira do Kaluri Oeste mandou seu próprio espetáculo de variedades para se apresentar na Finlândia, em Hanko, sua cidade irmã, e foi um sucesso, os finlandeses faziam fila para conseguir ingressos. Então, quando o grupo voltou para casa, o diretor distribuiu convites para todos os jovens e todas as meninas bonitas para que fossem dançar cancã para os finlandeses, saiu até no jornal. O cancã!

Zara assentiu, concordando com firmeza enquanto tirava o esmalte das unhas. Sim, todo mundo estava indo atrás de dólares e marcos finlandeses, e sim, antes havia trabalho para todos, e sim, todos são ladrões hoje em dia, fingindo que são homens de negócios. Zara começou a sentir frio, e a rigidez se espalhou para as bochechas e para a língua, o que fez com que seu discurso já lento e hesitante se tornasse ainda mais difícil. As roupas úmidas a faziam tremer. Não ousava olhar diretamente para Aliide, apenas se voltava em sua direção. Para onde estavam se encaminhando? Conversavam como se a situação fosse absolutamente normal. Sua mente já não girava tanto agora. Zara prendeu os cabelos atrás das orelhas, como se assim ouvisse melhor, e ergueu o queixo. A pele parecia pegajosa, a voz soava rígida, o nariz tremia, as axilas e a virilha estavam imundas, mas ainda assim ela conseguia rir um pouco. Tentou reproduzir a voz que por vezes usava, muito tempo atrás, quando cruzava com um velho conhecido na rua ou numa loja qualquer. Uma voz que parecia distante e estranha, completamente incompatível com o corpo do qual saía. Fazia com que se lembrasse de um mundo ao qual não pertencia, de uma casa para onde não podia voltar.

Aliide ergueu a gadanha e passou a falar de ladrões de telhas. Era preciso ficar alerta dia e noite apenas para manter um teto sobre a cabeça. Com os Moisio havia acontecido até de roubarem a escada, além dos trilhos do trem; o único material disponível era madeira, porque todo o resto havia sido roubado. E a subida dos preços! Kersti Lillemäki dissera que preços assim eram um indício do fim do mundo.

E então, no meio dessa conversa, uma pergunta surpreendente:

— E você? Tem emprego? Para que tipo de trabalho servem essas roupas?

Zara voltou a entrar em pânico. Percebeu que precisava de uma explicação para seu estado, mas qual podia ser? Por que não pensara nisso antes? Seus pensamentos lhe escapavam como animais de longas patas, impossíveis de alcançar. Todo tipo de mentira a desertou, esvaziou sua mente, esvaziou seus olhos e ouvidos. Tentou desesperadamente articular as palavras em uma frase, disse que era garçonete, e ao olhar para as próprias pernas lembrou-se das roupas ocidentais e acrescentou que trabalhava no Canadá. Aliide ergueu as sobrancelhas.

— Tão longe. Você ganhava bem?

Zara assentiu com a cabeça, tentando encontrar algo mais para dizer. Quando assentiu, os dentes começaram a bater e se fecharam como uma garra. A boca estava cheia de muco e dentes sujos, mas não havia uma palavra sensata. Queria que a mulher parasse de interrogá-la, mas Aliide queria saber o que Zara estava fazendo ali se tinha um trabalho tão bom no Canadá.

Zara respirou fundo, disse que viera a Talim de férias com o marido. A frase soou bem, seguindo o mesmo ritmo das falas de Aliide. Começava a pegar o jeito. Mas e quanto à história? Qual seria a história mais apropriada? O começo de uma história que ela acabara de inventar estava lutando para escapar, e a mente de Zara arremeteu atrás dele e o agarrou pelas patas. Fique aqui. Ajude-me. Pouco a pouco, palavra a palavra, me dê uma história. Uma boa história. Dê-me o tipo de história que faça com que ela me deixe ficar aqui, em vez de chamar alguém para vir e me levar embora.

— E quanto ao seu marido? Ele estava no Canadá também?

— Estava.

— E vocês dois estão de férias?

— Isso.

— Daqui vocês pretendiam ir para onde?

Zara encheu os pulmões de ar e se saiu bem ao dizer de um só fôlego que não sabia. E que uma falta de dinheiro dificultara ainda mais as coisas. Não devia ter dito isso. Agora, claro, Aliide pensaria que ela estava interessada em sua carteira. A armadilha estava dando errado. A história fugia. O bom começo escapava. Agora Aliide nunca a deixaria entrar, e nada de bom resultaria de todo aquele esforço. Zara tentou pensar em alguma coisa, mas todos os pensamentos se esvaíam assim que nasciam. Tinha que lhe contar algo: se não sua história, então outra coisa, qualquer coisa. Procurou algo para dizer sobre os montes de terra erguidos por toupeiras que se enfileiravam bem perto da casa, sobre os ninhos de abelhas espiando das macieiras carregadas de frutas, sobre a pedra de amolar do outro lado do portão, sobre o mato debaixo de seus pés. Caçava algo para dizer como um animal faminto caçando a presa, mas tudo escapava de suas inábeis mordidas. Logo Aliide notaria seu pânico, e quando isso acontecesse, ela pensaria: há algo de errado com essa garota. Assim terminaria tudo, estaria tudo arruinado; Zara era tão estúpida quanto Pasha dissera, sempre estragando tudo, uma garota estúpida, uma idiota incompetente.

Observou Aliide, mesmo já não tendo os cabelos como cortinas a separá-las. Aliide aproveitou para inspecionar seu corpo. A pele de Zara estava imunda, cheia de lama e sujeira. Precisava era de sabonete.

1992
LÄÄNEMAA, ESTÔNIA

Aliide prepara um banho

Aliide pediu que a garota se sentasse numa cadeira bamba da cozinha. Ela obedeceu. Seu olhar vagou e foi descansar na lata de sal deixada entre as vidraças durante o inverno, como se para ela aquilo fosse um grande mistério.

— O sal absorve a umidade. Assim as janelas não embaçam no frio.

Aliide falou devagar. Não tinha certeza de que a cabeça da garota estivesse funcionando a pleno vapor. Embora ela houvesse se recuperado um pouco lá fora, pousara as sandálias no interior da casa com muito cuidado, como se o chão fosse feito de gelo e pudesse não suportá-la, e quando chegara à cadeira estava ainda mais fechada e retraída do que antes. O instinto de Aliide lhe dissera para não deixar a garota entrar, mas ela estava num estado tão deplorável que não havia opção. Assustou-se de novo quando se inclinou para trás e a cortina da cozinha roçou seu braço. O susto fez com que voltasse a se inclinar para a frente, a cadeira oscilou, e ela teve que se remexer para manter o equilíbrio. A sandália chiou ao deslizar pelo piso. Quando a cadeira se firmou, seu pé parou de deslizar e ela agarrou a beirada do assento. Colocou os pés sob si mesma e abraçou as próprias costas e os ombros curvados.

— Vou pegar alguma coisa seca para você vestir.

Aliide deixou aberta a porta para o quarto da frente e vasculhou o armário, revolvendo as roupas leves e os vestidos caseiros. A garota não se moveu; permaneceu empoleirada na cadeira, mordendo o lábio. Sua expressão voltava a ser a que fora no início. Aliide sentia náuseas. A garota iria embora logo, mas não antes que elas descobrissem para onde devia ir, e não antes de tomar algum remédio. Elas não ficariam ali sentadas esperando outra visita: o marido ou quem quer que fosse. Se ela não era a isca de ladrões, então era a isca de quem? Dos moleques do vilarejo? Seriam capazes de fazer algo tão elaborado? E por quê? Só para atormentá-la, ou haveria algo por trás? Mas os moleques do vilarejo certamente não usariam uma garota russa — nunca.

Quando Aliide voltou à cozinha, a garota ergueu os ombros e a cabeça e virou-se para ela, mas seus olhos se desviaram. Não queria aceitar as roupas, disse que queria apenas uma calça.

— Calça? Não tenho nenhuma que não seja de moletom, e teria que ser lavada, com certeza.

— Não tem problema.

— Eu uso para trabalhar lá fora.

— Não tem problema.

— Tudo bem!

Aliide foi procurar a calça que estava pendurada na entrada ao mesmo tempo em que ajeitava a própria calcinha. Estava usando duas, como de costume, conforme fazia todos os dias desde aquela noite na prefeitura. Também experimentara calças algumas vezes. Por um momento elas haviam feito com que se sentisse mais segura, mais protegida, mas as mulheres não usavam calças naquela época. Mais tarde, apareceram mulheres de calça até no vilarejo, mas a essa altura ela já estava tão acostumada às duas calcinhas que não desejou usar calça comprida. Mas por que uma garota de vestido ocidental iria querer calças de moletom?

— Esta aqui foi feita depois que Marat comprou aquelas máquinas japonesas de costura — disse Aliide, rindo, ao voltar para a cozinha. Depois de uma pausa mínima, a garota esboçou um risinho. Um riso breve, engolido de imediato, do tipo que as pessoas soltam quando não entendem a piada mas não ousam admitir, então acompanham o riso dos outros. Ou talvez não fosse uma piada para ela. Talvez ela fosse tão jovem que não se lembrasse de como eram as roupas de Marat antes das novas máquinas. Ou então Aliide estava mesmo certa em presumir que a garota não era estoniana.

— Mais tarde lavamos e remendamos o seu vestido.

— Não!

— Por que não? É um vestido caro.

A garota apanhou a calça das mãos de Aliide, despiu as meias, vestiu a calça, desfez-se do próprio vestido e em seu lugar pôs um dos vestidos caseiros de Aliide. Antes que a mulher pudesse detê-la, lançou o vestido e as meias no forno. O mapa caiu sobre o tapete, e a garota o recolheu apenas para atirá-lo ao fogo junto com as roupas.

— Zara, não há nada com que se preocupar.

A garota parou diante do forno como para encobrir as roupas em chamas. O vestido que agora trajava estava mal abotoado.

— E o banho? Vou esquentar um pouco d'água — disse Aliide. — Não há nada com que se preocupar.

Aliide andou devagar em direção ao forno. A garota não se moveu, piscando os olhos atormentados. Aliide pegou a chaleira, segurou a mão da garota e a conduziu até a cadeira; pousou um copo de chá diante dela e voltou para o forno. A garota se virou para observar seus movimentos.

— Deixe que queimem — disse Aliide.

As sobrancelhas da garota já não se contorciam. Começou a tirar o esmalte das unhas, concentrando-se em um dedo de cada vez. Isso a acalmava? Aliide foi buscar na despensa uma tigela de tomates, que pôs sobre a mesa, espreitando a ratoeira armada ao lado da pilha de pepinos, inspecionando o livro de receitas e os potes de vegetais misturados que deixara no balcão para que esfriassem.

— Vou enlatar os tomates e as framboesas de ontem. Você poderia ver o que está tocando no rádio?

A garota pegou uma revista e a pousou ruidosamente sobre a toalha de mesa. Com o movimento, derramou o copo de chá sobre a revista, assustando-se e saltando para distanciar-se, olhando o copo e Aliide sucessivamente, já começando a pedir desculpas pela bagunça, mas se confundiu com as palavras. Depois tentou nervosamente limpar tudo, procurou um pano, secou o piso, o copo e as pernas da mesa, depois tentou enxugar o já sujo e áspero tapete.

— Não tem problema.

O pânico da garota não arrefeceu, e Aliide teve de acalmá-la outra vez: não tem problema, não há nada com que se preocupar, é só um copo de chá, deixe estar, por que você não vai buscar a tina no quarto dos fundos, deve ter água quente suficiente agora. A garota precipitou-se, ainda com uma expressão de desculpas, e levou para a cozinha a tina de zinco, apressando-se de um lado para o outro para enchê-la de água quente e água fria na proporção desejável. Manteve a cabeça baixa; as bochechas estavam vermelhas, os movimentos eram suaves e conciliatórios. Aliide apenas a observava, uma garota adestrada como poucas. Um adestramento desses requeria uma boa dose de medo. Sentiu pena dela e, ao entregar-lhe uma toalha de linho decorada com padrões de Lihula, por um instante segurou a mão da garota na sua. A garota se assustou de novo, tentou retrair os dedos e afastar a mão, mas Aliide não a deixou escapar. Teve vontade de acariciar a mão da garota, mas ela parecia ter aversão a ser tocada, de modo que apenas repetiu que não havia nada com que se preocupar. Ela devia apenas se lavar com calma, depois vestir roupas secas e beber alguma coisa. Talvez um copo de água gelada com bastante açúcar. Que tal se ela preparasse o copo agora mesmo?

Os dedos da garota se esticaram. O medo começou a se dissipar, o corpo sossegou. Com cuidado Aliide soltou a mão da garota e preparou a tranquilizante solução de água com açúcar. Com o copo tremendo entre as mãos a garota bebeu, um redemoinho líquido de cristais de açúcar. Aliide a encorajou a entrar na tina, mas ela não se atreveu até que Aliide concordasse em esperar no outro quarto. Deixando a porta entreaberta, ela pôde ouvir o barulho da água respingando, seguido de um suspiro suave e infantil.

Não sabia ler em estoniano. Sabia falar, mas não ler. Por isso passara as páginas da revista tão nervosamente e derrubara o copo, talvez de propósito, para impedir que Aliide percebesse que ela era analfabeta.

Aliide espiou pela fresta da porta. O corpo machucado estava esparramado na tina. O cabelo emaranhado nas têmporas se destacava como um ouvido extra.

1991

VLADIVOSTOK, FEDERAÇÃO RUSSA

Zara admira meias brilhantes e prova um pouco de gim

Um dia, um Volga preto encostou diante de sua casa. Zara estava parada nos degraus quando o carro parou, a porta se abriu e um pé vestindo uma meia resplandecente emergiu e tocou o chão. De início Zara teve medo — por que haveria um Volga preto diante de sua casa? —, mas esqueceu o susto quando o sol atingiu a canela de Oksanka. As *babushkas* se aquietaram no banco ao lado da casa e fixaram os olhos no brilho metálico do carro e na perna deslumbrante. Zara nunca vira algo assim, aquela cor de pele não parecia nem um pouco a cor de uma meia, mas a luz reluziu na superfície da perna de tal maneira que devia haver algo ali, não podia ser uma perna nua. Era como se tivesse um halo, como a Virgem Maria, Mãe de Deus, inteiramente cercada de luz. A perna terminava no tornozelo e no sapato de salto alto, e que sapato! O salto era fino no meio, como uma delgada ampulheta. Já vira Madame de Pompadour usando sapatos como aqueles em velhos livros de história da arte, mas o sapato que emergiu do carro era mais alto e mais delicado, com uma ponta que se estreitava gradualmente. Quando o sapato se firmou na estrada empoeirada e o salto pousou em uma pedra, mesmo da entrada ela pôde ouvir o som de algo se rasgando. Então o resto da mulher desceu do carro. Oksanka.

Dois homens trajando casaco preto com grossas correntes de ouro em volta do pescoço desceram dos bancos da frente. Não disseram nada, só pararam ao lado do carro e observaram Oksanka. E havia muito a observar. Ela era linda. Zara não via sua velha amiga havia muito tempo, desde que ela se mudara para Moscou para ir à universidade. Recebera alguns cartões enviados por ela e uma carta que dizia que ela estava indo trabalhar na Alemanha. Depois disso não recebera mais notícias até aquele momento. A transformação era impressionante. Os lábios de Oksanka reluziam como os de alguém numa revista ocidental, e ela vestia uma estola de raposa marrom claro, não da cor de uma raposa e sim da cor de café com leite, ou as raposas teriam mesmo essa cor?

Oksanka veio em direção à porta da frente e ao ver Zara parou e acenou. Na verdade, parecia mais que estava arranhando o ar com as unhas vermelhas. Os dedos estavam levemente dobrados, como se ela estivesse pronta para coçar. As *babushkas* se viraram para ver Zara; uma delas ajustou o xale em volta do pescoço, a outra acolheu a bengala entre as pernas, uma terceira segurou a bengala com as duas mãos.

A buzina do Volga ressoou.

Oksanka aproximou-se de Zara. Subiu a escada sorrindo, o sol brincando nos dentes brancos e limpos, e estendeu as mãos em garra em um abraço. A estola de raposa tocou a bochecha de Zara; seus olhos de vidro a olharam e ela os olhou de volta. O olhar parecia familiar, pensou por um momento, depois percebeu que os olhos da avó às vezes tinham aquela aparência.

— Senti tanto a sua falta — sussurrou Oksanka. Um brilho pegajoso transbordava de seus lábios e parecia que seria difícil apartá-los, como se ela tivesse que rasgar a boca toda vez que a abria.

O vento empurrou um dos cachos de Oksanka até os lábios, ela o afastou, e o cacho se arrastou por sua bochecha, deixando um rastro vermelho. Havia linhas similares no pescoço, como se ela tivesse sido atingida por uma vara fina. Quando Oksanka apertou sua mão, Zara sentiu as unhas, pequenas punhaladas em sua pele.

— Você precisa ir ao salão, querida — Oksanka disse rindo, despenteando os cabelos. — Uma cor nova e um estilo decente!

Zara não respondeu.

— Ah, sim, eu lembro como são os cabeleireiros daqui. Talvez seja melhor você não deixar que toquem no seu cabelo. — E riu de novo. — Vamos tomar um chá.

Zara levou Oksanka para dentro. A cozinha comunal silenciou enquanto elas passavam. O piso rangeu, mulheres vieram à porta para olhá-las. As sandálias baixas de Zara chiaram enquanto ela andava sobre a areia e as sementes de girassol. Os olhares das mulheres fizeram-lhe cócegas nas costas.

Deixou que Oksanka entrasse no apartamento e fechou a porta. No quarto escuro, Oksanka brilhava como uma estrela cadente. Seus brincos resplandeciam como olhos felinos. Zara puxou as mangas do casaco sobre as costas avermelhadas das mãos.

Os olhos da avó não se moveram. Estava sentada no lugar habitual, olhando pela janela. A cabeça parecia negra à contraluz. A avó nunca saía daquela poltrona, apenas olhava pela janela em silêncio, dia e noite. Todo mundo sempre tivera um pouco de medo da avó, até mesmo o pai de Zara, embora estivesse bêbado o tempo inteiro. Quando enfim ele enfraqueceu e morreu, Zara e a mãe voltaram a morar na casa da avó. A avó nunca gostara do pai e sempre o chamava de *tibla* — lixo russo. Mas Oksanka estava acostumada à avó e logo correu para cumprimentá-la, tomando sua mão e falando em tom agradável. Talvez a avó tenha até rido. Quando Zara começou a limpar a mesa, Oksanka vasculhou sua bolsa, encontrou uma caixa de chocolate que brilhava tanto quanto ela e deu de presente para a avó. Zara preparava a chaleira quando Oksanka postou-se ao seu lado e lhe entregou uma sacola de plástico.

— Tem todo tipo de coisinhas aqui.

Zara hesitou. A sacola parecia pesada.

— Pegue. Não, espere um minuto. — E tirou uma garrafa da sacola. — Isso é gim. Será que sua avó já tomou algo como gim? Talvez seja uma experiência nova para ela.

Pegou copos da prateleira, encheu-os e levou um para a avó. A avó cheirou a bebida, abriu um sorriso, riu e despejou o conteúdo na boca. Zara a imitou. Um ardor ácido se espalhou pela garganta.

— É com gim que se faz gim-tônica. Nós servimos bastante para os clientes. — Depois fingiu que equilibrava uma bandeja e servia drinques numa mesa, falando em inglês com sotaque carregado: — *Vould you like to have something else, sir? Another gin tonic, sir? Noch einen?* — Sua impetuosidade era contagiosa. Zara fingiu que lhe dava uma gorjeta, assentiu com aprovação para o drinque que ela lhe ofereceu e riu de toda aquela tolice, tal como costumavam fazer.

— Eu fiz você rir — disse Oksanka, e sentou-se sem fôlego depois da encenação. — Nós ríamos bastante, lembra?

Zara concordou com a cabeça. A água na chaleira começou a formar bolhas. Zara esperou a água ferver totalmente, pegou uma lata de chá na estante e separou em xícaras algumas folhas, vertendo nelas a água fervente e levando as xícaras até a mesa. Oksanka podia ter avisado que faria uma visita. Podia ter mandado um cartão ou algo assim. Dessa forma Zara teria podido oferecer algo que a impressionasse e teria podido recebê-la vestida de outro jeito, não um casaco de ficar em casa e um par de sandálias velhas.

Oksanka sentou-se à mesa e ajeitou o cachecol na cadeira de modo que a cabeça da raposa ficou sobre seu ombro e o resto se enrolou no encosto.

— São reais — disse, batendo com uma das unhas nos brincos. — Diamantes de verdade. Está vendo como eu estou me dando bem no Ocidente, Zara? Reparou nos meus dentes? — E abriu um sorriso.

Só então Zara percebeu que as obturações nos dentes da frente de Oksanka não eram mais visíveis.

* * *

Zara lembrou-se dos Volgas, sempre tão velozes e precipitando-se à sua frente sem qualquer luz acesa. Agora Oksanka tinha um. E seu próprio motorista. E guarda-costas. E brincos dourados com grandes diamantes. E dentes brancos.

Quando crianças, Oksanka e Zara quase haviam sido atropeladas por um Volga. Estavam voltando do cinema para casa, e a estrada estava deserta. Com os dedos Zara brincava com uma velha borracha que levava no bolso — endurecida, escurecida, a marca apagada da ponta havia vários dias. Foi então que veio. Elas ouviram um barulho, mas não viram o carro quando ele virou a esquina, acelerou direto até elas, passou raspando e desapareceu instantaneamente. Por um centímetro elas não foram atingidas. Quando chegaram em casa, Zara teve que lixar a unha do indicador, que quebrara quando o carro, ao passar, atingira a borracha ainda em seu bolso. Outra unha dobrara para trás e se descolara da pele. Essa até sangrava.

A filha de um casal que vivia no mesmo apartamento comunal havia sido atropelada por um Volga preto. A milícia deu de ombros, dizendo que não havia nada a fazer. Assim que as coisas eram. Um carro oficial, o que se pode fazer? A família fora inclusive mandada para casa com uma advertência.

Zara não pretendia contar o ocorrido à mãe, mas ela notou a unha quebrada e o dedo sangrando e não acreditou na explicação de Zara; soube logo que era mentira. Quando Zara finalmente contou a ela que um Volga preto as atingira, a mãe a agarrou. Queria saber se as pessoas dentro do carro tinham visto alguma das duas.

— Acho que não. Passaram rápido demais.

— Não pararam?

— É claro que não.

— Nunca, nunca chegue perto de um desses carros. Quando vir um, fuja. Não importa onde seja. Corra direto para casa.

Zara ficou chocada. Tantas palavras de uma só vez saindo da boca da mãe. Isso não costumava acontecer. Não se importou por ter sido atingida, mas sim com o ardor nos olhos da mãe. Brilhavam muito.

Havia uma expressão no rosto dela, uma expressão forte. Em geral seu rosto não esboçava expressão alguma.

Toda aquela noite a mãe passou sentada à mesa da cozinha, olhando para o nada. Depois desenvolveu o hábito de espreitar atrás das cortinas como se esperasse que um Volga preto estivesse parado diante da casa, observando, parado em silêncio. Mais tarde despertava durante a noite, olhava para Zara, que fingia estar dormindo, ia até a janela para olhar e então voltava para a cama e ficava deitada e rígida até pegar no sono, quando pegava no sono. Às vezes ficava de pé ao lado da janela, apenas olhando, até a manhã seguinte.

Uma vez Zara se levantou, se aproximou por trás da mãe e puxou a barra de sua camisola de flanela.

— Ninguém está vindo — disse.

A mãe não respondeu, apenas soltou a camisola da mão de Zara.

— Lenin vai nos proteger, mãe. Não há com que se preocupar.

Em silêncio, a mãe se virou e olhou para Zara, ou para algo que estava um pouco atrás de Zara, como era seu hábito. Como se houvesse outra Zara atrás de Zara, e a mãe dirigisse o olhar a essa outra. A escuridão se prolongou, e o relógio estalou. As solas de seus pés afundaram nas gastas tábuas de madeira do piso, penetrando os vãos, a pele grudando como se tivesse uma cola, que só perdeu o efeito quando a mãe a levantou e a colocou de volta na cama. Sem chegar a dizer uma palavra.

Zara também ouvira histórias sobre o Comissário Berija e a polícia secreta. E sobre os carros pretos que costumavam sair à procura de mulheres jovens, percorrendo as ruas em plena noite, seguindo-as e encostando ao lado delas. Nunca mais se ouvira falar delas. Um carro preto do governo era sempre um carro preto do governo.

E agora Oksanka, estrela de cinema de algum lugar distante, emergia de um Volga preto e acenava para ela com suas longas unhas vermelhas, impecáveis, arranhava o ar e abria um sorriso largo e gracioso, como alguém de sangue azul desembarcando de um cruzeiro.

— O Volga é seu? — perguntou Zara.

— O meu carro está na Alemanha — disse Oksanka, rindo.

— Você tem o seu próprio carro, então?

— Claro! Todo mundo no Ocidente tem o seu próprio carro.

Oksanka cruzou as pernas com elegância. Zara prendeu as pernas sob a cadeira. A flanela das sandálias estava gasta como sempre, assim como o forro das toscas sandálias cor-de-rosa que Oksanka costumava usar, quando elas faziam as lições de casa naquela mesma mesa, os dedos manchados de preto.

— Não me interesso por carros — disse Zara.

— Mas de carro você pode ir a qualquer lugar! Pense nisso!

Zara pensou no fato de que a mãe chegaria a qualquer minuto e veria um Volga preto parado na frente da casa.

A avó não vira o carro porque estava sentada em seu lugar habitual, de onde, pela janela, não dava para ver a rua. Não se interessava pela vida na rua como as *babushkas* que se sentavam ao longo do muro. O céu era suficiente para ela.

Quando Zara a acompanhou de volta até o Volga, Oksanka comentou que no teto da casa dos pais já não havia goteiras. Ela consertara.

— Você pagou pelo conserto?

— Em dólar.

Antes de entrar no carro, Oksanka deu a Zara um folheto um tanto longo.

— É sobre o hotel no qual estou trabalhando.

Zara o virou entre as mãos. O papel grosso brilhava, mostrando a imagem de uma mulher sorrindo com dentes que refletiam um branco irreal.

— É uma brochura.

— Uma brochura?

— Existem tantos hotéis que eles têm que fazer isso. Aqui tem mais alguns. Eu não fui a esses lugares, mas eles aceitam russos também. Posso conseguir um passaporte para você, se quiser.

Os homens que esperavam Oksanka ligaram o carro assim que ela entrou no banco de trás.

— Na sacola que eu lhe dei há meias iguais a estas — Oksanka falou alto, mostrando as pernas, colocando uma delas para fora do carro. — Passe a mão.

Zara estendeu a mão e acariciou a perna de Oksanka.

— Incrível, não é? — Oksanka riu. — Volto amanhã para podermos conversar um pouco mais.

1992

LÄÄNEMAA, ESTÔNIA

Cada tinido da faca parece escárnio

As pernas machucadas da garota estavam à mostra por baixo da toalha. As meias as haviam escondido, mas agora os braços e as pernas estavam nus, arrepiados e ainda úmidos depois do banho. Uma cicatriz atravessava o peito e desaparecia atrás da toalha. Aliide sentiu repulsa. Limpa, parada junto à porta da cozinha, a garota parecia mais jovem; a pele era como a polpa de uma maçã verde recém-fatiada. A água respingava dos cabelos no chão. Seu cheiro de limpeza se espalhava pela sala e fazia Aliide desejar uma sauna, mas sua sauna pegara fogo muitos anos antes. Evitou olhar para a garota, examinou o cano que circundava a sala rente à parede — que parecia ainda estar funcionando —, deu batidinhas em um cano verde e tirou as teias de aranha com a bengala.

— Tem essência de banana naquela mesa. Faz bem para a pele.

A garota não se moveu, apenas pediu um cigarro. Com a bengala Aliide apontou para os Priimas ao lado do rádio e pediu que a garota também acendesse um para ela. Depois de acender os dois, a garota voltou-se para a porta. Os pingos d'água que se desprendiam dos cabelos começavam a formar uma poça.

— Sente-se no sofá, querida.

— Vai molhar.

— Não, não vai.

A garota desabou num canto do sofá e inclinou a cabeça de forma que a água pingasse no chão. No rádio, Rüütel falava sobre as eleições, mas Aliide trocou de estação. Aino dissera que ia votar, mas Aliide não ia.

— Você não teria tinta de cabelo, teria?

Aliide balançou a cabeça.

— E tinta normal mesmo?

— Acho que não.

— Papel carbono?

— Não.

— O que eu faço, então?

— Você acha que conseguiria se disfarçar assim tão facilmente?

A garota não respondeu, apenas se pôs a pensar.

— E se eu der a você uma camisola limpa e nós comermos alguma coisa?

Aliide apagou o Priima no cinzeiro, pegou uma camisola cor-de-rosa de flores no guarda-roupa e a entregou para que a garota vestisse. Ouviu potes de vidro estalando na cozinha e foi conferir as essências de banana. A escuridão se comprimia contra as janelas atrás das cortinas, e Aliide verificou várias vezes cada pote para garantir que nenhum houvesse ficado aberto. Nenhum deles estava aberto, havia apenas uma ligeira corrente de vento passando por baixo da vidraça. Ela podia deixar para colocar a tina de volta no lugar no dia seguinte. O ruído de um rato a assustou, mas sua mão estava firme quando ela começou a marcar as datas nos jarros. Havia um jornal colado na lateral de alguns dos jarros, que juntos permitiam ler: *18% dos crimes deste ano foram solucionados*. Aliide fez marcas no papel indicando a má qualidade dos produtos. O da notícia sobre a primeira sex shop de Talim foi marcado como o melhor de todos. A caneta estava ficando sem tinta, de modo que Aliide teve de esfregá-la contra o papel. *Durante os primeiros dias houve problemas com meninos que invadiam a loja como enxames de moscas e tinham de ser mantidos à distância.* O papel se desintegrou. Aliide desistiu e tirou o cartucho de tinta da caneta, despejando-o no jarro dos cartuchos vazios. As datas tinham sido anotadas por mãos trêmulas. Era melhor deixar para depois. Não era terrivelmente difícil levar até o balcão os potes cheios, mas a opressão em seu peito não cessava. Tinha que se livrar da garota no dia seguinte. Aino viria trazer leite e em seguida elas iriam à igreja buscar as cestas básicas, e Aliide não queria deixar a garota sozinha na casa. Além disso, se Aino visse a garota, não haveria como impedir que a notícia se espalhasse pelo vilarejo. Presumindo que o marido da garota realmente existisse, parecia o tipo de visitante que Aliide não queria em sua casa.

Ela notou que um pedaço de salsicha que adquirira nas últimas compras estava jogado em cima da mesa da cozinha e lembrou-se da mosca. A salsicha estava estragada. A mosca escapara da mente de Aliide no instante em que ela vislumbrara a garota no jardim. Ela era estúpida. E velha. Era incapaz de manter a atenção em várias coisas ao mesmo tempo. Já estava jogando fora a salsicha, mas mudou de ideia e resolveu examiná-la de perto. Em geral, as moscas ficam tão cansadas de depositar ovos por aí que simplesmente desfalecem confusas onde quer que estejam. Não havia moscas nem ovos à vista, mas quando ela apanhou a embalagem da salsicha, encontrou um desses pequenos insetos gordos e atordoados bem ali. Sentiu gosto de vômito na boca. Pegou a salsicha e, com os dedos formigando, começou a picá-la para colocar no sanduíche da garota.

A garota se vestiu e veio até a cozinha, parecendo ainda mais jovem na camisola de flanela.

— O que eu não entendo é como uma garota como você sabe falar estoniano...

— O que há de estranho nisso?

— Você não é daqui. Você não é de nenhum lugar da Estônia.

— Não, sou de Vladivostok.

— E agora está aqui.

— Isso.

— É bastante intrigante.

— É?

— É, para uma pessoa velha como eu. Nunca tinha ouvido falar que agora as escolas de Vladivostok estão ensinando estoniano. Os tempos mudaram mesmo.

Zara percebeu que estava coçando os lóbulos das orelhas de novo. Baixou as mãos e as apoiou sobre a mesa, ao lado da tigela de tomates. O maior tomate era do tamanho de dois punhos, o menor era do tamanho de uma colher de chá; todos estavam inchados e maduros demais, rachados e gotejando suco. O comportamento de Aliide oscilava, e Zara não conseguia prever o rumo de suas palavras e ações. Aliide sentou-se, levantou-se, lavou as mãos, sentou-se de novo, levantou-se, andou pelo ambiente, lavou as mãos de novo na mesma torneira, secou-as, examinou os jarros e o livro de receitas, cortou e pelou tomates, lavou as mãos de novo — uma atividade incessante que era impossível de interpretar. Agora cada palavra que dizia parecia uma acusação, e ao se sentar à mesa cada tinido da faca e cada batida do prato parecia escárnio. Todo ruído fazia Zara estremecer. Ela tinha que calcular o que dizer, portar-se como uma boa menina, uma menina confiável.

— O meu marido me ensinou.

— O seu marido?

— É, ele é da Estônia.

— Ah!

— De Talim.

— E agora você quer ir para lá? Quer garantir que ele a encontre?

— Não!

— Então por quê?

— Tenho que sair daqui.

— Tenho certeza de que você consegue chegar à Rússia, passando por Valga ou por Narva.

— Não posso ir para lá! Tenho que chegar a Talim e depois cruzar a fronteira. O meu marido está com o meu passaporte.

* * *

Aliide inclinou-se sobre o frasco de remédio para o coração. O cheiro de alho flutuou até ela. Tomou uma colherada cheia do espesso tônico e devolveu o frasco à geladeira. Devia fazer mais desse xarope, talvez deixá-lo mais forte, colocar mais alho: sentia-se tão fraca. A tesoura pesava em sua mão enquanto ela picava cebolas e as enfiava dentro das batatas. Seus dentes eram fracos demais até para comer pão. Aliide pegou um pepino amargo, cortou a ponta e começou a levar à boca as fatias que cortava. O suco lubrificou a garganta, e a voz, já mais suave, retomou o controle.

— O seu marido deve ser um homem especial.

— Sim, ele é.

— Porque eu nunca ouvi falar de um homem estoniano ir a Vladivostok para arranjar uma mulher e depois ensinar estoniano a ela. O mundo mudou mesmo!

— Pasha é russo-estoniano.

— Pasha? Bom, mesmo assim. Nunca ouvi falar de um homem russo-estoniano ir a Vladivostok para arranjar uma mulher e depois ensinar estoniano a ela. Foi isso que aconteceu? Porque o normal é que os russos estonianos falem russo, e que as suas mulheres comecem a cuspir o russo como eles fazem. Sementes de girassol voando da boca com cada palavra.

— Pasha é um homem especial.

— Mas é claro! E que sorte a sua! Por que ele foi a Vladivostok para conseguir uma esposa?

— Ele tinha um emprego lá.

— Um emprego?

— Isso, um emprego!

— Porque normalmente eles vêm da Rússia para trabalhar, e não o contrário. Então foi uma questão de trabalho, foi isso?

— Pasha é um homem especial.

— Um verdadeiro príncipe, ao que parece! E até levou você de férias para o Canadá.

— Na verdade, nós nos conhecemos melhor no Canadá. Eu tinha ido para lá para trabalhar como garçonete, como disse antes, e acabei cruzando com um homem que eu conhecia, Pasha.

— E então vocês se casaram, e ele disse que você não precisava mais trabalhar como garçonete.

— Algo assim.

— Você podia escrever um romance sobre essa história tão bonita.

— É verdade!

— Mimos, férias, carros. Muitas garotas ficariam por perto se tivessem um homem assim.

1991

Vladivostok, Federação Russa

No armário a mala da avó, e na mala o casaco acolchoado

Zara escondeu as coisas que Oksanka lhe dera na mala que guardava no armário, pois não sabia o que a mãe pensaria de tudo aquilo. Não se preocupava com a avó; sabia que não contaria nada à mãe sobre o que Oksanka dissera. Mas Zara teria que mencionar a visita de Oksanka, porque as mulheres do apartamento comunal acabariam fofocando a respeito. Iriam querer saber que presentes ela trouxera, e ela teria que dar a cada uma delas um gole de gim. O mais provável era que a mãe também ficasse contente com os presentes, mas será que ficaria contente se Zara conseguisse um emprego na Alemanha? Ajudaria se Zara dissesse quantos dólares seria capaz de mandar para casa? Se dissesse que eram muitos dólares? Teria que perguntar a Oksanka no dia seguinte que quantia ela podia se aventurar a prometer, e talvez devesse esclarecer outras coisas também. Conseguiria guardar dinheiro suficiente para cinco anos, para poder ir à faculdade e se formar? Conseguiria guardar dinheiro para mandar para casa também? E se trabalhasse lá apenas por um tempo, talvez meio ano, conseguiria mesmo assim juntar dinheiro suficiente?

Zara estava prestes a guardar na mala as meias que Oksanka lhe dera. Se a mãe as visse, iria querer vendê-las de imediato, alegando que Zara não precisava delas.

Por um instante, a avó parou de olhar o céu.

— O que tem aí?

Zara mostrou a embalagem. Era um envelope plástico transparente com uma imagem brilhante e multicolorida de uma mulher de dentes brancos e pernas longas, com uma pequena abertura por onde era possível ver o tecido. A avó pegou a embalagem e a virou entre as mãos. Zara começou a abri-la para mostrar as meias, mas a avó a impediu. Não era necessário, ela acabaria estragando as meias com suas mãos ásperas. Mas seria possível estragar meias tão boas?

— É melhor guardar isso aí — disse a avó, acrescentando que meias de seda como aquelas valiam muito quando ela era jovem.

Zara voltou ao armário e decidiu guardar as meias e as outras coisas no fundo da mala. Arrastou a mala para fora do armário e começou a tirar o que havia dentro. As malas estavam sempre cheias e prontas no armário. Uma para a mãe, uma para avó, uma para Zara. Diziam que era para o caso de um incêndio. De vez em quando a avó ajeitava e verificava as coisas na mala durante a noite, e fazia tanto barulho que Zara acordava. Quando Zara estava em fase de crescimento, a avó ia substituindo as roupas em sua mala por outras que lhe servissem. Lá ficavam todos os papéis importantes, o casaco com o dinheiro escondido no colarinho e os remédios que elas substituíam a intervalos regulares. Além de agulhas, linhas, botões e alfinetes. Na mala da avó, havia também um velho casaco cinza acolchoado. O enchimento estava quase petrificado, e os pontos que o percorriam de cima a baixo eram tão uniformes quanto arame farpado, em peculiar contraste com a deselegância do casaco.

Quando criança, Zara achava que a avó não via nada além do céu brilhando pela janela, que não reparava em nada que acontecia pela casa. Uma vez, porém, quando a mala caiu acidentalmente da prateleira do armário e bateu no chão, rompendo os fechos, ela se virou depressa, como uma jovem, e sua boca se abriu como a tampa de um jarro. O casaco acolchoado, que Zara nunca vira, inflou-se como um balão e planou até o chão. A avó se manteve sentada em seu lugar habitual ao lado da janela, mas seus olhos se fixaram em Zara, olharam dentro de Zara, e Zara não entendeu por que se sentiu envergonhada e por que essa vergonha era diferente da que sentia na escola, quando gaguejava ou respondia algo errado.

— Guarde isso.

Quando a mãe chegou em casa, ela colara e amarrara a mala. Não conseguira, consertar os fechos. Deram os fechos para que ela brincasse, e ela os transformou em brincos para uma de suas bonecas. Foi um dos acontecimentos mais significativos de sua infância. Embora ela nunca tenha chegado a entender o que aconteceu nem por que, depois disso a avó e ela começaram a se dar melhor. A avó começou a pedir a Zara que lhe ajudasse com os vegetais na época da colheita, pois a mãe estava trabalhando e nunca tinha tempo para regar o jardim ou arrancar as ervas daninhas. Zara e a avó cuidavam do jardim juntas, só as duas, e a avó aproveitava para lhe contar histórias daquele outro país, naquela outra língua. Zara ouvira o idioma pela primeira vez quando acordara no meio da noite e flagrara a avó falando consigo mesma junto à janela. Acordou a mãe e sussurrou que havia algo de errado com a avó. A mãe saiu de baixo do lençol, enfiou os pés na pantufa e empurrou a cabeça de Zara de volta no travesseiro sem dizer nada. Zara obedeceu. O som da mãe falando era estranho, e a avó respondeu com palavras estranhas. As malas jaziam abertas no chão. A mãe tocou as mãos da avó, acariciou-lhe as sobrancelhas e lhe deu um pouco de água com valeriana, que ela tomou sem retribuir o olhar, o que não era incomum. A avó nunca olhava para ninguém, apenas na direção da pessoa que lhe falava, através dela. A mãe juntou as malas, colocou-as dentro do armário e pousou a mão na testa da avó. Depois ficaram ambas sentadas, perscrutando a escuridão.

No dia seguinte, Zara perguntou à mãe o que tinham dito e em que língua. A mãe tentou desconversar, vagando pela casa com chá e pão nas mãos, mas Zara foi insistente. Então a mãe contou que a avó estava falando estoniano, repetindo as palavras de uma canção estoniana. Disse que a avó estava ficando um pouco senil, mas disse a Zara o nome da música: "Emasüda". Zara gravou a palavra na mente e quando a mãe não estava em casa foi até a avó e repetiu o nome. A avó olhou para ela, olhou diretamente para ela pela primeira vez, para sua boca, sua garganta, e ela sentiu a garganta apertar, o olhar da avó entrou pela garganta e desceu até o coração, que começou a acelerar, e do coração aquilo desceu ao estômago, e o estômago começou a embrulhar, e então descia pelas pernas, que começaram a tremer, e das pernas desceu para os pés, que começaram a latejar. Ela sentia calor, e a avó apenas sorria. Aquele sorriso tornou-se a primeira brincadeira entre elas, brotando palavra após palavra, como línguas mortas florescem, rumorejando com doçura como a agulha de um gramofone, soando como vozes debaixo d'água. Falando baixo, sussurrando, elas criaram uma língua própria. Enquanto a mãe fazia as tarefas domésticas, a avó se sentava na poltrona habitual e, à medida que Zara ia mostrando brinquedos e outras coisas ou simplesmente tocando objetos, a avó formava o nome deles em estoniano, silenciosamente, com os lábios. Quando era a palavra errada, Zara tinha que perceber. Se não percebesse, não ganhava nada, mas quando percebia ganhava um bom punhado de guloseimas. A mãe não gostava que a avó desse doces a ela sem razão — ou sem razão aparente —, mas nunca intervinha além de um olhar de desaprovação. Zara podia guardar as palavras deliciosas, a doce língua e aquelas raras histórias que a avó contava sobre um café em algum lugar de lá, um café onde serviam gramble de ruibarbo e chantilly espesso, um café cujos profiteroles de chocolate derretiam na boca e cujo jardim recendia a jasmim e onde se ouvia o farfalhar de jornais alemães — mas não apenas alemães, também estonianos e russos. Um café com gravatas coloridas e abotoaduras, e mulheres com chapéus finos, era possível até mesmo ver dândis de terno escuro e tênis, com nuvens de magnésio saindo de uma casa onde tinham acabado de tirar uma foto. O passeio pela costa no concerto de domingo, um gole de água com gás no parque. E a princesa de Koluvere que assombrava as ruas à noite. E a geleia de framboesa no pão francês ao calor de um forno aceso numa noite de inverno, com leite frio para beber! E néctar de groselha vermelha!

Zara arrumou a mala de novo, empilhou tudo em cima das meias e do folheto do hotel, fechou e colocou a mala de volta no armário. A avó já se virara de volta para a janela, para contemplar o céu. Não dava para pôr um lençol sobre a janela no inverno, mesmo havendo uma corrente de ar, apesar de elas terem tentado vedar tudo da melhor forma possível. A avó tinha que conseguir ver o céu, mesmo à noite, quando não havia nada para ser visto. Ela dizia que o céu era o mesmo que eles tinham em casa. E a Ursa Maior era importante para ela porque era a mesma Ursa Maior de casa, apenas um pouco mais fraca — às vezes era preciso até mesmo procurá-la. Era sempre fácil fazer com que a avó sorrisse com a Ursa Maior, bastava que Zara apontasse para ela e dissesse o nome. Quando criança, Zara não entendia por quê. Foi apenas mais tarde que percebeu que a avó se referia à Estônia. Nascera lá, assim como a mãe de Zara. Depois vieram a guerra e a fome, e a guerra levou o avô, e elas tiveram que escapar dos alemães. Tiveram de ir para Vladivostok, onde havia trabalho e mais comida, e por isso ficaram.

— Seria errado ir trabalhar na Alemanha? — Zara perguntou à avó.

A avó não virou o rosto.

— Você teria que perguntar para a sua mãe.

— Mas ela não vai dizer nada. Ela nunca diz nada. Se quiser que eu vá, não vai dizer nada. Se não quiser que eu vá, não vai dizer nada.

— A sua mãe é uma mulher de poucas palavras.

— De palavra nenhuma, você quer dizer.

— Não — disse a avó com reprovação.

— Acho que ela não dá a mínima se eu estou aqui ou em outro lugar.

— Isso não é verdade.

— Não a defenda!

Zara sorveu o chá nervosamente, mas o líquido desceu pelo canal errado e ela começou a tossir até que seus olhos ficaram marejados. Iria embora. Assim ficaria longe do arrastar das sandálias da mãe. As mães das outras pessoas tinham vivido os bombardeios quando crianças e mesmo assim falavam, ainda que a avó tivesse dito que uma bomba pode levar uma criança ao silêncio. Por que teve que ser sua mãe a que se apavorou a esse ponto com as bombas? Zara iria embora. Mandaria para a avó montes de dinheiro e talvez um telescópio. Simplesmente veria o que a mãe teria a dizer quando voltasse com uma mala cheia de dólares e pudesse pagar seus próprios estudos para se tornar médica em tempo recorde e conseguir um apartamento próprio. Teria seu próprio quarto, onde pudesse estudar em paz, preparar-se para as provas, cortaria o cabelo ao estilo ocidental e usaria meias brilhantes todos os dias, e a avó poderia ver a Ursa Maior pelo telescópio.

1992

LÄÄNEMAA, ESTÔNIA

Zara pensa em um plano de emergência e Aliide prepara suas armadilhas

Zara despertou com o cheiro familiar de orelhas de porco cozidas que serpenteava para fora da cozinha. Primeiro pensou que estava em Vladivostok, reconhecendo o som da tampa batendo contra a panela com água fervente e o cheiro familiar de cartilagem, a boca começou a salivar. Então a ponta de uma pena cutucou sua bochecha, tendo atravessado o pano do travesseiro, ela abriu os olhos e viu a ponta de um estranho tapete decorativo pendurado na parede: estava na casa de Aliide Truu. O papel de parede estava cheio de bolhas e as extremidades estavam mal coladas. Uma delicada teia de aranha pendia debilmente entre o tapete e o papel de parede, com uma mosca morta suspensa no meio. Com um dedo Zara moveu o canto do tapete, atrás do qual a aranha se escondeu. Estava prestes a esmagar a aranha pressionando o tapete, mas lembrou que matar uma aranha significava a morte da mãe. Acariciou o tapete. A superfície era suave, e o que sentiu contra a pele foi a flanela da camisola de botões. As meias embebidas em álcool que Aliide lhe emprestara tinham estado desagradavelmente frias durante a noite, mas agora estavam quentes e exalavam uma fragrância de sabonete. Zara sorriu. O sol espiou através de uma brecha nas cortinas, cortinas que eram exatamente como ela imaginava que seriam.

A cama fora preparada no sofá do quarto da frente. O quarto dos fundos estava tão cheio de plantas secas que não sobrava espaço para uma cama decente. O chão, as camas, as prateleiras e as mesas estavam cobertos por jornais. Sobre os jornais, espalhavam-se folhas de cravo, cavalinha, hortelã, mil-folhas e cominho. Sacolas cheias de pedaços secos de maçã e fatias secas de pão preto pendiam das paredes. Sobre as mesinhas em frente à janela havia elixires caseiros empilhados, expostos à luz do sol. Um dos potes parecia infestado, e Zara virou o rosto de imediato para não olhar. O cheiro de ervas pesava tanto no ar do quarto dos fundos que ela mal teria conseguido dormir ali. Na verdade, Aliide preparara para si própria um lugar para dormir em cima de um tapete rústico, afastando com cuidado as folhas que cobriam os jornais para abrir espaço para o corpo inteiro. A sugestão de Zara de que aquilo era bom o bastante para ela mesma não a convenceu. Era provável que temesse que Zara quebrasse os potes de ervas quando se virasse dormindo. O aroma das plantas preenchia também a sala onde agora ela se encontrava, mas ali não era tão forte. Só havia uns tantos favos de mel, alguns potes e uma sacola cheia de alho perto do forno. Do lado do armário, uma pilha de almofadas velhas. A renda branca dos forros estava amarelada, mas ainda assim brilhava na penumbra da sala. Zara dera uma espiada nelas antes de dormir, cada uma com suas iniciais bordadas, nenhuma igual a outra.

A porta da cozinha onde as orelhas de porco eram cozidas estava fechada, mas o rádio soava alto o bastante para que ela pudesse ouvir. Um programa sobre o colapso da torre do rádio de Varsóvia, um ano antes, a queda da maior estrutura já construída, com 629 metros de altura. Zara saltou da cama, o coração acelerado.

— Aliide?

Olhou pela janela na expectativa de ver um Volga preto ou um BMW, mas não havia nada incomum no jardim. Esforçou-se para ouvir qualquer coisa fora do normal, mas tudo o que conseguiu identificar foi o fluir do próprio sangue, o rádio, o tique-taque do relógio e o ranger do piso enquanto ela caminhava até a porta da cozinha. Estariam Pasha e Lavrenti tranquilamente sentados ali, tomando chá? Estariam esperando por ela? Não seria do feitio deles deixá-la acordar em paz e ir à cozinha sem suspeitar de nada? Não seria esse o plano mais diabólico aventado por suas mentes, e assim o mais desejável? Estariam sentados à mesa, orgulhosos, fumando um cigarro e folheando o jornal. E sorririam quando Zara entrasse. Forçariam Aliide a se sentar entre eles, a observar os olhos lacrimosos da senhora crivados pelo medo. Mas era difícil imaginar essa expressão no rosto de Aliide.

Empurrou com força a porta da cozinha, que reclamou com estrépito. A cozinha estava vazia, sem sinal de Pasha ou Lavrenti. Sobre a mesa o livro de receitas de Aliide, um jornal aberto e algumas coroas em notas. As orelhas de porco ferviam sob uma nuvem de vapor. O chão estava molhando em volta da tina, a tina vazia, mas as lixeiras estavam cheias até a borda. Aliide não estava lá. A porta externa se abriu e Zara fixou os olhos nela. Seriam eles?

Quem entrou foi Aliide.

— Bom dia, Zara. Acho que você precisava mesmo dormir.

Depositou um balde d'água no chão.

— O que é isso? O que você fez no cabelo?

Zara sentou-se à mesa e esfregou a cabeça. Cabelos raspados, uma brisa em seu pescoço.

Pegou a tesoura, deixada ao lado do açucareiro, e começou a cortar as unhas. Meias luas irregulares tingidas de vermelho foram caindo sobre o linóleo.

— Com certeza teríamos conseguido achar uma maneira de pintar o seu cabelo. Com ruibarbo ele teria ficado vermelho.

— Não importa.

— Deixe as unhas como estão. Tenho uma lixa em algum lugar. Podemos cuidar delas direito.

— Não.

— Zara, o seu marido não vai procurar você aqui. Como adivinharia? Você poderia estar em qualquer lugar. Tome um pouco de café e se acalme. Triturei os grãos esta manhã mesmo.

Encheu a xícara de Zara e foi olhar as orelhas de porco na panela, recolhendo-as com uma escumadeira enquanto mantinha os olhos em Zara, que manejava a tesoura. Quando terminou a manicure, começou a remexer a colher de açúcar entre os cristais grandes e amarelecidos. Teria que parecer o mais calma possível? Ou deveria contar a Aliide que tipo de homem Pasha realmente era? De que forma Aliide ficaria mais propensa a ajudar? Ou teria que se esquecer de Pasha por enquanto e concentrar-se em Aliide? Deveria ao menos tentar pensar com clareza.

— Eles sempre encontram.

— Eles?

— O meu marido, quero dizer.

— Então esta não é a primeira vez que você foge. — Zara parou de remexer o açúcar. — Não precisa responder.

Aliide levou uma tigela de orelhas de porco até a mesa.

— Devo dizer que, para ser uma isca, você está em muito má forma.

— Para ser o quê?

— Não se faça de boba, mocinha. Uma isca. A coisinha bonitinha enviada para ver se tem alguma coisa de valor na propriedade. Em geral eles fazem com que a pessoa se deite no meio da estrada, fingindo estar machucada, para que os carros parem e então, ops!, lá se foi o carro. Você devia ter esperado para vir depois que a minha filha fizesse a visita.

Aliide parou de falar e começou a encher os pratos, ainda espiando Zara de quando em quando, sem dizer nada. Era óbvio que esperava que Zara dissesse alguma coisa. Haveria alguma cilada por trás das palavras de Aliide? Zara meditou sobre elas, mas como não parecia haver nada de incomum, fez a pergunta mais fácil:

— Por quê?

Aliide não respondeu de imediato. Aparentemente, estava esperando que Zara dissesse outra coisa.

— Vai haver um monte de visitantes do vilarejo depois que ela vier, todo mundo querendo saber o que Talvi me trouxe. Mas eu vou esconder a maior parte em latas de leite. Só vou deixar à mostra alguns pacotes de café. Não que haja qualquer coisa nessas latas agora. Estão vazias, têm apenas um pouco de macarrão e farinha. Estão esperando que a minha filha venha me visitar. Ela vem mimar a velha mãe.

Zara continuou remexendo o açúcar, que se tornara uma massa amorfa de cristais grudados, e tentou decifrar aonde Aliide queria chegar.

— Pedi que ela me trouxesse todo tipo de coisas.

De repente Zara se deu conta. Um carro! A filha de Aliide vinha de carro?

— Ela vem no carro dela. E prometeu trazer uma televisão nova para substituir a velha Rekord. O que você acha disso? É impressionante como hoje em dia é possível simplesmente cruzar a fronteira com eletrônicos.

Zara tentou pegar uma orelha de porco. A faca pressionou o prato e o garfo lentamente perfurou a orelha. Errou uma e outra vez, o garfo retinindo, até que apertou os talheres com firmeza entre os dedos. Sabia que tinha que afrouxar um pouco a tensão das mãos para que Aliide não soubesse que ela estava tentando esconder seus tremores. Não podia parecer tão ávida, tinha que comer a orelha de porco e falar ao mesmo tempo. Mastigar modulava sua voz. Perguntou para onde Talvi iria depois, direto para Talim? Ainda assim, mesmo que Zara conseguisse chegar à cidade mais próxima, que cidade era mesmo?, não poderia pegar o ônibus nem o trem, porque Pasha ficaria sabendo de imediato, assim como a milícia. Aliide ressaltou que hoje em dia a milícia era chamada de polícia, mas Zara continuou. Decerto Aliide entenderia que ela tinha que chegar a Talim em segredo. Se alguém a visse, a viagem seria interrompida ali mesmo.

— Só preciso de uma carona até Talim, nada além disso.

A sobrancelha de Aliide se franziu. Era um mau sinal, mas Zara não podia parar agora. Acelerou a voz e as palavras falharam, pulou palavras e voltou para buscar as que havia esquecido. Imagine, um carro! Talvi tinha um carro. Isso poderia resolver todos os seus problemas. Quando ela ia chegar?

— Logo.

— Logo quando?

— Talvez nos próximos dias.

Se Pasha não chegasse antes, ela poderia fugir até Talim com a ajuda de Talvi. Teria somente que pensar em como iria de Talim à Finlândia. Talvez pudesse tentar se esconder em algum caminhão do porto ou algo assim. Como Pasha conseguia fazer com que as pessoas atravessassem a fronteira? Eles abrem os porta-malas na fronteira, disso ela sabia. Teria que ser num caminhão, um caminhão finlandês, pois os finlandeses sempre passavam mais fácil. Era impossível conseguir um passaporte a não ser que ela roubasse um de alguma finlandesa, alguém de sua idade. Era muito arriscado, ela não seria capaz de fazer isso por conta própria. Primeiro chegar a Talim. Tinha que fazer com que Aliide ficasse do seu lado agora, mas como? Como seria capaz de enganá-la para que as rugas desaparecessem de sua testa? Tinha que se acalmar, esquecer Talvi e o carro por um instante e não deixar Aliide mais nervosa com sua ansiedade excessiva. Possibilidades iam e vinham em sua mente, possibilidades que ela não domava, não o bastante para pensar com clareza. Suas têmporas latejavam. Tinha que respirar fundo, mostrar-se confiável. Ser o tipo de garota de que os velhos gostam, doce, educada, bem-comportada e prestativa, mas tinha cara de puta e gestos de puta, embora o novo corte de cabelo a tivesse ajudado em alguma medida. Que se danasse, ela não seria capaz disso!

Zara focou o olhar na xícara de Aliide. Se conseguisse se concentrar em algum objeto, responderia melhor a qualquer coisa que lhe fosse perguntada. Na porcelana amarelenta havia rachaduras pretas que pareciam formar uma teia de aranha. As laterais da xícara eram translúcidas e pareciam pele jovem, embora a xícara em si fosse velha. Rasa e delicada, seu refinamento pertencia a um mundo diferente do das outras coisas da cozinha, um mundo que havia desaparecido. Zara não vira na casa qualquer outra louça que pudesse pertencer ao mesmo conjunto, embora não conhecesse ainda todos os utensílios de Aliide, apenas os que tinham estado à mostra. Aliide tomava café, leite e água na mesma xícara, apenas enxaguando-a entre os usos. Era obviamente sua xícara favorita. Zara seguiu com os olhos as rachaduras e aguardou a próxima pergunta.

Aliide empurrou a tigela de tomates na direção dela.

— Foi uma boa colheita este ano.

Uma mosca andava entre os tomates.

Zara debruçou-se sobre a tigela.

Aliide matou a mosca com um golpe.

— Elas só depositam os ovos em carne.

O interesse de Aliide se abalara. Tentara extrair algo da garota sobre aquele fascínio pela Finlândia, mas ela não mostrava mais qualquer curiosidade a respeito de Talvi, ou de eletrônicos. Apenas batia o garfo contra o prato, mastigava com diligência a orelha de porco, fazia trepidar a xícara de café e tomava grandes goles cujo ruído sobrepujava o volume do rádio, de vez em quando passando a mão pelos cabelos raspados. Seu peito se inflava. Fora o carro o que excitara a garota, não a nova televisão nem qualquer outra coisa. Talvez ela realmente não desse bola para nada disso, talvez estivesse apenas sendo diabolicamente esperta. Mas será que aquele trapo de garota podia ser uma isca? Ou mesmo uma ladra? Aliide era capaz de identificar qualquer ladrão. Aquela garota não tinha olhos rápidos o bastante. Comportava-se como um cachorro que tem que se preocupar o tempo inteiro com crianças que tentam pisar-lhe a cauda. Sua expressão era sempre esquiva, o corpo sempre propenso a encolher-se. Ladrões nunca são assim, nem mesmo os que apanharam para aprender o ofício. E a menção aos presentes da Finlândia não fizeram surgir nenhuma cor nas bochechas nem provocaram qualquer faísca de interesse. A expressão que Aliide esperara, aquele brilho conhecido de ganância, aquele tremor de excitação na voz, nada disso sobreviera. Ou ela queria roubar o carro?

De qualquer forma, Aliide já a testara, deixando-a sozinha na cozinha, saindo da casa e espiando em seguida pela janela, mas a garota não se lançara sobre sua bolsa e mal olhara as notas deixadas sobre a mesa, embora Aliide as tivesse espalhado ali de propósito e depois tivesse usado uma delas como tema de conversa: "Veja só, têm quase dois meses, são notas de coroa, não temos mais rublos, acredita?" Falara por um longo tempo sobre o dia da reforma monetária, 20 de junho, e depois deixara o dinheiro num canto do armário, mas a garota não prestara atenção. Enquanto Aliide tagarelava sobre a queda do valor da moeda e sobre como as notas de rublo haviam se transformado em papel higiênico, a garota deixava o olhar se perder na distância e apenas assentia de vez em quando, apanhando uma palavra qualquer em sua consciência e deixando que saísse sem reação. Mais tarde, quando a garota não estava por perto, Aliide foi verificar e contou as notas. Estavam intocadas. Aliide também tentara dar indiretas sobre a beleza de suas árvores, mas não identificou o mínimo interesse nos olhos da garota.

Pelo contrário, quando foi deixada sozinha ela esfregou os braços e começou a examinar o velho açucareiro dos tempos estonianos que estava sobre a mesa, refazendo com os dedos a trilha dos cacos colados, tomando-o nas mãos e olhando a cozinha através dele. Nenhum ladrão se interessaria por uma louça quebrada. Aliide tentara o mesmo truque no outro cômodo, deixando a garota sozinha e saindo para buscar água no poço. Antes de ir, afastara uma das cortinas o bastante para que pudesse espiar do jardim e ver o que a hóspede aprontava. A garota apenas passeara pelo quarto e caminhara até o guarda-roupa, sem abrir uma gaveta sequer, limitando-se a acariciar a superfície e encostar a bochecha contra a tinta branca, cheirar as rosas sobre a mesa, alisar as papoulas, os lírios do vale e as pequenas coroas de flores bordadas na toalha, sentir as folhas verdes e fixar os olhos no tecido como se quisesse também ela aprender a bordar. Se era uma ladra, era a mais ineficiente que já existira.

Aliide havia ligado para Aino antes que a garota acordasse e dissera que se sentia febril, que não tinha vontade de ir buscar a cesta básica hoje. Ainda tinha um pouco de leite sobrando, e Aino podia trazer-lhe a cesta outra hora. Aino queria continuar conversando sobre Kersti, que ao passear pela rua vira uma luz estranha na floresta, um óvni, desmaiara e só fora despertar uma hora mais tarde, estirada na estrada. Não conseguia lembrar se o óvni a havia levado a algum lugar. Aliide interrompeu Aino dizendo que se sentia muito fraca e que queria se deitar e quase batera o telefone na cara dela. Tinha estranheza suficiente para contemplar em sua própria casa. Tinha que se livrar da garota antes que Aino ou alguém mais do vilarejo fosse visitá-la. O que a possuíra para que ela deixasse a garota passar a noite com ela?

A garota comia ruidosamente. Suas bochechas ruborizavam como a casca de uma maçã. A lembrança do carro brilhava em seus olhos, embora fosse evidente que a garota tentava esconder a excitação. Não era boa atriz, não enganaria ninguém daquele jeito. E o que pretendia com aquele corte de cabelo? O cabelo raspado atrairia muito mais atenção do que o estilo anterior.

Aliide foi até a despensa buscar picles. O creme de cravo que ela preparara para Talvi endurecia no armário em frente à seleção de picles que ela enlatara. Era a única coisa que Talvi aceitava levar para a Finlândia. O creme fazia bem a sua pele, e ela não aprendera a prepará-lo. Nunca levava picles, embora gostasse de comê-los quando estava lá. Podia acomodar quantos potes quisesse no banco de trás, mas sempre que Aliide tentava colocá-los sorrateiramente no carro, Talvi os devolvia. A garota que agora bisbilhotava na cozinha estaria querendo roubar o carro de Talvi ou apenas escapar nele? Aliide não tinha certeza.

Tinha ouvido falar que os finlandeses não colocavam raiz-forte nos picles, essa era a diferença.

Sentou-se à mesa e ofereceu à garota algumas fatias de picles com aneto e creme de leite azedo, e potes de conserva de pepino e picles amargos.

— Tive uma colheita especialmente boa este ano.

* * *

Zara não conseguia decidir por onde começar, partindo primeiro para o picles amargo e em seguida para a tigela com o creme de leite, mas sua mão tremeu e a tigela foi parar no chão. O choque fez com que ela saltasse da cadeira, e suas mãos voaram para cobrir os ouvidos. Estava estragando tudo de novo. A tigela decorada jazia no chão, virada para baixo perto do tapete, e havia riscos de creme no chão de cimento. Por sorte não era de vidro, então pelo menos ela não quebrara nada, mas acabaria quebrando algo se não controlasse o tremor das mãos. Tinha que controlá-las e fazer com que Aliide entendesse que ela não tinha muito tempo. Aliide não parecia estar brava com Zara por causa da bagunça; limitou-se a buscar um pano e começar a limpar, tranquilizando-a com seu silêncio. Nenhum dano. Quando enfim Zara pensou em ajudá-la, suas mãos ainda tremiam.

— Zara, querida, é só uma tigela. Pode se sentar.

Zara repetiu que havia sido um acidente, mas Aliide não pareceu interessada e interrompeu o pedido de desculpas.

— O seu marido deve ter bastante dinheiro, não é?

Zara retornou à cadeira. Devia apenas se concentrar em conversar gentilmente com Aliide e não fazer mais bagunça. Seja uma boa menina, Zara. Não pense, já que não é capaz de pensar agora. Apenas responda às perguntas, você vai poder falar do carro depois.

— É, ele tem.

— Muito?

— Muito.

— Por que a mulher de um homem tão rico trabalhava como garçonete?

Zara segurou o lóbulo da própria orelha. Não havia brinco, apenas um buraco levemente avermelhado. Como devia responder àquela pergunta? Ela era burra, lenta demais para inventar alguma coisa, mas se não dissesse nada Aliide pensaria que ela estava escondendo algo muito ruim. Poderia continuar alegando que era garçonete e ainda assim ser convincente? Aliide começava a medi-la com o olhar, e ela voltava a ficar nervosa. Não havia forma de se sair bem. Talvez Pasha estivesse certo: o que ela precisava era de uma boa surra. Talvez estivesse certo ao dizer que ela era o tipo de pessoa que simplesmente não sabe como se comportar a não ser que levasse um açoite. Talvez houvesse mesmo algo de errado com ela, um defeito inato. Talvez ela não prestasse mesmo para nada. E enquanto pensava no quanto havia sido malsucedida em se comportar bem, as palavras começaram a sair de sua boca antes que ela pudesse pensar com clareza em seu significado. Tudo bem, ela não era garçonete! Apertou o buraco vazio no lóbulo, a outra mão se erguendo para coçar a depressão na base da clavícula. A cabeça, a boca e ela própria estavam cindidas, sem nada que as conectasse. A história simplesmente se desenrolava e ela não podia voltar atrás para ordená-la. Contou a Aliide que haviam estado de férias no Canadá, num hotel cinco estrelas, passeando o dia inteiro num carro preto. E ela tinha seu próprio casaco de pele para cada dia da semana, e casacos separados para a noite e para o dia, casacos para o interior ou para o exterior.

— Meu Deus, você se empolgou!

Zara limpou o canto da boca. Estava envergonhada, o rosto ardia. E fez o que sempre fazia quando a vergonha a sobrepujava: concentrou o olhar e os pensamentos em outra coisa. Desapareceram Aliide, a cozinha, as orelhas de porco. Começou pelas próprias mãos. A espuma que restava no dedo depois de ter limpado a boca parecia o cuspe de uma cobra em uma folha de framboeseira. Um inseto cuspido. Concentrou-se nisso, qualquer animalzinho é bom quando se quer afastar mente e corpo. Uma larva escondida em uma bola de cuspe, a bola impedindo-a de secar e protegendo-a dos inimigos. Onde ouvira isso? Na escola? Lembrou-se do farfalhar tranquilizante do livro escolar, do cheiro de papel e cola. Por um momento ouviu aquele farfalhar em sua mente, dirigindo seus pensamentos para uma página do livro didático, recompondo-se, esquecendo o inseto cuspido e deixando que o programa da Vikerradio retornasse a seus ouvidos, a mente voltando à cozinha com o piso torto, a toalha de mesa, as colheres de alumínio. Um frasco de vitamina C pousado no canto da mesa, as boas letras e palavras em cirílico, comprimidos revestidos de açúcar, vitamina C, as Normas Unitárias do

Governo Soviético, o vidro marrom tão familiar. Estendeu a mão e pegou o frasco, repetindo na mente as palavras russas do rótulo, abrindo a tampa e produzindo aquele ruído familiar. Quando criança, costumava ingerir secretamente o frasco inteiro, o forte sabor azedo de laranja boca adentro, o cheiro de farmácia. Costumavam comprá-la na farmácia. O pulso já tinha voltado ao normal quando devolveu o frasco a Aliide e pediu perdão pela agitação, dizendo que queria apenas parecer normal. Não queria que Aliide pensasse que ela estava tentando atuar.

Aliide riu.

— A menina não quer parecer uma ladra.

— Talvez.

— Ou mulher de um mafioso.

— Talvez.

Aliide não disse mais nada e não perguntou por que Zara não podia voltar para a Rússia ou para casa.

O relógio tiquetaqueou, o fogo zumbiu no forno, e Zara sentiu que sua língua endurecia. As rachaduras no chão de cimento pareciam indecisas, como se estivessem em movimento constante, porém sutil.

— Então é isso — Aliide disse enfim, levantando-se da mesa e arremetendo o mata-moscas contra a lâmpada, em volta da qual circulavam várias criaturas de duas asas. Depois foi ferver alguns frascos na chaleira. — Venha me ajudar. As meias embebidas em licor devem ter feito bem para você; não parece ter pegado um resfriado de qualquer maneira. Já vou buscar um cachecol para que você cubra a cabeça.

1991

BERLIM, ALEMANHA

Zara veste uma saia vermelha de couro e aprende boas maneiras

Um raio de luz brilhou através da fechadura, despertando Zara num colchão no tapete próximo à porta. Pus escorrera de seu lóbulo inflamado, dava para sentir o cheiro. Tateou o chão em busca da garrafa de cerveja. A boca da garrafa estava grudenta, e a bebida fez com que ela sentisse sua garganta grudenta também, de seca a grudenta e áspera. Seus pés tocaram o batente. Pasha e Lavrenti estavam sentados do outro lado da porta. As manchas amarelas de nicotina no papel de parede moviam-se ao ritmo do hálito gélido de Pasha, mas não havia nada de alarmante nisso. Ou havia? Zara tentou escutar. Através da parede fina dava para ouvir as vozes deles, que pareciam se divertir. Estariam se sentindo bem o bastante para deixar que ela tomasse um banho hoje? Aquele bom humor podia se esvair a qualquer instante, e então Zara teria que se esmerar com os clientes. O primeiro chegaria em pouco tempo, uma vez que os dois já estavam em seu posto. Mais um minuto como estava, e então teria que se aprontar, para que Pasha não tivesse do que reclamar. Lavrenti nunca reclamava, apenas fazia seu trabalho e deixava que Pasha a repreendesse. Zara cutucou a madeira que a tinta barata do rodapé deixava entrever, tão macia que seu dedo pareceu afundar. O chão debaixo do colchão seria de madeira ou cimento? O assoalho era de vinil, mas o que haveria embaixo? Se era feito da mesma madeira, podia ceder a qualquer momento, e Zara desapareceria entre os escombros. Seria maravilhoso.

Podia ouvir a faca de Lavrenti talhando pedaços de madeira mais uma vez. Sempre talhava madeira enquanto estava de vigia, todo tipo de coisas, sobretudo equipamentos para as garotas se exercitarem.

Tinha que se levantar. Não podia ficar deitada ali, embora desejasse. As luzes coloridas do prédio da frente inundavam o quarto de vermelho. Carros rugiam ao passar, de vez em quando uma buzina rompia o rumor. Tantos carros, de tantos tipos. Fumou um cigarro Prince, do tipo anunciado nos grandes outdoors que ela vira no caminho até ali, algemada à porta do carro. Pasha e Lavrenti haviam aumentado ao máximo o som do carro, e a velocidade era muito acima do que ela concebia possível. Os dedos de Pasha batucavam no volante sempre que ele parava, dedos tatuados fustigando o volante. Segundo Pasha, Zara não seria capaz de atrair ninguém em frente ao posto, mesmo que ali houvesse uma grande quantidade de caminhões e homens. Por várias horas ela ficou no acostamento da estrada, vestindo a saia vermelha de couro que haviam dado a ela, mas ninguém a quis. Pasha e Lavrenti assistiam de longe, dentro do carro, e então Pasha veio de repente e puxou seu cabelo, abriu o batom e esfregou-o por todo o seu rosto. Depois a empurrou até o carro e disse a Lavrenti:

— Olha que palhaça!

Rindo, Lavrenti respondeu:

— Ela vai aprender. Todas aprendem.

No carro, Pasha tinha tirado a camisa e erguera os ombros como se ajeitasse as dragonas que tinha tatuadas. Lavrenti riu e bateu continência. No hotel, Pasha ordenara que Zara lavasse o rosto, afundara a cabeça dela na pia cheia d'água e segurara até que ela desmaiasse.

Agora Pasha voltava a contar a Lavrenti sobre seu grande plano. Ele tinha um futuro, por isso pensava tanto na vida. Os dois seguiam sempre a mesma rotina, dia após dia, cliente após cliente. Pasha dizia que pela primeira vez tudo com que ele sonhava estava se tornando possível: ganhar dinheiro era brincadeira de criança. Logo ele teria seu próprio estúdio de tatuagem! E depois uma revista sobre tatuagem! No Ocidente há revistas que são só de fotos de tatuagens, todo tipo de tatuagem colorida, do tipo que Pasha passaria a fazer.

Todo mundo ria dos planos de Pasha. Quem iria querer ter um estúdio de tatuagem quando era possível ter hotéis, restaurantes, empresas petrolíferas, estradas, países inteiros, milhões, bilhões. Qualquer coisa era possível, qualquer coisa que se pudesse imaginar. Mas Pasha não dava a mínima, erguia as dragonas tatuadas, iguais às do pai. O pai estivera em Perm em 1936 e em suas dragonas dava para ler "NKVD", as iniciais da polícia estatal. A piada era que se referia a *Ništó Krepše Vorovskoy Družbyt*: "Nada é mais forte que a amizade entre bandidos." Lavrenti também ria dos planos de Pasha; talvez pensasse que Pasha era meio louco. Lavrenti dizia sobre si mesmo que já era um homem velho. Tinha 25 anos de KGB nas costas e teria preferido que sua vida continuasse sendo o que era antes das tolices de Yeltsin e Gorbachev. Não queria nada a não ser que seus filhos tivessem o que precisavam, isso era tudo. Talvez fosse por isso que Lavrenti queria trabalhar com Pasha; eram os únicos preparados para se contentar com menos que as outras pessoas. É verdade que Pasha queria um cassino, um país e um bilhão, mas essas coisas não o empolgavam tanto quanto o estúdio de tatuagem.

Pasha treinava para seu estúdio nas garotas que estavam fora de circulação. Como Katia. Ele anunciara aos berros que ela seria a melhor de todas, e ficara satisfeito com a tatuagem que fizera no peito dela de uma mulher de seios grandes engolindo o diabo. Dizia que queria treinar muito, embora a agulha supostamente se acomodasse em sua mão tão bem quanto a pistola, então. Katia recebeu outra tatuagem do diabo, agora no braço, com um pau grande e peludo.

— Tão grande quanto o meu! — Pasha riu.

Katia desapareceu depois disso.

Zara destampou o frasco de incenso líquido e cheirou-o. Se Pasha começasse a treinar nela, saberia que seu tempo terminara.

— Um estúdio de tatuagem seria simbólico para todo mundo: Deus, minha mãe na Rússia, os santos, todo mundo!

Lavrenti gargalhou.

— Simbólico... Onde você aprendeu essa palavra?

— Cale a boca — disse Pasha, ofendido. — Você não entende nada.

Uma terceira voz se materializou entre as deles: um cliente. Sempre dava para reconhecer a voz de um cliente.

Zara conseguia ouvir alguém bêbado que cantava em alemão no andar de baixo. Havia um americano no grupo. Uma vez pedira a um americano que levasse ao correio uma carta para sua mãe, mas ele a entregara a Pasha, e Pasha viera e...

Ela tirou do armário a saia de couro e os sapatos vermelhos de salto alto. Sua blusa era de criança. Pasha achava que só as blusas de criança eram justas o bastante para estimular o desejo dos homens. Ela fumava um Prince. As mãos estavam apenas um pouco trêmulas. Pôs algumas gotas de valeriana no copo. Seu cabelo estava duro com o gel do dia anterior e esperma.

Logo a porta abriria e se fecharia, seria trancada, a conversa entre Pasha e Lavrenti sobre o estúdio de tatuagem, as mulheres ocidentais e as tatuagens coloridas continuaria. Logo a fivela do cinto se abriria, o zíper faria um ruído, então a luz colorida, Pasha fazendo algazarra do outro lado da porta, Lavrenti rindo da estupidez de Pasha e Pasha ficando ofendido. O cliente gemeria e as nádegas dela seriam abertas. Ela seria ordenada a segurá-las afastadas, mais e mais e mais, e seria ordenada a enfiar um dedo dentro. Dois dedos, três dedos, três dedos de cada mão, abra mais! Mais! Ela seria ordenada a dizer:

— Natasha vai levar agora! Natasha tem que escancarar a boceta porque vai levar!

— O que ela vai levar? Diga! Diga!

E Zara diria:

— *Natasha vai levar...*

* * *

Ninguém perguntava de onde ela era ou o que faria se não estivesse ali.

Às vezes alguém perguntava de que Natasha gostava, o que a deixava molhadinha, do que Natasha gostava, como Natasha gostava de ser fodida.

Às vezes alguém perguntava do que ela gostava.

Isso era pior, porque ela não sabia responder.

Se perguntavam sobre Natasha, ela já tinha uma resposta pronta.

Se perguntavam sobre ela própria, demorava um milésimo de segundo a mais para pensar no que responderia se tivessem perguntado sobre Natasha.

E esse milésimo de segundo revelava aos clientes que ela estava mentindo.

E eles começavam a questioná-la.

Mas isso raramente acontecia, muito raramente.

Em geral ela apenas dizia que nunca havia sido tão bem fodida. Isso era importante para o cliente. E a maioria acreditava.

Todo o esperma, todos os pelos, os pelos em sua garganta; e ainda assim um tomate tinha sabor de tomate, um queijo tinha sabor de queijo, tomate e queijo juntos tinham gosto de tomate e queijo, mesmo com os pelos na garganta. Isso devia significar que ela estava viva.

Nas primeiras semanas ela assistira a vídeos. Madonna e *Erótica*, e *Erótica* e Madonna, rodando.

Ficara sozinha.

A porta fora trancada.

Havia um espelho no quarto.

Tentara dançar na frente do espelho, imitando os movimentos e a voz de Madonna com muito esforço. Era difícil, ainda que seu cabelo estivesse tingido e penteado como o de Madonna. Os movimentos eram difíceis porque seus músculos estavam doloridos, mas ela tentava. E tentava pintar os olhos como os de Madonna. Suas mãos tremiam.

Tentou de novo. Tinha uma semana para acertar, e a maquiagem alemã era boa. Se conseguisse se maquiar como Madonna, não importaria que ela não dançasse tão bem.

Quando Pasha achou que o momento era oportuno, ela foi levada a uma festa. Havia muitas garotas lá, e muitos dos homens de Pasha, e também clientes, um dos quais tinha que ser servido. Ninguém disse por que, mas todas as garotas tinham que cortejá-lo. O cliente tinha uma barriga grande, balançava um copo de Jim Beam na mão, o gelo tilintava, a música tocava alto, e o cheiro frio de vodca misturado ao odor de produtos de limpeza alemães flutuava pelo apartamento. No começo vozes se elevaram e Zara estava incumbida de acalmar os clientes, mas então Pasha começou a tamborilar os dedos no sofá de couro como sempre fazia e em seguida levantou-se de um salto e gritou:

— Quem esse velho pensa que é? — E gritou outras coisas também.

As garotas começaram a procurar um lugar onde se esconder. Zara reparou que um dos homens de Pasha colocara a mão onde costumava guardar a arma, e muitos deles foram ficar parados na entrada, e Zara percebeu que o faziam para não deixar que ninguém saísse. Tentou se afastar o quanto pôde do cliente, tentou ao máximo não ser notada, deslocando-se primeiro para um canto do sofá e depois para trás do encosto. O cliente já não prestava atenção a seus seios, em vez disso gritava alto com Pasha, que gritava com ele de volta. Atrás dela, Lavrenti olhava em silêncio pela janela, embora a escuridão não permitisse enxergar nada, e sorvia de seu copo cheio, o gelo tilintando contra o vidro. Então ele se virou, foi até o cliente, apoiou a mão em seu ombro e perguntou se aquilo era a última coisa que ele tinha a dizer. O cliente rugiu que sim e bateu o copo contra a mesa. Lavrenti assentiu e, subitamente, num só movimento, quebrou o pescoço dele. O silêncio durou apenas um instante. Então Pasha começou a rir e os outros também gargalharam.

1992

LÄÄNEMAA, ESTÔNIA

O medo vem passar a noite

Aliide ouviu uma batida familiar na janela, mas foi como se não tivesse percebido nada. Continuou tomando café como se não houvesse nada de errado, sorvendo o conteúdo da xícara como de hábito, examinando o creme na superfície, inclinando a cabeça na direção do rádio como se algo importante estivesse sendo transmitido. Mas é claro que a garota se sobressaltou assim que ouviu a batida. Seu corpo deu um solavanco e os olhos se viraram para o lado de onde viera o ruído, as pálpebras se abriram amplamente e um tique começou no canto de seu olho esquerdo. A voz era quase inaudível quando ela perguntou o que era aquilo. Aliide soprou o café, moveu os lábios no compasso das notícias e olhou através da garota, que procurava no rosto dela algum sinal do significado do ruído. Aliide manteve a expressão firme. Com sorte os meninos se limitariam a uma só pedra naquela noite.

A garota não conseguia se concentrar em outra coisa, imaginando o marido espreitando-a do jardim, perseguindo-a. Tinha que ficar alerta, manter os olhos e os ouvidos abertos o tempo todo. Aliide colocou a xícara sobre a mesa e abriu as mãos, expondo os dedos. Queria examinar as rugas escurecidas pela terra, mais profundas que os velhos cortes na toalha de mesa, visíveis entre as migalhas e o sal que se espalhavam pela superfície.

— O que foi esse barulho?

— Não ouvi nada.

A garota não deu atenção à resposta de Aliide. Em vez disso caminhou na ponta dos pés até a janela. Afastou o cachecol dos ouvidos para poder ouvir melhor. Suas costas estavam rígidas e os ombros, erguidos.

A xícara de Aliide não tinha asa, apenas um toco áspero onde antes ficava a asa. Começou a tamborilar nele com o polegar, batendo contra a porcelana a crosta de terra em pele enrugada. Aqueles meninos sabiam mesmo escolher o momento certo. Por sua vez, a garota com certeza não conseguia pensar em outra coisa senão que se tratava de seu próprio empresário, ou o que quer que se queira chamá-lo, aprontando alguma por ali. Aliide ficou incomodada novamente. Os russos gostavam de suas roupas finas e de seus hotéis luxuosos, mas quando o assunto era pagar, começava o choramingo. Todo mundo tem um preço. Proteção não é algo barato. Sentiu a urgência de dar um bom tabefe na garota. Se vai tremer, trema em particular, onde ninguém a veja.

— Há muitos animais aqui em volta, javalis. Se você deixa o portão aberto, eles até entram no jardim.

A garota se virou para Aliide e olhou-a com descrença.

— Mas eu contei a você sobre o meu marido!

Outra pedra atingiu a janela. Uma pequena chuva de pedras.

A garota abriu a porta da cozinha e rastejou até o hall de entrada para escutar. Assim que encostou a orelha contra a fechadura, algo atingiu a porta e a fez tremer. Ela deu um salto para trás e voltou para a cozinha.

A garota tinha que se concentrar em outra coisa. Quando era jovem, Aliide sempre tinha artimanhas para as mais diversas situações, mas agora sua mente se recusava a inventar algo melhor do que javalis.

Lavou as mãos com dedicação e começou a trocar o leite do kefir, tentando parecer natural. Pegou do chão uma lata, abriu a tampa e verteu o líquido numa xícara, mencionando de novo os javalis e acrescentando cães e gatos vira-latas, embora ela mesma achasse tolas as explicações. A garota não prestou atenção, apenas sussurrou que precisava ir embora: o marido encontrara o que lhe pertencia, atraíra a presa para a emboscada. Aliide podia ver como ela se encolhia como um cão velho, como os cantos de sua boca endureciam, os cabelos curtos assentavam-se na pele, o pé direito cruzava por cima do esquerdo como se ela tivesse frio. Em silêncio Aliide despejou mais leite sobre o kefir e ofereceu um copo à garota.

— Beba, vai lhe fazer bem.

Ela fixou os olhos no copo, mas não o pegou. Uma mosca rastejava pela borda. O canto de seu olho se agitou, e o movimento das orelhas, projetando-se em direção à janela, distinguia-se facilmente na cabeça raspada.

— Tenho que ir — disse. — Para que não façam nada de ruim com você.

Aliide levou o copo aos lábios e tomou um longo gole, tentou beber todo o conteúdo de uma vez, mas não conseguiu. Como a garganta tinha se fechado, depositou o copo na mesa. Uma aranha correu para baixo da mesa e desapareceu entre as placas do piso. Aliide tinha quase certeza de que a garota estava enganada, mas como podia explicar que eram os meninos do vilarejo os responsáveis pela confusão no jardim? A garota iria querer saber por que, como, quando e quem sabe mais o quê, e Aliide não tinha intenção de explicar nada a uma estranha. Nem sequer chegara a falar sobre o assunto com as pessoas mais próximas.

A garota, porém, estava tão claramente aterrorizada que de repente também Aliide se deixou tomar pelo terror. Meu Deus, como seu corpo se lembrava desse sentimento, se lembrava tão bem que ela o percebeu assim que o viu nos olhos da estranha. E se a garota estivesse certa? E se de fato houvesse uma boa razão para temer o que ela temia? E se fosse mesmo o marido dela? A vocação de Aliide para o medo devia ter ficado relegada ao passado. Já a havia deixado para trás e não voltara a alimentá-la por causa dos atiradores de pedras. Mas agora que uma garota desconhecida estava em sua cozinha espalhando medo de sua pele exposta para a toalha de mesa de Aliide, ela não conseguia dissipar seu próprio medo como deveria. Em vez disso, ele se infiltrava entre o papel de parede e a parede, imiscuía-se pelos vãos deixados pelas fotos que ela escondera lá e mais tarde destruíra. O medo se estabelecia como se sentisse em casa, como se nunca mais fosse embora. Como se tivesse apenas ido dar uma volta e agora estivesse retornando para passar a noite.

A garota passou a mão na cabeça raspada, apertou o cachecol em volta da cabeça, encheu uma caneca com água do balde e lavou a boca. Cuspiu a água no balde de banha, examinou o próprio reflexo no armário envidraçado e caminhou até a porta. Jogou os ombros para trás e ergueu a cabeça como se estivesse se preparando para a batalha ou fosse se alistar nos Jovens Pioneiros. O canto de seu olho agitou-se. Pronta, ela estava pronta. Empurrou a porta e pisou na varanda.

O silêncio propagou a escuridão à volta dela. A noite se adensava. Deu alguns passos e parou sob a luz amarela do jardim. Os grilos cantavam, os cachorros dos vizinhos latiam. O ar tinha cheiro de outono. Os troncos brancos das bétulas brilhavam indistintos no breu. O portão estava fechado. Dava para ver os campos quietos através das cerca de metal, sua malha como olhos cansados.

Inspirou tão profundamente que sentiu uma punhalada nos pulmões, como gelo em contato com o dente. Estava enganada. O alívio fez cederem suas pernas e num baque ela caiu sobre os degraus.

Nem Pasha, nem Lavrenti, nenhum carro preto.

Virou o rosto para o céu. Aquela devia ser a Ursa Maior. A mesma Ursa Maior que se podia ver de Vladivostok, embora parecesse diferente. A avó olhara para a Ursa Maior daquele mesmo jardim quando era jovem, olhara uma Ursa Maior igual àquela. A avó ficara parada naquele mesmo lugar, diante da mesma casa, apoiada sobre os mesmos degraus. As mesmas bétulas à sua frente, e o vento em suas bochechas tinha sido o mesmo, e atravessara as mesmas macieiras. A avó se sentara na mesma cozinha em que ela havia pouco se sentara, despertara no mesmo quarto em que ela despertara naquela manhã, tomara a mesma água do mesmo poço, saíra pela mesma porta. Os passos da avó haviam imprimido seu peso sobre a terra do jardim, ela partira daquele jardim até a igreja, sua vaca se debatera contra as tábuas daquele mesmo celeiro. A grama que fazia cócegas no pé de Zara era o toque da avó, e o vento nas macieiras era o sussurro da avó, e Zara sentia como se olhasse a Ursa Maior pelos olhos da avó, e quando voltou a virar o rosto para o céu sentiu que o corpo jovem da avó estava dentro dela e ordenava que ela voltasse para dentro, em busca de uma história que não lhe fora contada.

Apalpou o bolso. A foto ainda estava ali.

No momento em que a garota saiu, Aliide bateu a porta às costas dela e a trancou. Foi se sentar em seu lugar à mesa da cozinha e discretamente abriu uma gaveta escondida sob a toalha para, se necessário, num movimento rápido sacar a pistola que guardava ali desde que Martin a deixara viúva. O jardim estava em silêncio, talvez a garota já tivesse ido embora. Esperou um minuto, dois minutos. Cinco. O relógio batia sua cadência, o fogo rugia, as paredes estalavam, a geladeira zumbia, lá fora a umidade comia o telhado de palha, um rato bisbilhotava a um canto. O tempo se dilatou ainda uns dez minutos, e houve uma batida e um chamado à porta. Era a garota, pedindo a Aliide que abrisse e dizendo que não havia ninguém ali, só ela. Aliide não se moveu. Como podia ter certeza de que a garota falava a verdade? Talvez o marido estivesse à espreita atrás dela. Talvez ele tivesse conseguido acertar as coisas com ela sem fazer barulho.

Aliide se levantou, abriu a porta da despensa que dava para o estábulo, atravessou a passagem deserta da manjedoura até a grande porta dupla e com muita cautela abriu apenas uma fresta. Não havia ninguém no jardim. Empurrou um pouco mais a porta e viu a garota sozinha nos degraus; voltou à cozinha e deixou que entrasse. Uma lufada de alívio tomou o cômodo. As costas da garota estavam eretas e as orelhas dela descansavam. Respirava com calma, inspirando profundamente. Por que passara tanto tempo no jardim se não encontrara o homem? Disse mais uma vez que não havia ninguém ali. Aliide serviu-lhe uma xícara de café descafeinado e começou ao mesmo tempo a falar sobre jogar um pouco de chá, decidida a tentar afastar a mente da garota das janelas e das pedras por tanto tempo quanto possível. Hoje já é possível encontrar chá. A garota assentiu. Mas no campo há muitas coisas com que se pode fazer chá, framboesa ou menta, por exemplo. Enquanto tagarelava, Aliide percebeu que a garota estava prestes a perguntar novamente sobre os vândalos e, tendo se acalmado, já não aceitaria qualquer resmungo sobre javalis. Como andava fraca sua mente, Aliide não conseguia nem inventar uma explicação plausível para batidas estranhas na janela. O medo afrouxara as garras, mas ela ainda sentia seu hálito, soprando através dos vãos do piso onde se infiltrara um vento gélido que lhe esfriava os pés. A garota não temia os vândalos, então ela não conseguia entender por que o terror que se apoderara dela não desapareceu quando ela voltara a entrar, trazendo consigo um cheiro apaziguador de grama. De repente sentiu que podia ouvir a lua perfazendo seu arco pelo céu. Percebeu que o pensamento não fazia sentido, então agarrou a xícara, apertando o toco de asa tão forte até que suas mãos parecessem ossos.

A garota tomou o café descafeinado e olhou para Aliide, agora de um jeito um pouco diferente. Aliide podia sentir o olhar, embora não estivesse olhando para a garota, mas apenas continuou reclamando sobre a proibição do consumo de álcool de Gorbachev, lembrando que dava para fazer com que o chá tivesse um efeito narcótico simplesmente usando vários pacotes numa única xícara. A bebida tinha um nome, mas ela não conseguia lembrar qual. Era bastante utilizada no exército, ela achava, e também na prisão. E durante toda aquela confusão ela se esquecera de trocar o cogumelo do chá de cogumelo! Reclamando, Aliide pegou um pote de vidro, tirou a gaze da boca do pote, admirou o pequeno cogumelo que crescia em um dos lados e adoçou um chá para vertê-lo ali.

— Ajuda a controlar a pressão sanguínea — explicou.

— Tibla — interrompeu a garota.

— O quê?

— Tibla.

— Agora eu é que não estou entendendo nada.

— Está escrito "*tibla*" na porta da frente, em russo. E "Magadan".

Isso era novidade para Aliide.

— São as crianças brincando — arriscou sem pensar, mas a explicação não pareceu convincente. Tentou de novo, dizendo que quando era jovem costumava lavar roupa na costa e bater nas pilhas, e os meninos batiam nas pedras atrás dela. Chamavam de jogo do fantasma e achavam muito engraçado.

A garota não estava escutando. Perguntou se Aliide era da Rússia.

— O quê? Não!

Alguém poderia facilmente pensar isso, disse a garota, uma vez que em sua porta estavam inscritas as palavras "*tibla*", russa, e "Magadan". Ou talvez Aliide tivesse estado na Sibéria?

— Não!

— Então por que escreveriam Magadan na sua porta?

— Como eu vou saber! Essas brincadeiras de criança nunca fazem sentido.

— Você não tem cachorro? Todo mundo tem.

De fato, Aliide tivera um cachorro, Hiisu, mas ele morrera. Na verdade, Aliide tinha certeza de que Hiisu havia sido envenenado, assim como as galinhas, todas as cinco, e depois haviam incendiado a sauna, mas isso ela não contou à garota. Tampouco contou que de vez em quando escutava os passos de Hiisu, ou o cacarejo das galinhas, e como era impossível lembrar que não havia ninguém para alimentar na casa a não ser ela própria e as moscas. Nunca vivera numa casa com um celeiro vazio e não conseguia se acostumar. Queria que a conversa voltasse a tratar do tal Pasha, mas a chance era pequena, porque a garota tinha tantas perguntas a fazer, seguidas por exclamações de assombro. Sua filha não se preocupava com o fato de ela viver sozinha no campo sem cachorro?

— Eu não a incomodo com essas coisas bobas.

— Mas...

Aliide apanhou um balde e foi buscar um pouco d'água, a alça retinindo, o balde balançando ruidosamente. Postou a cabeça em posição desafiadora e saiu para mostrar que não havia nada de ameaçador esperando ali, nenhum par de olhos extra nos muros escuros da noite. E suas costas não coçaram enquanto ela caminhava para o jardim escuro.

1991
Läänemaa, República Socialista Soviética da Estônia

Depois das pedras, as canções

Da primeira vez que a chuva de pedras atingiu a janela de Aliide era uma noite clara e arejada de maio. Os latidos de Hiisu já a haviam despertado, e com preguiça ela encurralara seu medo em um canto como um inseto esquivo. Virou-se de lado, dando as costas para o medo, fazendo farfalhar a palha do colchão; não se daria o trabalho de se levantar por causa de umas poucas pedras. Quando veio a segunda chuva de pedras, ela já estava começando a se sentir superior. Pensavam que podiam assustá-la com algumas pedras? Ela, entre tantas pessoas. Uma criancice como aquela a fazia rir. Não tinham armas maiores com as quais brincar? A única coisa que a faria levantar da cama no meio da noite seria um tanque que derrubasse a cerca. Nunca se sabe, podia acontecer algum dia, não por causa daqueles vândalos, é claro, mas caso começasse uma guerra. Não seria algo desejável, não mais, não agora: preferiria morrer antes. Sabia que muitas pessoas haviam se preparado para isso e reunido em casa todo tipo de suprimentos: fósforos, sal, velas, pilhas. E várias também tinham um grande estoque de pão seco. Aliide devia fazer mais pão também, e comprar pilhas, porque só lhe sobravam umas poucas. E se uma guerra eclodisse e os russos vencessem? O que sem dúvida aconteceria. Se isso acontecesse, ela não precisaria se preocupar, não uma velha *babushka* vermelha como ela. Ainda assim, nada de guerra; que não houvesse mais nenhuma guerra.

Desperta, Aliide ficou ouvindo o rosnar de Hiisu e quando ele se acalmou um pouco, esperou a manhã chegar para poder preparar o café. Se pensavam que ela ia se levantar no meio da noite por causa deles, estavam sonhando. Não iria a lugar algum, mesmo que o celeiro estivesse vazio e que ela estivesse sozinha em casa, nem para a casa de Talvi na Finlândia nem para lugar nenhum. Aquela era a casa dela, zelosamente paga por ela, e um pequeno grupo de atiradores de pedras não ia tirá-la dali. Não saíra antes e não sairia agora, preferia morrer antes disso. Podiam incendiar a casa toda que ela continuaria sentada em sua cadeira, na cozinha, tomando seu café adoçado com mel. Até acenaria para eles através da janela, levaria até o portão um prato grande com bolinhos caseiros de cardamomo e voltaria a entrar quando a palha do telhado já estivesse em chamas. Quanto mais rápido acontecesse, melhor. De repente sentiu crescer nela uma expectativa primaveril. Que o façam. Que incendeiem a casa inteira. A dona da casa, a dona do celeiro vazio, não tinha medo do fogo. Estava pronta para ir, aquele era um momento tão oportuno quanto qualquer outro. Que queimem tudo! A boca estava ressecada pela avidez, então ela lambeu os lábios, pulou da cama, foi até a janela, abriu-a ruidosamente e gritou:

— O lugar de vocês também é na Sibéria! Seria perfeito para vocês!

Depois das primeiras pedras vieram as canções. Pedras e canções. Ou apenas pedras, ou apenas canções. Então vieram Hiisu, as galinhas e a sauna. As noites sem dormir marchavam em fila pela cama de Aliide; os dias cansados, de pescoço rígido, se prolongavam. A paz que sobreviera na última década fora rasgada e retalhada num só instante, e a montanha de trapos que restava teve de ser mais uma vez ordenada, mais uma vez suportada. *É hora de endireitar as costas de novo e jogar fora nossa própria escravidão...* A música veio sussurrando através da janela, penetrando seu quarto. Ela ficou na cama e não se mexeu. Suas costas estavam eretas, rígidas sobre a palha. Fixou os olhos na parede, não se virou para a janela nem fechou as cortinas. Que gritem, que façam o que quiserem, que esses moleques remelentos cantem a plenos pulmões, que dancem em cima do telhado quanto quiserem; os tanques não vão demorar a chegar e levar embora os espertalhões.

A terra, a terra natal, esta terra é sagrada, onde agora podemos ser livres. A canção, nossa canção de vitória, ela permanecerá, logo você verá uma Estônia Livre.

Alguns anos antes — teria sido em 1988? — um grupo de jovens percorrera o vilarejo cantando "*Estonianos, sejam orgulhosos e bons, como foram seus avós. Seremos livres.*" A voz de um garoto púbere se destacou: "*Estoniano eu sou e estoniano serei, pois foi para ser estoniano que nasci.*" Os outros riram, e um garoto de cabelos compridos ergueu a cabeça com todo o orgulho. Aliide estava saindo da mercearia, ainda podia ouvir as batidas das contas do ábaco, as dobradiças da porta rangendo como um estômago faminto e parou apenas para apertar o cachecol, colocando o saco de pão no chão. Quando ouviu os primeiros versos da canção, recolheu-se num canto da mercearia e ficou assistindo enquanto passavam. Sua irritação era tão profunda que ela esqueceu o pão, deixando-o ali, e não se deu conta disso até a metade do caminho de volta. Como se atreviam? Como podiam ser tão insolentes? Que diabos estavam pensando? Ou seria apenas inveja o que a fazia esbravejar e tremer, com o coração acelerado?

A voz na janela era jovem, um pouco parecida com a do cunhado Hans nos tempos da República Estoniana, quando ela o conhecera. Antes que suas canções fossem todas cantadas. Antes que sua estrutura firme, reta, de 2 metros de altura, fosse curvada, quando seus ossos ainda não haviam sido dobrados — mas seriam, e suas bochechas gordas ficassem encovadas e seu belo canto fosse silenciado. Que os moleques remelentos cantassem! Ela ficava feliz em ouvir, em pensar em Hans, tão belo. Sorria na escuridão. Hans também fazia parte de um coro. Ah, como cantava bonito! Quando trabalhava no campo nos dias de verão, ao voltar para casa seu cantar vinha na frente e envolvia os salgueiros do caminho numa alegria absoluta, e fazia os troncos das macieiras murmurarem no mesmo ritmo. A irmã dela, Ingel, tinha tanto orgulho do marido! E ela também se orgulhava de que Hans tivesse sido escolhido para trabalhar na guarda parlamentar. Só os bons atletas e os homens altos eram aceitos. E Hans estava radiante de orgulho, um camponês comum escolhido para defender o Riigikogu!

1991
LÄÄNEMAA, ESTÔNIA

Aliide encontra o broche de Ingel e fica horrorizada

Voldemar, o velho amigo de Martin, veio fazer uma visita vários meses depois da declaração de independência. Hiisu começou a latir bem antes de ele chegar e correu para a estrada. Aliide saiu para o jardim e, entre os postes, viu um homem, tão magro e cinza quanto os próprios postes, pedalando sua bicicleta naquela direção. O ouro roubado havia muito tempo reluzia em sua boca afundada. Rugas haviam atraído as bochechas para dentro do crânio, como se seu rosto tivesse sido amarrado com fios invisíveis. Volli sempre estivera na vanguarda, sempre quisera ser o primeiro em tudo. Lembrava-se bem dele, infiltrando-se pesadamente na frente das filas com sua barriga grande e seu maxilar forte, inchando o peito de veterano. A raiva nos olhos ocos das pessoas que esperavam desde as primeiras horas da manhã atingia apenas os pés de Volli. Nunca chegava a suas botas, mesmo que a fila fosse muito longa, porque suas pernas não eram fracas nessa época, eram fortes e gordas, e em pouco tempo ele já cruzara a soleira da loja, deixando para trás seu rastro de raiva. Depois que ele e seus companheiros partiam, sobravam apenas restos no balcão. Nas vezes em que Aliide estava na fila quando Volli furava, ela tentava ao máximo camuflar-se para que ele não reparasse nela e fosse cumprimentá-la, para que ninguém na fila soubesse que ela conhecia aquele homem. Não queria que os olhos ocos das pessoas que esperavam se virassem e olhassem na direção dela; se ele a cumprimentasse ela seria empurrada para fora da fila, receberia uma cotovelada nas costas. As costas bem alimentadas de Volli eles nunca atingiam.

Agora Aliide o cumprimentou com alegria e lhe ofereceu café descafeinado. Puseram-se a conversar sobre uma e outra coisa, e então ele contou que talvez tivesse que comparecer à corte judicial.

O temor que tomou seus olhos foi tão intenso que por um momento ela não viu nada.

— Inventaram todo tipo de mentiras sobre mim — disse ele. — Pode ser até que queiram lhe fazer algumas perguntas, Aliide.

Falava sério. Tudo devia estar acabado e encerrado. Por que vinham agora assediar pessoas de idade?

— Nós só estávamos cumprindo ordens, éramos boas pessoas. E agora de repente somos maus, não entendo. — Baixou a cabeça e começou a insultar Yeltsin e a ingratidão da juventude diante da nação bem construída. — Agora você tem que batalhar por tudo, e isso supostamente é uma coisa boa, que tal?

Aliide fechou os ouvidos para as reclamações. Algo a ser rearranjado, novos planos a fazer, sempre algo novo, mesmo que ela não fosse assim, não mais.

Volli arrumou-se para partir. Aliide estudava seus movimentos. As mãos tremiam, ele tinha que segurar a xícara com ambas, e era possível ver medo naquelas mãos. Não na expressão pálida, não no rosto enrugado, apenas naquelas mãos. E talvez também na boca, no canto dos lábios que ele limpava com um lenço o tempo todo, passando neles os dedos trêmulos e ossudos, fazendo com que ela também estremecesse. Ele estava fraco agora, e isso a enchia de irritação e de um desejo de chutá-lo, de acertar-lhe as costas com um pau, ou com um saco de areia, até que não restasse mais nada dele. Até que suas tripas virassem sopa, esse seria um método familiar a Volli. Como uma velha namorada — beije isso! Uma visão que relampejava em sua mente: Volli fraquejando e tremendo no chão, protegendo a cabeça, chorando e pedindo clemência. Que visão deliciosa. Uma mancha molhada se expandiria em suas calças e o saco de areia voaria de novo e de novo, martelando por inteiro aquele corpo fraco e odioso, ferindo seus olhos aquosos, partindo seus ossos porosos. Mas a melhor parte seria a mancha nas calças e o gemido, como o de um animal, antes de morrer.

A visão a deixou sem fôlego, e ela suspirou. Volli também suspirou antes de dizer:

— Foi a isso que chegamos.

Ela prometeu testemunhar em seu favor se ele fosse parar no tribunal, mas é claro que não iria.

Fechou o portão atrás dele e o viu partir em sua bicicleta.

Outros viriam depois de Volli para discutir a mesma coisa, disso não havia dúvida. Pensavam nela como uma aliada e insistiriam em levá-la com eles. Ela era quase capaz de ouvir que devia fazer uma declaração, falar com os jornais, uma vez que sempre fora boa em falar e uma vez que sempre se acredita mais nas mulheres nessas situações. Seria isso o que diriam, e apelariam para a lembrança de Martin para dizer que Aliide havia sido parte da construção do país, e suas reputações seriam arrastadas na lama de maneira tão vergonhosa, assim como a memória de tantos soldados e veteranos que os precederam. Impossível dizer que memórias e reputações seriam incluídas na história, e então terminariam divagando sobre como a União Soviética nunca permitiria que os heróis da pátria terminassem precisando usar cupons de macarrão.

Aliide nunca iria a lugar nenhum nem diria coisa nenhuma sobre essas questões. Que a ameaçassem como quisessem, ainda assim ela não iria.

Ela não acreditava que fosse haver qualquer jogada ousada, porque pessoas demais tinham sujeira guardada em suas malas, e pessoas de dedos sujos dificilmente gostam de revolver o passado. Além disso, sempre era possível encontrar alguém que o defendesse se um público fanático iniciasse uma revolta. Teriam sido chamados de sabotadores no passado e colocados na cadeia para pensar um pouco sobre as consequências de suas ações. Jovens idiotas, o que esperavam conseguir vasculhando tudo daquele jeito? Os que cutucam assim o passado acabam levando uma estocada no olho. Com uma viga seria melhor, contudo.

Quando Volli já não estava à vista, Aliide entrou em casa e abriu uma gaveta da escrivaninha. Tirou alguns papéis e começou a arrumá-los, depois abriu outra gaveta, e mais outra. Mexeu em todas as gavetas, vasculhou os armários embaixo da pia, lembrou-se da gaveta secreta na mesa da cozinha. A estante do rádio. A prateleira do grande espelho. As malas inutilizadas. O papel de parede rasgado, embaixo do qual às vezes ela escondia algo. As latas de doce, repletas de ferrugem. As pilhas de jornais amarelados, permeados de fezes de moscas. Teria Martin algum outro esconderijo?

Limpou as teias de aranha presas no cabelo. Não encontrou nada incriminatório, só um monte de lixo saltando de cada canto. Os documentos e as condecorações do partido foram para a fogueira, assim como o distintivo de Jovem Pioneira de Talvi. E a pilha de *Abiks*, a revista dos agitadores, que Martin lia todo mês com olhos ardentes: *Em 1960, para cada 10 mil habitantes da Inglaterra havia apenas nove médicos, nos Estados Unidos apenas 12, enquanto na República Soviética da Estônia havia 22! Na República Soviética da Geórgia, 32! Antes da guerra, não havia jardins de infância na Albânia, mas agora há 300! Demandamos uma vida feliz para todas as crianças do mundo! E que brigadeiros nós temos!*

Ao olhar o volume anual, embaixo de cujo título estavam impressas as palavras "Associação de Agitação e Propaganda EKP KK", Aliide podia ouvir a voz de Martin tremendo de fervor. *Uma sociedade socialista fornece os melhores requisitos para o avanço da ciência, da economia, para a conquista do espaço em nome do progresso!* Ela balançava a cabeça, mas a voz de Martin não se detinha. *O mundo capitalista não será capaz de acompanhar o imenso progresso da qualidade de vida do nosso povo! O mundo capitalista vai ser deixado para trás — e cair!* E uma interminável lista de cifras: quanto aço havia sido produzido no ano anterior, quanto a expectativa havia sido superada, como o objetivo anual fora atingido em apenas um mês, para a frente, sempre para a frente, e mais e mais e mais, vitórias maiores, lucros maiores, vitória, vitória, vitória! Martin nunca dizia talvez. Era incapaz de duvidar, porque não deixava que suas palavras admitissem a possibilidade. Dizia apenas verdades.

Havia tanto papel a ser jogado fora que Aliide teve que esperar que a primeira leva queimasse antes de colocar mais no fogo. O papel velho sujava sua pele. Lavou as mãos até os cotovelos, mas logo voltou a se sujar quando pegou outra revista. Os intermináveis anais dos Comunistas Estonianos. E em seguida os livros que tinham estado ordenados: *Experiências de Trabalho Ideológico em Viljandi*, de K. Raaven, *Uma análise da produção de animais em fazendas comunitárias*, de R. Hagelberg, *Questões de uma jovem comunista sobre o crescimento*, de Nadezda Krupskaya. A pilha, perscrutada pelos olhos do otimismo perdido, crescia a sua frente. Podia queimar todos gradualmente, usando os livros como lenha, mas parecia importante livrar-se de todos de uma vez. Seria inteligente procurar o tipo de coisa que pudesse ser usado contra ela. Martin sempre fora o tipo de pessoa que sabia cuidar de si mesmo, então com certeza ela encontraria alguma coisa. Mas a pilha de lixo diante do forno a incomodava demais.

Depois de ter começado, tendo queimado livros por vários dias, decidiu buscar a escada no celeiro e conseguiu arrastá-la até o fundo da casa, embora fosse muito pesada e forçasse seus braços para o chão. Hiisu saiu atrás de um avião da força aérea que voava baixo — nunca se acostumara a eles, sempre tentando caçá-los, muitas vezes ao dia, latindo a plenos pulmões, perdendo-se atrás da cerca. Aliide apoiou a escada contra a parede da casa e subiu até um dos cômodos em que ela não entrava havia anos, então a bagunça imperava no espaço, e por toda parte havia frases embaraçosas e teses sufocantes.

Um cheiro de sótão. Teias de aranha que se emaranhavam e um estranho sabor de saudade. Voltou a apertar o cachecol debaixo do pescoço e deu um passo à frente. Deixou a porta aberta e esperou que os olhos se ajustassem à escuridão, observando as pilhas de volumes empilhados. Por onde começar? A seção do sótão sobre o fundo da casa estava cheia, tinha todos os objetos possíveis: pneus, carrinhos, formas de sapateiro, velhos sacos de batata, um tear, bicicletas, brinquedos, esquis, traves de esqui, molduras de janela, uma máquina de costura de pedal — uma Singer que Martin insistira em carregar até ali em cima, mesmo que Aliide quisesse mantê-la embaixo porque funcionava bem. As mulheres do vilarejo haviam se apegado às Singer, e quem conseguia uma máquina nova escolhia o modelo com pedal — e se acontecesse alguma coisa e não houvesse eletricidade? Martin não costumava ficar visivelmente irritado e não discutia com a mulher por causa de questões domésticas, mas a Singer tivera que partir, substituída por um modelo elétrico, uma Tshaika russa. Aliide deixara passar, avaliando que ele simplesmente odiava bens dos tempos estonianos e queria dar o exemplo ao mostrar que confiava nos utensílios russos, mas o fato era que a Singer era a única coisa dos tempos estonianos da qual ele queria se livrar. Por que a Singer, e por que apenas ela? *Me escolha, meus lábios nunca foram beijados*, *Me escolha, sou moça sincera, pura e capaz*, *Me escolha, tenho uma máquina de costura Singer*, *Me escolha, tenho uma mesa de pingue-pongue*. Quem cantava essa música? Ninguém da região, com certeza. As vozes jovens na mente de Aliide se misturavam às bufadas que Martin dera anos antes enquanto levava a máquina de costura até o sótão. Onde ela ouvira aquela música? Em Talim, quando estava visitando uma prima. Por que fora até lá, para ir ao dentista? Só podia ser essa a razão. A prima a levara até a cidade e ela cruzara com estudantes que cantavam, "*Me leve, tenho uma máquina de costura Singer*", e as estudantes riram com tanta leveza. Tinham a vida inteira pela frente, o futuro as levava a todo vapor, garotas de minissaia e botas brilhantes de salto alto, cachecol de seda voando com o vento ou enrolado no pescoço. As expressões nos rostos jovens eram cheias de possibilidades, enquanto o futuro dela já terminara. A música ficou soando em seus ouvidos o dia inteiro. Não, a semana inteira. Misturava-se com o leite que pulverizava no balde, nos botões lamacentos das galochas, nos passos enquanto andava pelos campos do colcoz e via a excitação de Martin com o coletivo que prosperava, a excitação com o futuro, que passara por cima do coração de Aliide como uma carruagem pesada, robusta como um vagão de carga, como os músculos de Stakhanov, o mineiro-herói, inescapável, inexorável.

Aliide apontou a lanterna de novo para a máquina de costura. *Singer, acima de todas as outras*. Lembrava-se muito bem das propagandas de um mundo antigo que via na revista *Taluperenaire*. Embaixo do armário, havia uma caixa cheia de óleo velho para a máquina, pequenas escovas, agulhas quebradas e algumas linhas. Ajoelhou-se para ver o que havia. Os pregos ali eram menores do que no restante do armário. Empurrou a máquina e desceu a escada cuidadosamente; pegou um machado na cozinha e voltou a subir. O machado destruiu facilmente a máquina de costura.

Encontrou uma pequena sacola no meio de um dos amontoados: a velha bolsa de tabaco de Martin. Havia velhas moedas de ouro e dentes de ouro dentro. Um relógio de ouro, com o nome de Theodor Kruus gravado. E o broche de sua Irmã Ingel, que desaparecera naquela noite no porão da prefeitura.

Aliide sentou-se no chão.

Martin não estivera lá. Não Martin.

Embora a cabeça de Aliide estivesse coberta e ela não conseguisse ver nada, ainda se lembrava de cada som, de cada cheiro, de cada passo naquele porão. Nenhum deles pertencia a Martin, e por isso o aceitara.

Mas então como o broche de Ingel fora parar nas mãos de Martin?

No dia seguinte, Aliide foi de bicicleta pela estrada até a floresta. Quando estava longe o bastante, encostou a bicicleta, andou até o pântano e atirou a bolsa, em um grande arco.

1992

LÄÄNEMAA, ESTÔNIA

O carro de Pasha se aproxima cada vez mais

Zara lavou as últimas framboesas do ano, tirou os vermes, jogou fora as que estavam completamente estragadas, aparou as meio comidas e foi enchendo uma tigela com as frutas limpas. Ao mesmo tempo tentava encontrar uma maneira de perguntar a Aliide sobre as pedras que atingiam a janela e sobre a inscrição "*tibla*" na porta. De início se assustara, pensando que podiam se referir a ela, mas mesmo seu débil intelecto lhe garantiu que Pasha e Lavrenti não entrariam nesse tipo de jogo. A pichação se dirigia a Aliide, mas por que alguém assediaria dessa maneira uma mulher idosa? E como Aliide conseguia manter a calma? Continuava ocupada no fogão como se nada estivesse acontecendo, soltando até interjeições de satisfação, de quando em quando aprovando a tigela de framboesas de Zara e tentando empurrar-lhe uma colherada de espuma de geleia recém-tirada da panela fervente. Ao que parece, Talvi sempre implorava para ser a primeira a experimentar. Obediente, Zara começou a esvaziar a colher, mas a doçura lhe provocou uma dor aguda nos dentes. Vermes se arrastavam por cima das framboesas descartadas e davam vida às flores esmaltadas da tigela. Aliide continuava estranhamente calma. Sentou-se num banco perto do fogão para acompanhar o processo, a bengala apoiada contra a parede. O mata-moscas descansava em seus braços e de vez em quando era utilizado para esmagar uma mosca eventual. Suas galochas brilhavam mesmo na escuridão da cozinha. O aroma adocicado que subia das panelas ferventes se misturava com o cheiro de aipo seco e o odor de suor provocado pelo aquecimento da cozinha. Tudo confundia o cérebro de Zara. O cachecol, pendendo de seu pescoço, tinha o cheiro de Aliide. Era difícil respirar. Novas perguntas sobrevinham, mesmo que ela não tivesse obtido respostas para as primeiras. Como podia Aliide Truu viver naquela casa? O que significavam as pedras que atingiam as janelas? Talvi chegaria antes de Pasha? Zara se inquietava, impaciente, incomodada com o céu da boca que estava grudento. Aliide não dissera muito depois de dar a explicação para os rabiscos e para a chuva de pedras, e isso a torturava. Como fazer com que voltasse a tagarelar sobre seus problemas? Aliide esbravejara sobre o aumento dos preços, talvez ela pudesse perguntar algo a respeito. Seria um assunto seguro? O preço dos ovos ou dos ossos para sopa? Ou do açúcar? Aliide resmungara que devia voltar a plantar beterrabas com as quais pudesse fazer açúcar do jeito que andavam as coisas. Mas o que Zara podia perguntar sobre isso? Ao longo do último ano ela fora esquecendo todas as formas normais de estar com outra pessoa, como conhecê-la, como travar uma conversa, e agora não conseguia pensar numa continuação que rompesse o silêncio. Além disso, o tempo corria e a natureza imperturbável de Aliide a amedrontava. E se Aliide fosse louca? Talvez as pedras e as janelas não significassem nada para os propósitos de Zara, talvez ela devesse apenas se concentrar em fazer algo, e rápido. As sementes de framboesa ficavam presas entre os dentes e machucavam a gengiva. Podia sentir o gosto do sangue. O relógio estalava metalicamente, o fogo queimava graveto após graveto, as cestas de framboesa se esvaziavam. Aliide limpava a espuma e os vermes que emergiam com precisão lunática, e Pasha se aproximava. A cada minuto ele chegava mais perto. Seu carro não quebraria, não ficaria sem gasolina, não seria roubado — esse tipo de coisa, atrasos que só os mortais vivenciam, não aconteciam a Pasha, porque os problemas da gente ordinária não o tocavam e porque Pasha sempre fazia o que bem entendia. Não se podia contar com que Pasha tivesse má sorte, ele nunca tinha má sorte. Tinha sorte com o dinheiro, sorte do melhor tipo, e estava chegando cada vez mais perto.

Os olhos de Zara não se concentravam em nada na casa, nem a velhas fotos, nem a livros ou inscrições. Tinha que pensar em outra coisa.

A foto estava em seu bolso.

Aliide foi buscar algumas tampas na despensa, e Zara decidiu agir.

1991

BERLIM, ALEMANHA

A foto que a avó de Zara deu a ela

Na foto, duas jovens estão paradas lado a lado olhando para a câmera, mas sem se atreverem a sorrir. Os vestidos caem um pouco tortos no quadril, sendo a bainha de um deles mais alta na direita que na esquerda. Pode ter sido rasgado. A outra está mais ereta, tem busto alto e cintura fina. Posicionou assertivamente um pé na frente do outro para que sua forma delgada, ocultada por uma meia preta, apareça bem na foto. Tem algum tipo de distintivo à altura do peito, um trevo de quatro folhas. Não é muito visível na foto, mas Zara sabia, porque a avó lhe contara, que era o distintivo de uma organização de jovens rural. E ao olhar para a foto agora, soube algo que antes não chegara a entender. Havia alguma coisa de muito inocente no rosto das jovens, e essa inocência resplandecia nas bochechas redondas de uma forma que a envergonhava. Talvez ela não reparasse nisso antes porque ela própria devia ter a mesma expressão, a mesma inocência, mas agora que a perdera podia reconhecê-la naqueles rostos. A expressão de alguém que desconhecia a realidade. A expressão de um tempo em que o futuro ainda existia e em que tudo era possível.

A avó lhe dera a foto antes de ela partir para a Alemanha, para o caso de algo acontecer com ela enquanto Zara estivesse fora. Todo tipo de coisas pode acontecer com pessoas mais velhas e, se de fato algo acontecesse, a foto já seria um ponto de partida, poupando-a do tempo que demoraria para buscá-la. Zara tentara dissuadi-la, mas ela não desistiu da ideia. A mãe pensava que qualquer coisa velha era lixo, de modo que não guardaria fotos antigas. Conhecendo esse lado dela, Zara concordara em levar a foto, guardando-a consigo, dali em diante, mesmo quando parecia impossível, tendo perdido tudo que lhe pertencia e trajando roupas de Pasha, mesmo não tendo nada no corpo que pudesse chamar de seu, mesmo que todas as suas funções corporais dependessem da permissão de Pasha, mesmo não podendo ir ao banheiro sem essa permissão, ou usar um absorvente ou uma proteção de algodão ou qualquer coisa, porque Pasha achava os absorventes caros demais.

Além da fotografia, a avó lhe dera um cartão em cujo verso estava escrito o endereço do lugar onde nascera, incluindo o nome do vilarejo e da casa. Casa de Tamm. Para o caso de em alguma de suas grandes viagens internacionais ela acabar passando pela Estônia. A ideia a surpreendera, mas parecera óbvia para a avó.

— A Alemanha é bem do lado da Estônia! Vá fazer uma visita agora que você tem a oportunidade.

Os olhos da avó brilharam quando ela lhe contou que ia trabalhar na Alemanha. A mãe não se entusiasmou muito, nunca se entusiasmava com nada, mas desgostava particularmente desses planos; achava o Ocidente um lugar perigoso. O salário alto não a fazia mudar de opinião. A avó tampouco ligava para o dinheiro, mas insistia que ela o utilizasse para ir visitar a Estônia.

— Lembre-se, Zara, você não é russa, é estoniana. E pode comprar algumas sementes no mercado e mandar para mim. Quero flores estonianas no peitoril da minha janela!

No verso da foto, estava escrito: "Para Aliide, de sua irmã." Também se lia no cartão o nome de Aliide Truu. Ninguém nunca dissera nada para Zara sobre Aliide Truu.

— Quem é Aliide Truu, vovó?

— É a minha irmã. A minha irmãzinha. Ou era a minha irmãzinha, pode já estar morta. Você pode perguntar sobre ela, se alguém a conhece.

— Por que você nunca me contou que tinha uma irmã?

— Aliide se casou e saiu de casa cedo. Então veio a guerra, e nós nos mudamos para cá. Mas você tem que ir ver a casa, para me dizer como está agora e quem mora lá. Eu já contei a você como era.

Quando a mãe a acompanhou até a porta no último dia, Zara colocou a mala no chão e perguntou à mãe porque nunca lhe contara sobre a tia.

Dessa vez, a mãe respondeu:

— Eu não tenho tia.

1992

LÄÄNEMAA, ESTÔNIA

Histórias de ladrões interessam a outros ladrões

Quando Aliide entrou na despensa, Zara tirou a foto do bolso e esperou. Aliide teria que reagir de alguma maneira, dizer algo, contar-lhe alguma coisa, qualquer coisa. Algo teria que acontecer quando Aliide visse a foto. O coração de Zara estava acelerado. Quando Aliide voltou à cozinha, porém, e Zara agitou a foto a sua frente dizendo-lhe que havia caído do vão atrás do armário por um buraco no papel de parede, nada na expressão de Aliide indicou que ela soubesse quem eram as jovens da foto.

— É uma foto de quê?

— Diz: "Para Aliide, de sua irmã".

— Eu não tenho irmã. — E aumentou o volume do rádio. Na transmissão, estavam lendo as últimas palavras de uma carta aberta de um comunista desapontado e passavam a outros pontos de vista. — Me dê aqui.

A voz imperativa compeliu Zara a lhe dar a foto, e rapidamente a outra a apanhou.

— Qual é o nome dela? — perguntou Zara.

Aliide aumentou ainda mais o volume do rádio.

— Qual é o nome dela? — repetiu.

— O quê?

... Se não há leite para dar às crianças, e não há doces, como podem crescer com saúde? Devemos ensiná-las a comer só urtigas e ervas daninhas? Rezo de todo o coração para que nosso país possa ter...

— Mulheres como essa antes eram chamadas de inimigas do Estado.

... pão suficiente e algo que se possa passar nele também...

— E a sua irmã?

— O que tem ela? Era uma ladra e traidora.

Zara abaixou o volume do rádio.

Aliide não olhou para ela. Zara podia ouvir a indignação em seu resfolegar. Os lóbulos de suas orelhas ficaram vermelhos.

— Então ela era uma má pessoa. Muito má? O que ela fez?

— Roubou grãos do colcoz e foi presa.

— Roubou grãos?

— Comportou-se como se comportam os predadores. Roubou do povo.

— Por que ela não roubou algo mais valioso?

Aliide voltou a aumentar o rádio.

— Você não perguntou a ela?

— O quê?

... Ao longo dos séculos, uma mentalidade de escravo foi programada em nossos genes e só reconhecemos dinheiro e poder, então não devemos nos perguntar se...

— Não perguntou por que ela roubou os grãos?

— Vocês de Vladivostok não sabem como se faz álcool?

— Parece o ato de alguém faminto, para mim.

Aliide aumentou o rádio ao máximo.

... pelo bem da paz doméstica devemos pedir a algum grande poder que nos defenda. A Alemanha, por exemplo. Só uma ditadura poderia dar fim à corrupção na Estônia e botar ordem na economia...

— Você nunca deve ter passado fome, Aliide, porque nunca teve que roubar um grão.

Aliide fingia ouvir o rádio, soltava interjeições a respeito, pegava dentes de alho para descascar. As cascas de alho começaram a cair sobre a fotografia. Havia uma revista embaixo, *Nelli Teataja*. O logotipo na capa, a silhueta negra de uma senhora idosa, ainda era visível. Com um único puxão Zara tirou o rádio da tomada. O zunido da geladeira rompeu o silêncio, o alho retumbou na tigela como se fosse pedra, o fio queimou na mão de Zara.

— Você não acha que é hora de sentar e relaxar? — perguntou Aliide.

— De onde ela roubou?

— Do campo. Dá para ver desta janela. Por que você está tão interessada nos feitos de uma ladra?

— Mas esse campo pertencia a esta casa.

— Não, pertencia ao colcoz.

— Mas antes disso.

— Antes disso, esta era uma casa fascista.

— Você é fascista, Aliide?

— Eu era uma boa comunista. Por que não se senta, querida? De onde eu venho, as visitas se sentam onde lhes dizem para sentar ou então vão embora.

— Então, se nunca foi fascista, quando se mudou para cá?

— Eu nasci aqui. Ligue o rádio.

— Não entendo. Você quer dizer que a sua irmã roubou das suas próprias terras?

— Das terras do colcoz! Ligue o rádio, jovenzinha. De onde eu venho, as visitas não se comportam como se fossem donas da casa. Talvez, de onde você venha, não tenha aprendido a se comportar de outra forma.

— Me desculpe, eu não quis ser rude. Só me interessei pela história da sua irmã. O que aconteceu com ela?

— Foi levada. Por que está interessada na história de uma ladra? Histórias de ladrões interessam a outros ladrões.

— Para onde a levaram?

— Para onde quer que levem os inimigos do povo.

— E depois?

— Como assim depois?

Aliide se levantou, tirou Zara do caminho com a bengala e voltou a ligar o rádio.

... O espírito de um escravo deseja o chicote, e às vezes um bolo prianiki russo.

— O que aconteceu depois?

A foto estava coberta de cascas de alho. O rádio estava tão alto que as cascas trepidavam.

— Por que você ainda está aqui, Aliide, se sua irmã foi levada embora? Isso não a tornava uma pessoa suspeita?

Aliide não deu sinais de ter ouvido, limitando-se a gritar:

— Ponha mais lenha no fogo!

— Foi porque você tinha uma formação tão boa? Porque era tão boa integrante do partido?

As cascas de alho dançavam na borda da mesa e caíam no chão. Aliide levantou-se para jogá-las no fogo.

— Você era uma boa camarada, Aliide?

— Era boa, tal como o meu marido, Martin. Ele era um dos dirigentes do partido. De uma velha família comunista estoniana, não do tipo de oportunistas que vieram mais tarde. Tinha medalhas, prêmios.

O fogo forte que dominava a sala e estalava ainda mais alto que o som do rádio deixava Zara ofegante. Tinha que pressionar o próprio peito para acalmá-lo, abrindo os botões do vestido e mal reconhecendo na mulher à sua frente a mesma Aliide que tagarelava calmamente algum tempo antes. Aquela mulher era fria e dura, e Zara não ia conseguir nada dela.

— Acho que você deve ir dormir agora. Vai ter muito no que pensar amanhã, como o que fazer com o seu marido, se ainda se lembra desse problema.

Sob os lençóis no quarto da frente, Zara ainda tentava recuperar o fôlego. Aliide reconhecera sua avó.

A avó não fora ladra nem fascista. Ou fora?

Ouviu um golpe de mata-moscas na cozinha.

Parte Dois

Por 7 milhões de anos
ouvimos os discursos do führer,
os mesmos 7 milhões de anos
durante os quais as macieiras florescem
— Paul-Eerik Rummo

Junho de 1949

Para a Estônia Livre!

Tenho a xícara de Ingel aqui. Gostaria de ter o travesseiro dela, também, mas Liide não quis me dar. Ela está à vontade de novo, tentando pentear o cabelo igual ao de Ingel. Talvez esteja apenas tentando me animar, mas não me anima, fica feio. Não posso falar mal, porque ela me traz comida e tudo mais. E se eu a irritar, ela não vai me deixar sair. Não demonstra a raiva, só não me deixa sair e não traz comida. Da última vez passei fome por dois dias, provavelmente porque pedi a camisola de Ingel. Não ganhei mais pão.

Quando ela me deixa sair, tento agradá-la, conversar com tranquilidade e fazê-la rir um pouco, elogiar sua comida — disso ela gosta. Na semana passada fez para mim um bolo de seis ovos. Não perguntei como ela conseguiu tantos ovos, mas ela quis saber se o bolo era melhor do que os que Ingel faz. Não respondi. Agora estou tentando pensar em algo bom para dizer.

Durmo com minha Walther e minha faca ao lado. Me pergunto por que a Inglaterra está demorando tanto?

Hans Pekk, filho de Eerik, camponês estoniano

1936-1939
LÄÄNEMAA, ESTÔNIA

Aliide come uma lilás de cinco pétalas e se apaixona

Aos domingos depois da igreja, Aliide e Ingel tinham o hábito de caminhar até o adro para encontrar as amigas e ver os rapazes, para flertar tanto quanto permitiam os limites da decência. Na igreja sempre se sentavam perto da tumba da Princesa Augusta de Koluvere, virando os pés e esperando com ansiedade o momento em que se apresentariam no adro, para exibir com estilo os tornozelos cobertos com elegantes meias pretas de seda, com sua melhor aparência, lindas e prontas para trocar olhares com seus pretendentes. Ingel fazia tranças nos cabelos e as juntava numa coroa. Aliide deixava as tranças penderem pelo pescoço, por ser mais nova. Aquela manhã ela falou pela primeira vez sobre a ideia de cortar os cabelos mais curtos. Vira os charmosos cabelinhos ondulados das garotas da cidade — dava para fazer uma permanente por duas coroas —, mas Ingel ficara horrorizada e lhe recomendara que não falasse alto para que a mãe não ouvisse.

A manhã estava especialmente suave por alguma razão, e os lilases especialmente inebriantes. Aliide começava a se sentir adulta e, ao beliscar as bochechas diante do espelho, tinha bastante certeza de que algo maravilhoso aconteceria para ela naquele verão: por que outra razão teria encontrado um lilás de cinco pétalas? Isso tinha que prenunciar algo, sobretudo porque, obediente, ela comera a flor.

Quando enfim a congregação saiu murmurando da igreja, as garotas deram início à caminhada sob os pinheiros do adro, com os arbustos roçando suas canelas, esquilos correndo pelas bordas do caminho, a fonte jorrando jatos esporádicos. Ao longe, corvos grasnavam, profetizando o que mesmo sobre os pretendentes? Ingel sussurrava: "*vaak vaak kellest kahest paar saab*" — grasno, grasno, corvo a voar, quem de nós vai se apaixonar. O futuro resplandecia no céu, e a vida era boa. A antecipação dos anos por vir queimava no peito, como acontece com a maioria das garotas.

As duas irmãs acabavam de dar uma volta completa no adro, às vezes cochichando algo entre elas, às vezes parando para conversar com amigas, quando o vestido de seda de Aliide ficou preso numa farpa da cerca que circundava um túmulo, forçando-a a curvar-se para soltá-lo. Foi então que ela viu um homem perto dos túmulos alemães, ao lado do muro de pedras, e viu um salgueiro cheio de flores, e os raios de sol que iluminavam o muro coberto de musgo, e uma luz fulgurante, tão fulgurante quanto aquele sorriso. Ele sorria para alguém; agachou-se para ajeitar os sapatos e continuou falando, com o rosto voltado para os amigos enquanto amarrava os cadarços e se levantava com tanta desenvoltura quanto se agachara. O som de seda rasgando a despertou, e ela enfim liberou o tecido, limpando em seguida a ferrugem das mãos. Ainda bem que era um rasgo pequeno, talvez ninguém notasse. Talvez ele não notasse. Aliide alisou o vestido com mãos trêmulas, *Olhe*, e mordeu os lábios para avermelhá-los. Eles podiam facilmente dar a volta, ultrapassar o muro de pedras. *Olhe para cá.*

Olhe para mim. O homem terminou a conversa e virou-se para elas. Nesse mesmo instante, Ingel virou-se para ver o que detinha a irmã e um feixe de luz do sol iluminou a coroa de cabelos em sua cabeça e — *Não, não! Olhe para mim!* — Ingel estendeu o pescoço à sua maneira habitual, que a fazia parecer um cisne. Quando ergueu o queixo foi que se viram, Ingel e o homem. Aliide soube de imediato que ele nunca olharia para ela quando viu como parou de falar, como o maço de cigarros que tirara do bolso se deteve a meio caminho, como ele se interrompeu no meio de uma palavra e fixou os olhos em Ingel, e como a ponta do maço de cigarros reluzia como uma faca em sua mão. Ingel se aproximou de Aliide com o olhar ainda focado nele, a pele brilhando na parte ressaltada pela clavícula e um convite prestes a desprender-se do fundo de sua garganta. Sem olhar para Aliide, segurou a mão dela e puxou-a em direção ao muro de pedras onde o homem estava imóvel, e agora até seu amigo notara que ele já não ouvia, que a mão que segurava os cigarros parara no meio do caminho, onde começavam as costelas, e agora o amigo observava Ingel, que puxava Aliide, embora Aliide resistisse a cada passo, agarrando-se às pedras, às raízes, ao que quer que conseguisse. O salto do sapato afundou repetidas vezes na lama, mas a terra a traía, as raízes a traíam, os pinheiros davam passagem, a grama deslizava debaixo dela, as pedras rolavam para trás sob seus pés, um mosquito voou para dentro de sua boca e ela não conseguia tossi-lo de volta porque Ingel não queria parar, elas tinham que continuar, Ingel puxava e puxava e o caminho estava livre e levava diretamente ao muro de pedras, e Aliide via a expressão neutra do homem, fora do tempo e do espaço, e sentia os passos febris de Ingel e os dedos que a apertavam. O pulso de Ingel estava acelerado na mão de Aliide, e todas as suas expressões conhecidas passavam por seu rosto e eram deixadas para trás, atingindo Aliide no rosto como fiapos de tecido molhado e salgado que grudavam em suas bochechas, algumas passando ao largo como fantasmas, já desaparecidas, e a covinha da bochecha de quando ela rira com Aliide aquela mesma manhã mostrou-se de novo antes de voar para longe. Quando chegaram ao muro, a irmã de Aliide se tornara uma estranha, uma nova Ingel que já não contaria seus segredos apenas para Aliide, que já não iria com ela ao parque para tomar água com gás; iria com outra pessoa. Uma nova Ingel que tinha outra pessoa, alguém para ouvir seus pensamentos e sua risada e todas as coisas que Aliide queria ouvir. Alguém cuja pele ela queria cheirar, cujo corpo cálido ela queria junto ao seu. Alguém que devia ter olhado para Aliide, devia tê-la visto, devia ter congelado quando a visse; devia ter sido por ela que a mão com os cigarros devia ter se detido em pleno ar. Mas fora Ingel quem fora cortada pelo lampejo daquela faca, cortada da vida de Aliide.

Aino, a vizinha, correu até lá. Conhecia o amigo do homem e apresentou Ingel a eles. O salgueiro farfalhou. O homem nem olhou para Aliide ao cumprimentá-la.

Os três leões da Estônia no maço de cigarros riam, fortemente iluminados pelos raios de sol.

Ingel de novo, sempre Ingel. Ingel sempre conseguia tudo o que queria, e sempre conseguiria porque Deus não se cansava de zombar de Aliide. Não era suficiente que Ingel sempre se lembrasse dos pequenos truques que a mãe lhes ensinava, lavasse os pratos em água de batata para fazê-los brilhar. Não era suficiente que Ingel não esquecesse o que diziam a ela e a Aliide, cujos pratos sempre continuavam engordurados depois que ela lavava. Não, Ingel sabia fazer tudo mesmo que ninguém a ensinasse. Desde a primeira vez em que ordenhara uma vaca, o balde de Ingel se enchera até a borda de espuma branca, e os passos de Ingel pela terra faziam os grãos crescerem melhor do que os de qualquer outro. Mas isso não era suficiente. Não, Ingel tinha que conseguir um homem também, o homem que Aliide vira primeiro. O único homem que Aliide chegara a desejar.

Teria sido razoável deixar que Aliide tivesse alguma coisa, deixá-la ao menos ter um homem em sua vida desastrada; teria sido justo deixá-la só daquela vez ter o que queria, já que desde o dia em que nascera testemunhara como o leite de Ingel nunca precisava ser filtrado, porque tudo o que ela fazia ficava limpo e perfeito e ela ganhava com facilidade a competição de ordenha dos Jovens Fazendeiros. Desde o começo Aliide vira que as regras não se aplicavam a Ingel, que os pelos dos animais não caíam em seu balde, que ela nunca tinha espinhas. Seu suor tinha cheiro de violetas e seus problemas de mulher não faziam inchar sua magra cintura. Os mosquitos não deixavam marcas em sua límpida pele e os vermes não comiam seus repolhos. A geleia que Ingel preparava não estragava e o repolho azedo não apodrecia. O fruto em suas mãos era sempre abençoado, seu distintivo dos Jovens Fazendeiros não tinha um risco, enquanto a irmã mais nova perdia um distintivo atrás do outro, fazendo com que a mãe balançasse a cabeça em reprovação e logo parasse de balançar, entendendo que não importava se repreendia Aliide ou não: nada daria jeito nela.

Não era suficiente que Ingel ficasse com Hans, o único homem que fizera o coração de Aliide parar, não, isso não era suficiente. Depois de conhecer Hans, a exaltada beleza de Ingel e seu sorriso angelical começaram a resplandecer ainda mais, ofuscantes. Mesmo em noites chuvosas, iluminavam o jardim inteiro, enchiam a casa até que não restasse ar para Aliide, que acordava sem fôlego no meio da noite, tropeçando em direção à porta. E isso tampouco era suficiente: os suplícios de Aliide cresciam, embora isso parecesse impossível. Cresciam porque Ingel não conseguia guardar os pensamentos para si mesma, tinha que fazer constantemente observações sobre Hans, Hans isso, Hans aquilo. E insistia para que Aliide olhasse para ele, examinasse suas expressões, seus gestos. Seriam amorosos o bastante? Ele olhava para alguém mais ou tinha olhos apenas para ela? O que teria querido dizer quando dissera isso ou aquilo? O que teria querido dizer quando lhe dera uma flor azul? Quisera dizer amor? Que amava apenas ela? E era isso o que queria dizer, amava apenas ela! Hans perseguia o cheiro dela como um cão apaixonado.

Os murmúrios, sussurros e cochichos tomaram a casa tão rápido que em menos de um ano a garrafa de licor foi colocada sobre a mesa, antecipando o pedido. Então vieram os arranjos do casamento, e o peito de Ingel se inchou de enlevo, e coisas começaram a ser mostradas com toda pompa, e as costureiras, e as meninas sorridentes e as danças noturnas, e então veio a lua nova, trazendo boa sorte e saúde para o jovem casal. O casamento isso e o casamento aquilo, e o casal feliz indo à igreja e voltando. As pessoas esperando, o véu flutuando, e Aliide dançando com suas meias pretas de seda, dizendo a todo mundo como estava feliz pela irmã, porque agora elas teriam um rapaz na casa! As luvas brancas de Hans reluziam e, embora ele tivesse dançado uma música com Aliide, durante a música virara a cabeça para procurar o véu da amada.

Hans e Ingel juntos no campo, Ingel correndo para encontrá-lo. Hans tirando fios de palha dos cabelos dela. Hans agarrando a noiva pela cintura e girando-a pelo jardim. Ingel correndo para trás do celeiro, Hans correndo atrás dela, rindo, gargalhando, gracejando. Um dia, uma semana, um ano após o outro. Hans tirando a camisa e as mãos de Ingel partindo para cima dele, da pele dele, Ingel despejando água em suas costas, os dedos do pé se enrolando de prazer enquanto ela lavava os cabelos dele. Sussurros, murmúrios, o silencioso roçar dos lençóis durante a noite. Agitações e risos. Suspiros. Gemidos abafados pelo travesseiro e lamúrias mal cobertas pelas mãos. O calor do suor atravessando as paredes até a cama torturada de Aliide. O silêncio, e em seguida Hans abrindo a janela para a noite de verão, inclinando-se sem camisa pelo vão e fumando um *paperossi* apertado à mão, a cabeça brilhando na escuridão. Se Aliide fosse até a janela poderia vê-lo, o cigarro entre os longos dedos cheios de veias, a cinza queimando e caindo sobre o canteiro de cravos.

1939

LÄÄNEMAA, ESTÔNIA

Silenciam os corvos da senhora Kreel

Aliide foi visitar Maria Kreel em seu sítio. Os olhos poderosos e malignos da senhora Kreel e sua habilidade em estancar o sangue eram famosos desde os tempos de infância de Aliide, que não duvidava nem um pouco das habilidades da mulher.

O que tornava a visita estranha era o fato de a senhora Kreel conhecer sua situação; Aliide teria preferido que ela não soubesse de seus tormentos, mas não tinha mais ninguém a quem recorrer.

Sentada num banco do jardim junto de seus gatos, Maria Kreel disse que a estava esperando:

— A senhora sabe do que se trata?

— De um homem de cabelos claros, jovem e bonito. — E engoliu com a boca sem dentes um pedaço de pão.

Aliide apoiou num degrau o pote de mel que levara. Pacotes de ervas pendiam da armação do portão, e um corvo próximo as observava. Aliide tinha medo; quando criança ouvira histórias assustadoras sobre pessoas que viravam corvos. Havia corvos também na primeira vez que fora ao jardim da senhora Kreel, quando o pai cortara o próprio pé com um machado. A velha ordenara que todos saíssem da cozinha e a deixassem a sós com ele. As crianças não gostavam de ficar naquela cozinha, de qualquer forma, pois ela exalava estranhos odores que entupiam o nariz. Para as feridas, havia um grande jarro cheio de larvas sobre a mesa.

O corvo voou por trás do banco e se instalou entre as árvores sussurrantes, e a velha assentiu com a cabeça, como se o cumprimentasse. O sol brilhava forte, mas o jardim estava fresco. Pela porta aberta podia-se ver a cozinha escura, com uma pilha de almofadas na entrada, almofadas brancas e reluzentes, as bordas de renda curvando-se entre a luz e a penumbra interna. Almofadas mortas que a senhora Kreel colecionava.

— Alguém veio visitá-la?

— Sempre tenho visitantes. A casa sempre está cheia.

Aliide afastou-se mais da porta.

— Parece que não teremos um tempo bom para as plantas — a senhora Kreel continuou, colocando na boca outro pedaço de pão. — Mas isso não deve lhe interessar. Você ouviu o que diziam os corvos, Aliide?

Aliide se assustou. A velha riu e disse que os corvos andavam silenciosos nos últimos dias. Estava certa: Aliide procurou mais pássaros e encontrou vários, mas eles não faziam barulho. Ouviu o miado de um gato vindo de trás da casa, berrando de calor, e a velha o chamou pelo nome. Rapidamente a gata estava ao lado da bengala da mulher, roçando-se nela e sendo empurrada por ela na direção de Aliide.

— Não sei como ela aguenta — disse a velha, espremendo os olhos aquosos para Aliide, que enrubesceu. — É assim que ela é. Num tempo como este, os corvos emudecem, mas nada aquieta uma gata com calor.

O que ela queria dizer com num tempo como este? O clima ia piorar ainda mais? A colheita seria ruim? Haveria fome? Ou estaria falando sobre a Rússia? Ou sobre a vida de Aliide? Aconteceria algo com Hans? A gata esfregou-se na perna de Aliide, que se curvou para acariciá-la. A gata ofereceu o traseiro, o que fez com que ela recolhesse a mão. A velha riu, um riso triste, astuto e abafado. A mão de Aliide formigou. Todo o seu corpo formigava como se houvesse fios de palha nos músculos tentando atravessar a pele, e sua mente assombrada sussurrou-lhe que ela não devia ter ido à casa de Kreel naquele dia, uma vez que Hans ficaria sozinho em casa com Ingel. O pai estava com a mãe na casa dos vizinhos, e ela estava ali. Quando chegasse em casa, Hans pareceria ainda mais homem e Ingel pareceria ainda mais mulher, como acontecia quando ficavam a sós mesmo que apenas por um instante. Esse pensamento apenas agravou o formigamento da pele.

Trocou o peso do corpo de uma perna para a outra, e Maria Kreel levantou-se e entrou, fechando a porta atrás de si. Aliide não sabia se já era hora de partir ou se devia esperar, e antes que decidisse a velha voltou trazendo nas mãos uma pequena garrafa de vidro marrom, forçando tanto o sorriso que seus lábios pareciam curvar-se para dentro da boca. Aliide pegou a garrafa. Depois de fechar o portão, a velha sussurrou:

— Aquele rapaz tem uma marca negra.

— Posso fazer...

— Às vezes pode, às vezes não.

— A senhora não veria mais nada?

— Garotinha, em terra desesperada nascem flores fracas.

Aliide levantou-se e saiu correndo do sítio, os sapatos de couro voando a cada passo largo, a garrafa que recebera da velha ardendo nas mãos, embora seus dedos estivessem pálidos e frios. Não havia nada capaz de fazer cessar a dor latejante em seu peito?

Ingel ria no jardim, indo buscar água no poço, as tranças desfeitas e as bochechas coradas, trajando apenas as roupas de baixo.

Felix Ormusson, de Friedebert Tuglas, aguardava sobre a cama de Aliide. Sobre a cama de Ingel, um homem aguardava. Por que estava tudo tão errado?

Aliide não teve tempo de testar a eficácia da bebida da senhora Kreel. Devia ser misturada ao café, mas na manhã seguinte Ingel mal terminou de tomar o café e correu para fora para vomitar. Já acontecera aquilo que a bebida deveria impedir. Ingel estava grávida.

1939-1944

LÄÄNEMAA, ESTÔNIA

Do tumulto da frente ao aroma de xarope

Quando os alemães bálticos foram convidados a ir para a Alemanha, no outono de 1939, uma das colegas alemãs das irmãs veio se despedir e prometeu voltar. Iria apenas fazer uma viagem a um país que nunca vira, e depois voltaria para contar-lhes como de fato era a Alemanha. Elas acenaram em despedida, e Aliide viu como as mãos de Hans enlaçavam a barriga crescente de Ingel e depois a levavam para o estábulo. Os gemidos deles podiam ser ouvidos até do jardim; Aliide tinha que pressionar os dentes contra a palma da mão. Imagens da barriga crescente de Ingel tendo em volta o corpo de Hans a torturavam incessantemente, dia e noite, dormindo ou acordada; não conseguia ver nem ouvir outra coisa. Nenhum dos três reparou nas rugas que surgiam nas sobrancelhas dos mais velhos, rugas que se tornavam cada vez mais profundas, nem em como o pai passava horas olhando o pôr do sol, fumando seu cachimbo e contemplando o horizonte à procura de um sinal, estudando as folhas de bordo, suspirando ao ler o jornal e ao ouvir o rádio, depois retornando ao som dos pássaros.

* * *

Em 1940, nasceu a criança — Linda —, e a cabeça de Aliide parecia prestes a explodir. Hans carregava a filha para todo lado, a felicidade brilhava nos olhos de Ingel, as lágrimas embaçavam os de Aliide. Os olhos do pai desapareciam sob as rugas de preocupação, e ele começou a armazenar gasolina, a trocar o dinheiro por prata e ouro. Filas formaram-se no vilarejo, as primeiras em toda a história do país, e nas lojas acabou o açúcar. Hans não dava atenção a Aliide, mesmo depois das três vezes em que ela conseguira colocar seu sangue na comida dele, o que deveria ter-lhe valido por um mês inteiro. Teria que tentar com xixi da próxima vez. Maria Kreel dissera que algumas vezes funcionava melhor.

Hans começou a travar discussões silenciosas e sombrias com o pai delas. Talvez não quisessem preocupar as mulheres da família, por isso nunca conversavam sobre os maus augúrios quando elas podiam ouvir, ou talvez até falassem sobre o assunto, mas nenhuma delas conseguia captar o real significado do que diziam. A sobrancelha enrugada do pai não as preocupava porque ele era velho, de outro tempo, que temia as guerras. As crianças da Estônia Livre não se preocupavam com esse tipo de coisa. Não haviam cometido crimes, que mal poderia atingi-los? Foi só depois que as esquadras soviéticas se espalharam pelo país que elas começaram a vislumbrar algum perigo no futuro. Ao ninar a criança, Ingel comentava aos sussurros com Aliide que Hans começara a segurá-la mais forte, que dormia apertando a mão dela a noite inteira, que seus dedos não descansavam nem mesmo quando ele caía no sono, o que lhe parecia estranho, que ele a apertava como se tivesse medo de que ela desaparecesse de seus braços durante a noite. Aliide ouvia as preocupações de Ingel, embora cada sílaba fosse como uma punhalada em seu coração. Ao mesmo tempo, sentia que aquilo que a possuía estava perdendo força, sendo aos poucos substituído por outra coisa: medo por Hans.

Nenhuma delas pôde continuar evitando a verdade quando foram convocadas à pracinha do vilarejo para ouvir a orquestra do Exército

Vermelho tocando marchas soviéticas. Hans não estava com elas porque já não ousava ir até o vilarejo, e tampouco queria que as garotas fossem. Primeiro começou a dormir no quarto dos fundos atrás da cozinha, depois também passava os dias lá, e no fim foi se esconder na floresta, de onde não saiu mais.

Risos incrédulos corriam de cidade em cidade, de vilarejo em vilarejo. As palavras de ordem — *Lutamos pela grande causa de Stalin* e *Vamos acabar com o analfabetismo* — provocavam chacotas infinitas. Não podiam estar falando sério! A maior de todas as piadas eram as esposas dos oficiais, pavoneando-se por toda parte trajando camisolas no vilarejo, nos bailes, pelas ruas. E quanto aos soldados do Exército Vermelho, que descascavam batatas com as próprias unhas como se não soubessem usar uma faca? Quem poderia levar a sério um grupo desses? Mas então as pessoas começaram a desaparecer e o riso tornou-se amargo. Quando começaram a recolher mulheres, homens e crianças para massacrá-los, as histórias passaram a se repetir como preces. O pai delas foi apanhado na estrada principal do vilarejo. A mãe simplesmente desapareceu; quando as garotas voltaram, encontraram a casa vazia e urraram como animais. O cachorro nunca deixou de esperar pelo dono; sentou-se à varanda e uivou de saudade até a morte. Ninguém ousava mais sair para cuidar dos afazeres, a terra foi inundada pela dor, e em cada tumba encravada em solo estoniano somou-se ao menos um à família dos mortos. O tumulto do fronte alastrou-se por todas as partes do país, e cada parte do país apelou à ajuda de Jesus, da Alemanha, dos antigos deuses.

Aliide e Ingel começaram a dormir na mesma cama, com um machado embaixo do travesseiro: a vez delas chegaria logo. Aliide queria se esconder, mas a única coisa que esconderam foi a velha bicicleta Dollar de Ingel, em cujo metal estava gravada uma bandeira americana. Ingel dizia que uma mulher estoniana nunca abandona seu lar ou seus animais, mesmo que invadam sua casa com uniformes e armas, mesmo que entre um batalhão inteiro pela porta. Ela mostraria o valor do orgulho de uma estoniana. Então, uma delas permanecia acordada enquanto a outra dormia, com a Bíblia e a figura de Jesus vigiando de cima da mesa, e nessas longas noites Aliide dividia a atenção entre a noite vermelha e o rosto branco de Ingel, perguntando-se se não devia fugir sozinha. Poderia tê-lo feito se Hans não a tivesse incumbido de uma tarefa antes de partir: proteger Ingel, "você sabe como". Aliide não podia trair a confiança de Hans, tinha que ser digna dele. Foi por isso que começou a acompanhar com ouvidos aguçados as notícias sobre a guerra vindas da Finlândia, como Hans costumava fazer. Ingel, por sua vez, se recusava a ler os jornais; confiava em preces e nos versos de Juhan Liiv: *Pátria! Sou infeliz com você, e mais infeliz ainda sem você!*

— Por que não vamos embora enquanto ainda podemos? — Aliide sugeria com cautela.

— E ir para onde? A Linda ainda é muito pequena.

— Não tenho certeza sobre a Finlândia. O Hans acha que a Suécia deve ser melhor.

— Como você sabe o que Hans acha?

— Ele pode nos encontrar mais tarde.

— Não vou sair da minha casa. Os ventos vão mudar em breve, o Ocidente virá nos ajudar. Tenho certeza de que nós aguentamos até lá. Tenha um pouco de fé, Liide.

Ingel estava certa. Elas aguentaram, o país aguentou, e chegaram os libertadores. Os alemães marcharam pelo país, seguiram a fumaça das casas incendiadas, devolveram ao céu o azul habitual, tornaram a terra preta novamente, embranqueceram as nuvens. Hans pôde voltar e quando aquele pesadelo havia terminado, outro começou. Os comunistas empalideceram e, como todos os meios de transporte estavam interrompidos, escaparam a pé, correndo. Hans encilhou o cavalo e saiu com ares de superioridade, reposicionando os cartazes dos Jovens Fazendeiros, os troféus dos semeadores, recuperando os anais e os documentos que haviam sido levados para o vilarejo depois que a organização fora banida pelos Vermelhos. Voltou do vilarejo com um imenso sorriso. Tudo estava bem por lá, os alemães eram educados, era um sentimento maravilhoso, as pessoas tocavam harmônica pelas ruas. As doces batidas do caminhar das mulheres com seus saltos de madeira. Haviam estabelecido também a ERÜ — a Sociedade de Auxílio Comum — para alimentar e sustentar as famílias cujos provedores haviam sido mobilizados pelo Exército Vermelho. Tudo voltaria a funcionar bem! Todos voltariam para casa, inclusive a mãe e o pai delas, todos os que haviam desaparecido, e os campos seriam produtivos como antes, e Ingel voltaria a ganhar prêmios com seus vegetais. Eles iriam à feira no outono e, quando as meninas fossem um pouco mais velhas, poderiam se associar à Liga de Mulheres Fazendeiras. Quando o pai chegasse em casa, Hans planejaria com ele o uso do terreno. Hans já fazia parte da campanha por tabaco e beterraba, e quando isso evoluísse haveria muito xarope de açúcar de beterraba, e Ingel não reclamaria mais de ter que aplacar sua vontade com sacarina — assim como Aliide, Hans apressou-se em acrescentar. Ingel soltou um alegre riso e começou a criar receitas para o melhor bolo de gengibre com açúcar de beterraba da Estônia, juntando-se a Hans nos mesmos murmúrios e gemidos que trocavam antes de começar o pesadelo, e Aliide viu-se de volta à mesma tortura de amor. Todos os obstáculos se esfarelavam diante do glorioso futuro de Ingel. Nem mesmo a escassez de roupas prejudicava o guarda-roupa de Ingel — que importava que ela tivesse que remendar o elástico de suas ligas com uma moeda enrolada em papel? Hans trouxera para sua querida mulher seda para fazer uma blusa, Ingel a tingiu de um azul vivo e costurou com o tecido uma bela blusa decorada com botões de vidro; trajando-a e dando o toque final com seu broche alemão, ficou mais deslumbrante do que nunca. Hans deu a Aliide um broche similar, um pouco menor, mas ainda assim adorável, e por um momento o humor tormentoso de Aliide arrefeceu — ele se lembrara dela, afinal, ainda que tivesse sido apenas por um momento. Mas quem veria seu broche, se Ingel tinha uma blusa nova com elegantes ombreiras? Minha pequena recruta, Hans a chamava de forma doce, tão doce.

A cabeça de Aliide doía, tanto que ela suspeitava ter um tumor no cérebro. Às vezes a dor turvava sua visão e alterava sua audição até que ela ouvisse apenas um zumbido. Enquanto Hans e Ingel passeavam, ela tinha que cuidar de Linda, de vez em quando secretamente dava-lhe beliscões, cutucando-a com o broche, obtendo uma satisfação secreta com o choro da criança.

Quando veio a colheita, quando as beterrabas estavam grandes e brancas, os alemães continuavam por lá. A cozinha encheu-se de beterrabas e Ingel correu pela casa com energia renovada. Ocupou com tranquilidade o lugar da antiga dona, até mesmo superando-a em habilidades. Tudo corria. Nem era preciso dizer que ela sabia fazer tudo da melhor forma, pedindo apenas uma e outra coisa a Aliide, que lavava com obediência as raízes enquanto Ingel as triturava. Mais tarde Aliide poderia ajudar na trituração — antes tinha que achar um bom método para as beterrabas menores. Tentou usar o moedor de carne, mas logo voltou ao ralador e ordenou a Aliide que tomasse conta do xarope no fogo para que não começasse a ferver. Às vezes Ingel se dedicava a outras tarefas, às vezes esticava o pescoço para observar como andava o fogo, sem confiar nas habilidades de Aliide: ela podia estar deixando esquentar demais, o que deixaria o xarope com um sabor estranho, e depois como ela poderia servir algo assim, todo mundo pensando que era ela a inábil, que fora ela quem deixara ferver. *Não mais que 80 graus, nunca!* Ingel farejava o ar o tempo inteiro para verificar se algum cheiro amargo vinha do fogão, e sempre que o cheiro lhe parecia inadequado ela gritava para que Aliide desse um jeito. Aliide não via nenhuma diferença na intensidade nem na qualidade do cheiro, mas ela não era Ingel, é claro que não via diferença. Além disso, o cheiro pesado da doçura de Ingel entupia suas narinas. Tudo o que ela conseguia identificar era a saliva de Hans nos lábios de Ingel, o que fazia com que seus próprios lábios, secos e rachados, pulsassem de dor.

Dia após dia Aliide lavava as beterrabas, separava as menores e cortava as partes pretas. Ingel as esmigalhava e corria de um lado para o outro mandando Aliide verificar as beterrabas que iam se liquefazendo, trocar a água da chaleira, buscar mais água no poço. *Meia hora!*

Já passou meia hora! É preciso despejar água na próxima leva! Em algum momento, Ingel se cansava de triturar e se contentava em cortar as raízes em pequenos pedaços. *Já faz meia hora! Despeje mais água na nova leva!* Aliide descascava, Ingel cortava, e algumas vezes elas coavam o líquido sob a direção precisa de Ingel, sempre esperando que a mãe e o pai voltassem. Todo o açúcar era extraído das beterrabas, a água do xarope fervia em fogo adequado e elas sempre esperando. *Retire a espuma de cima! Retire agora! Se não vai estragar!* As filas de compotas cresciam, e elas sempre esperando. Às vezes Ingel derramava algumas lágrimas no colarinho de Hans.

O vilarejo inteiro esperava notícias de Narva: quando os homens voltariam para casa? Ingel fazia sopa de beterraba, Hans estalava os beiços e dizia que estava muito boa, Ingel fazia macarrão com beterraba e suco de beterraba com frutas silvestres, sempre esperando a mãe e o pai. Ingel levava à mesa pudim de beterraba enquanto esperavam, e Hans saboreava panquecas de beterraba, aprovava a torta de beterraba com cardamomo, ocupava-se de dar a Linda flores e pássaros feitos de castanhas. O ar açucarado da cozinha deixava Aliide enjoada. Ela invejava as mulheres do vilarejo que estavam à espera dos maridos, de alguém por quem valesse a pena aprender a fazer tortas, enquanto ela, já adulta, só podia ansiar pelo retorno dos pais. Teria gostado de esperar que Hans retornasse de algum lugar distante, sentar-se à mesa esperando que ele voltasse para ela, mas tentava se livrar desse pensamento porque era vergonhoso, ingrato. As mulheres do vilarejo suspiravam e alardeavam sua sorte por ter um homem em casa, e Ingel era a mais afortunada das mulheres, com o que Aliide concordava com facilidade, assentindo com os lábios apertados e secos.

Ingel não parava de inventar receitas; preparava até bombons de beterraba, feitos à base de xarope, leite, manteiga e nozes. Aliide foi afastada do fogão: ferver em fogo brando o leite e o xarope era uma tarefa que exigia precisão, e depois era necessário acrescentar a manteiga e as nozes e deixar ferver novamente. Tinha permissão para sentar-se à mesa e cuidar de Linda e das assadeiras nas quais Ingel despejava a mistura. Tinha que assistir porque Ingel queria que ela pegasse a prática, para quando tivesse sua própria família e suas próprias beterrabas. Suas habilidades com crianças também precisavam ser aprimoradas. Aliide estava prestes a perguntar: Que família?, mas ficou em silêncio e Ingel pareceu ter medo de que a irmã terminasse encostada em algum canto da casa até ficar velha. Pouco tempo antes começara a deixar o jornal *Päewalehti* entre as coisas de Aliide, "acidentalmente" aberto na página de anúncios pessoais. Mas Aliide não queria um rapaz que estivesse procurando uma mulher com menos de 20 anos, ou um rapaz que preferisse jovens não muito magras. Não queria ninguém que não fosse Hans.

À porta de Maria Kreel formara-se uma fila de mulheres que queriam perguntar a ela sobre os maridos do outro lado da fronteira. Eram tantas que a velha tinha que trancar a porta e deixar de atendê-las. Tampouco queria receber Aliide, mesmo que ela lhe levasse mel havia anos. Uma cigana que lia cartas de tarô apareceu no vilarejo, e a pequena multidão que ficava no jardim de Kreel migrou para os domínios dela. Ingel e Aliide foram lá uma vez e ouviram que seus pais já estavam a caminho de casa. Hans riu da cara delas quando voltaram alvoroçadas com a notícia e disse que confiava mais nas promessas dos alemães do que nas de uma vidente. Os alemães tinham garantido que qualquer um que tivesse ido parar do outro lado da fronteira seria mandado de volta. Ingel envergonhou-se e preferiu concentrar-se em seu livro de receitas. Aliide não se incomodou em dizer que confiava mais nos ciganos que nos alemães.

— Convidei alguns alemães para jogar cartas hoje à noite. Assim a Ingel pode servir seus deliciosos doces e vocês duas podem treinar o alemão. O que acham?

Aliide ficou surpresa, Hans nunca convidara nenhum alemão. Será que Ingel estava tão desesperada assim para encontrar um homem para ela? Ingel nem gostava dos alemães.

— Eles estão sofrendo, com saudades de casa. Precisam de companhia. São homens jovens.

Essa última parte Hans disse para Aliide.

Aliide olhou para Ingel.

Ingel sorriu.

Jogaram cartas por um longo tempo. Assim que os alemães entraram, penduraram suas armas no cabide. Ingel deu um sorriso de aprovação e ofereceu a eles torta de beterraba com cardamomo e o pudim. Os alemães cantaram músicas alemãs e divertiram Aliide, embora ela não entendesse bem o que diziam. Mímicas e linguagem de sinais ajudaram na comunicação; os soldados se encantaram com o fato de elas falarem o idioma deles, ainda que soubessem tão pouco. Ingel tinha se retirado para colocar de molho o centeio. Nos intervalos das canções, Aliide podia ouvir o som do leite sendo derramado sobre os grãos. *Jamais se esqueça que tem que ser leite desnatado*, Ingel dissera antes, ensinando-a também a preparar café descafeinado. A caçarola foi ao forno, de onde ainda se desprendia um aroma de pão, e Aliide teria preferido estar trabalhando com Ingel a sentar-se à mesa com os soldados, embora fossem de fato rapazes divertidos. Voltariam na noite seguinte. Aliide estava aborrecida, não queria ninguém que não fosse Hans, mas Ingel, excitada, insistia que teria que ser Aliide a servir o café da próxima vez. *Primeiro você põe para ferver pedaços pequenos, mas pequenos mesmo, de beterraba. Cozinha de vinte a trinta minutos, passa pelo coador e acrescenta o café descafeinado e o leite. Vai lembrar? Para que eu não tenha que repassar tudo quando os convidados estiverem aqui? Você vai mostrar a eles que sabe ser anfitriã.* Na quinta visita os soldados anunciaram que estavam sendo transferidos para Talim. Aliide ficou aliviada; Ingel pareceu aflita. Para consolá-la, Hans disse que com certeza chegariam mais alemães, os pais delas voltariam para casa e tudo ficaria bem. Antes de partir, um dos soldados deu a Aliide seu endereço e pediu que lhe escrevesse. Aliide prometeu escrever, mesmo que não pretendesse fazê-lo. Podia sentir o olhar que Hans e Ingel trocavam atrás dela.

Do pai e da mãe nunca se ouviu notícia.

Hans entalhou em madeira um belo par de sapatos para Ingel, colocou cadarços e anunciou que ia seguir os alemães.

As irmãs já não dormiam, nas noites que se seguiram.

Uma noite, Armin Joffe, o filho, a esposa e os pais despareceram do vilarejo. O boato que correu era que haviam partido para se refugiar na União Soviética. Eram judeus.

1944

LÄÄNEMAA, REPÚBLICA SOCIALISTA SOVIÉTICA DA ESTÔNIA

Primeiro vamos costurar umas cortinas

Os russos já haviam se espalhado de novo pelo país quando uma noite Hans bateu na janela do quarto dos fundos. Aliide sacou o machado, Ingel começou a recitar o pai-nosso e Linda se escondeu embaixo da cama, mas logo perceberam do que se tratava. Antes tarde do que nunca. Hans voltara para casa.

Enquanto Ingel derramava lágrimas de alegria, Aliide pensava em como iriam escondê-lo. Hans explicou aos sussurros que escapara das fileiras alemãs e atravessara o golfo fazendo-se passar por finlandês. Ingel choramingou que Hans poderia de alguma forma ter tentado mandar uma carta, mas Aliide achava melhor que não tivesse mandado mesmo. Quanto menos suas atividades fossem escritas em papel, melhor. Sua escapada para o Exército Finlandês podia ser varrida de imediato da memória: nunca acontecera, e com certeza Ingel entendia isso, não? E quanto ao quartinho atrás da cozinha, não podiam usá-lo como esconderijo? Hans já se instalara lá antes, quando os russos vieram pela primeira vez. Como era um bom lugar, sem janelas, esconderam-no ali, mas depois da primeira noite sua inquietude começou a crescer e ele começou a perguntar sobre os Irmãos da Floresta. A inação atingiu sua masculinidade, e ele quis ao menos ajudá-las nas tarefas domésticas. Era época de colher o feno; outros homens escondiam-se pelos campos trajando saias como disfarce, mas Ingel não queria permitir que ele o fizesse. Ninguém deveria saber que ele voltara, e que isso ficasse claro também para Linda.

Alguns dias mais tarde, a vizinha Aino, que pouco antes ficara viúva e estava nos últimos meses de gravidez, correu pelos campos segurando a barriga e foi cair ao lado de Ingel, contando que os Berg estavam a caminho. Haviam marchado diante da casa dela em passos resolutos, o mais jovem ostentando a bandeira azul, preta e branca. Ingel e Aliide largaram a colheita do feno no meio e correram para casa. Os Berg esperavam no jardim, fumando *paperossis*, e logo as cumprimentaram.

— Têm visto Hans?

— Por que a pergunta?

Ingel e Aliide permaneceram lado a lado diante dos rapazes, entrelaçando os dedos uma da outra.

— O Hans não aparece em casa desde que partiu sabe-se lá para onde.

— Mas não demora a chegar.

— Não estamos sabendo de nada.

Os Berg deixaram seus cumprimentos a Hans e pediram que avisassem a ele que estavam formando um grupo e que ele devia procurá-los. Ingel lhes deu um pouco de pão e três litros de leite, e prometeu transmitir o recado. Depois que desapareceram atrás dos salgueiros, porém, Ingel cochichou que nunca deviam contar aquilo a Hans, senão ele iria correndo atrás dos Berg! Aliide ignorou as manhas da irmã e disse que elas já podiam aguardar o ruído das motocicletas da polícia secreta, porque aquela marcha era a atividade mais evidente que se poderia imaginar, será que Ingel não entendia?

Agiram rapidamente. Quando o relógio bateu a hora seguinte, Hans já estava escondido na floresta. Lipsi começou a latir no jardim, e logo ouviram o som das motos se aproximando. Entreolharam-se. Hans conseguira esconder-se em segurança no último momento, mas se elas estivessem sentadas à mesa da cozinha em plena produção de feno ficaria evidente o que de fato era. Como se algo houvesse acontecido e elas simplesmente esperassem que uma arma fosse apontada para suas nucas. De volta aos campos, então. Da despensa passaram ao celeiro, do celeiro ao estábulo, e do estábulo, por baixo das folhas sussurrantes, chegaram ao campo bem no instante em que as motocicletas entravam pelo jardim.

— Deixamos a chaleira no fogo — disse Ingel ofegante. — Eles vão saber que alguém acabou de sair da casa.

Não tinham trancado a porta da frente; pareceria suspeito. Os agentes da Tcheka chegariam a qualquer minuto e ouviriam o som dos ovos cozinhando no fogão para o almoço de Hans, e assim saberiam que alguém saíra com pressa da cozinha. As duas ficaram paradas no meio do campo, espiando a casa por trás de uma pilha de pedras. Os homens vestindo jaquetas de couro pararam as motos, entraram, ficaram lá por alguns instantes, saíram, olharam em volta e foram embora. Ingel ficou surpresa por eles terem partido tão rápido e imediatamente começou a lamentar que elas tivessem deixado que Hans fosse se esconder na floresta. Talvez tivessem conseguido se safar simplesmente conversando com os agentes. Se elas tivessem ficado em casa, os homens podiam ter apenas revistado a cozinha e ido embora, e Hans teria ficado em segurança no quartinho de trás. Que idiota. Aliide não conseguia entender como Hans escolhera uma mulher daquelas.

— Temos que nos organizar.

— Como?

— Deixe comigo.

Ingel chorou todas as noites, e Aliide ficou pensando nas opções que lhes restavam. Não podia esperar nada sensato da parte de Ingel, que nem sequer notara o mofo no pão que oferecera a Linda, que nem sequer reconhecia pessoas próximas. Enquanto Ingel pendurava as roupas para secar na chuva e murmurava suas preces, Aliide pensava. Se Hans sobrevivesse, teriam que apagar suas atividades na guarda civil, na liga de defesa interna Omakaitse, no Riigikogu e nos combates da Finlândia. Não poderiam safar-se apenas com palavras, e fugir já não era possível.

Theodor Kruus, um ex-colega de Hans, se livrara até mesmo de sua atuação nos folhetos antissoviéticos, mas Aliide sabia a que custo. Ingel não sabia de nada, e assim era melhor.

A milícia do vilarejo gostava de carne nova e de bochechas róseas. Quanto mais jovens, melhor. Quanto maiores fossem os crimes dos pais, mais jovem podia ser a garota, e mais noites seriam necessárias para expiar o crime: uma noite, ou um hímen, não seria suficiente. Deixaram Theodor Kruus partir depois que sua adorável filha o redimira comparecendo à noite à milícia, tirando o vestido e as meias e ajoelhando-se diante deles. O registro de Theodor Kruus como agitador desaparecera; os folhetos que escrevera e suas demais atividades antissoviéticas foram transferidos para o nome de outro, e esse outro recebeu uma pena de dez anos nas minas e cinco anos no exílio. As atividades de Hans seriam punidas com a morte, ou com longos anos na Sibéria, se tivesse sorte.

Se Theodor sabia o que a filha fora obrigada a fazer? Talvez a milícia tivesse lhe contado. Aliide podia facilmente imaginar os milicianos com suas botas e suas pernas bem abertas, sussurrando algo no ouvido de Theodor.

Ingel não seria capaz de fazê-lo: só sabia soluçar, escondendo o rosto contra o tapete pendurado na parede. E não era jovem o bastante para a milícia, tampouco Aliide. Eles queriam apenas meninas que ainda não fossem mulheres. Além disso, Aliide não conseguiria, ou conseguiria? Permaneceu acordada até que se formassem semicírculos sob seus olhos, sem ter ninguém a quem perguntar o que fazer nem como.

Depois de intermináveis horas acordada, Aliide pensava em cortinas. Contemplara e contemplara a noite escura, a lua, a falta de lua, a lua aumentando e diminuindo de tamanho, marcando assim a passagem do tempo. Permaneceu acordada sentindo falta da mãe, a quem poderia pedir conselhos, sentindo falta do pai, que teria sabido o que fazer, sentindo falta de qualquer um que tivesse algo a lhe dizer. Queria o sono de volta, e Hans em casa, e que a lua importuna se afastasse da janela. Pensando nessas coisas, percebeu que tinham que fazer cortinas, e de imediato Ingel apegou-se à ideia. Hans poderia passar algum tempo na cozinha se tivessem cortinas. Era tão simples. Tão louco. E as duas irmãs de fato pareciam um pouco loucas quando Aliide começou a procurar um novo pano e Ingel pôs-se a decorá-lo com bordados, mesmo precisando dos fios para outras coisas. Aquela tolice da parte delas foi descartada no vilarejo com a justificativa de que a guerra teria amolecido seus cérebros, e isso resolveu o caso. Aliide recomendou a Ingel que dissesse que se dedicava a trabalhos manuais porque a concentração na agulha a aliviava da tristeza e a impedia de chorar tanto. Sob as ordens de Aliide ela também comentara no vilarejo sobre um primo em Talim que dissera que cortinas compridas eram a última moda em Paris e Londres. O primo mostrara-lhes revistas de moda estrangeiras e por lá não havia meias cortinas: esse tipo estava totalmente fora de moda! Por vezes Aliide sentia que quando explicavam as cortinas, as pessoas olhavam para elas como olhariam para alguém que soubessem que está mentindo. Mas ninguém dizia nada. Deixavam passar, agindo como se acreditassem, o que fez Aliide explicar com ainda mais minúcias como, em uma época como aquela, era preciso ser tão fino quanto possível, mesmo que parecesse inútil. Mesmo vivendo no campo, e em tempos como aqueles, ainda era possível seguir as tendências urbanas. Proclamou-se uma mulher moderna que queria cortinas modernas: as primeiras cortinas compridas do vilarejo.

Adquiriram o hábito de fechar as cortinas quase toda noite. Às vezes não o faziam, para que quem passasse pelo jardim visse que a vida continuava como de costume dentro da casa, que elas não tinham nada a esconder.

Os outros começaram a instalar cortinas em suas janelas também, para se proteger dos espiões: meias cortinas, na verdade, mas que ainda assim impediam que se visse quase tudo o que acontecia do lado de dentro. Muitos deles sem dúvida entendiam por que Aliide e Ingel haviam escolhido cortinas compridas, mas se mantiveram calados.

Depois de abrir e fechar as cortinas por alguns meses, as irmãs decidiram que seria melhor manter Hans dentro de casa o tempo todo. Podiam cavar um espaço debaixo do assoalho do quarto de trás, ou construir um quarto entre o quartinho e a cozinha. Isso funcionaria? Seria quente o bastante, estaria perto delas, e elas poderiam receber visitas no resto da casa sem se preocupar. O quarto atrás da cozinha sempre servira como despensa e dormitório para hóspedes — poucas pessoas do vilarejo haviam entrado ali, e a porta sempre ficava fechada. Não tinham nem mesmo tranca ou maçaneta, apenas um gancho. E quem lembraria qual era o tamanho original? O quarto não tinha janelas, de modo que estava sempre na penumbra. Era tempo de trazer Hans de volta da floresta: ele mesmo ajudaria na construção.

Havia algumas tábuas no estábulo, que elas pegaram sem que ninguém percebesse, através do celeiro e da despensa. Trabalharam nas paredes apenas nos dias de mais vento ou chuva, quando o clima abafava o estrondo do martelo, e apenas quando Linda estava com Aliide ou Ingel no celeiro ou em outra parte, porque a boca de uma criança é sempre a boca de uma criança. Não contariam a Linda o que estavam fazendo: podiam até lhe contar histórias sobre o fantasma do quarto dos fundos. Quando Hans enfim se recolhesse no quarto secreto, passaria a ir à cozinha ou ao banheiro só quando Linda estivesse fora ou dormindo. Se acordasse no meio da noite e fosse à cozinha, diriam a ela que o pai acabava de chegar da floresta para uma visita.

Primeiro uma tábua, depois outra; o quarto seguro estava ficando bom. Ingel ria, Aliide sorria, e havia um tom alegre nos sussurros de Hans. A base do velho telhado foi removida e presa à nova parede. Providenciaram ventilação suficiente por meio de um cano preso ao teto por onde passava o ar do sótão. Ingel encontrou um velho rolo de papel de parede que fora usado no quartinho e, depois que ela o colocou na parede falsa, ninguém suspeitaria da existência de um quarto de tamanho razoável atrás. Hans colocou o armário diante da nova parede para que escondesse o papel ligeiramente mais claro e liso. Puseram um balde no canto do quarto secreto, para quando ele precisasse, mas depois decidiram que fariam um buraco no chão onde ele pudesse guardar o balde embaixo de uma tampa. Ou talvez pudessem fazer um buraco na parede que o quartinho dividia com o celeiro. Poderia servir como latrina ou como saída de emergência caso fossem obrigadas a deixar a casa.

Era noite; Hans tomou banho e comeu com toda energia. Ingel arrumou a mochila dele e disse a Linda que papai teria que ir embora de novo, mas que voltaria em breve, muito em breve. Linda começou a chorar e Hans a consolou. Tinha que ser uma menina corajosa agora, para que o pai pudesse se orgulhar da filha estoniana.

As três o acompanharam até a porta do celeiro e assistiram enquanto ele desaparecia entre as árvores. Na noite seguinte, Hans voltou e se mudou para o novo quarto.

Alguns dias mais tarde, notícias da terrível morte de Hans Pekk na estrada da floresta se espalharam pelo vilarejo.

1946
LÄÄNEMAA, REPÚBLICA SOCIALISTA
SOVIÉTICA DA ESTÔNIA

Tem certeza, camarada Aliide?

Da primeira vez que Ingel e Aliide foram levadas à prefeitura para serem interrogadas, o homem que as recebeu pediu desculpas pela brutalidade com que seus subordinados as haviam conduzido até ali.

— Minhas camaradas, eles não têm educação.

Ingel foi levada a uma sala, Aliide foi levada a outra. O homem abriu a porta para ela, ofereceu-lhe uma cadeira e insistiu para que ela se sentasse.

— Primeiro vou apenas examinar alguns dos seus documentos. Depois começamos.

Sob o tique-taque do relógio, foi folheando os papéis que tinha em mãos. Homens passavam de um lado para o outro pelo corredor, e Aliide podia sentir o peso dos passos deles nas solas de seus próprios sapatos. A porta tremia, e ela se concentrava no batente, que também parecia se mover. As fendas entre as placas do piso oscilavam como patas de aranha. Os ponteiros do relógio marcavam uma nova hora, e o homem ainda examinava os papéis. Outra hora começava. O homem olhou para Aliide e abriu um sorriso amigável. Depois se levantou, pediu desculpas por ter que atender a um chamado e disse que voltaria logo para que começassem, desaparecendo pelo corredor. A terceira hora começou, e logo uma quarta. Aliide levantou-se da cadeira e foi até a porta. Girou a maçaneta e a porta se abriu. Como deu de cara com um homem, fechou a porta e retornou à cadeira. Linda estava brincando na casa de Aino quando os homens foram procurá-las. Aino devia estar se perguntando por onde andavam.

A porta se abriu.

— Agora podemos começar. Aonde você estava indo agora há pouco? Vamos esclarecer isso antes.

— Estava procurando o banheiro feminino.

— Bom, por que não disse? Quer usar o banheiro agora?

— Não, obrigada.

— Tem certeza?

Aliide assentiu com a cabeça. O homem acendeu um *paperossi* e começou pedindo que contasse a ela sobre as andanças de Hans Pekk. Aliide respondeu que Hans morrera havia muito tempo, num assalto seguido de assassinato. O homem perguntou um e outro detalhe sobre a morte de Hans, então disse:

— Brincadeiras à parte, tem certeza, camarada Aliide, que Hans Pekk não contaria onde você está, se estivesse na sua posição?

— Hans Pekk está morto.

— Você tem certeza, camarada Aliide, que a sua irmã não está, neste exato momento, nos contando, por exemplo, que vocês duas fabricaram a história da morte de Hans Pekk, e que tudo o que você diz é mentira?

— Hans Pekk está morto.

— Camarada, a sua irmã não quer ser levada ao tribunal nem à prisão, tenho certeza que sabe disso.

— A minha irmã não contaria uma mentira dessas.

— Tem certeza, camarada Aliide?

— Sim.

— Tem certeza de que Hans Pekk não nos contaria os nomes das pessoas que o ajudaram em seus crimes e suas fraudes? Tem certeza de que Hans Pekk não mencionaria o seu nome, entre outros? Estou apenas pensando no que é melhor para você, camarada Aliide. Eu ficaria mais satisfeito em acreditar que uma jovem tão bonita como você não estaria metida num problema desses a não ser que tivesse sido enganada, a não ser que tivesse sido levada dessa forma a ajudar um criminoso. Um criminoso tão hábil em enganar que virou por completo a mente dessa jovem. Camarada Aliide, seja sensata. Eu imploro, salve-se.

— Hans Pekk está morto.

— Mostre-nos o corpo dele e nós não teremos mais que discutir essa questão. Camarada Aliide, você terá apenas a si mesma para culpar se acabar se complicando por causa de Hans Pekk, ou da esposa de Hans Pekk. Eu fiz tudo o que pude para garantir que uma bela jovem como você possa continuar sua vida normal, não há nada mais que eu possa fazer. Ajude-me, para que eu possa ajudá-la.

O homem pegou a mão dela e a apertou.

— Só quero o melhor para você. Tem a vida inteira pela frente.

Aliide puxou a mão de volta com veemência.

— Hans Pekk está morto!

— Talvez isso seja suficiente por hoje. Voltaremos a nos encontrar, camarada Aliide.

Abriu a porta para ela e desejou-lhe boa noite.

Ingel esperava do lado de fora. Foram embora juntas, a pé, em silêncio. Foi só quando a casa de Aino se iluminou diante delas que Ingel limpou a garganta.

— O que perguntaram a você?

— Perguntaram sobre o Hans. Eu não contei nada.

— Nem eu.

— O que mais disseram? O que mais perguntaram a você?

— Mais nada.

— Nem a mim.

— O que diremos ao Hans? E à Aino?

— É melhor dizermos que fizeram perguntas sobre outra coisa. E que não demos informações sobre ninguém.

— E se Hendrik Ristla falar?

— Ele não vai falar.

— Como você tem tanta certeza?

— O Hans disse que Hendrik Ristla era a única pessoa em quem ele confiava o bastante para que nos ajudasse com a história.

— E se a Linda falar?

— A Linda sabe que o pai morreria de verdade, não de mentirinha.

— Mas eles vão nos interrogar de novo.

— Nós nos saímos bem, não foi? Vamos nos sair bem da próxima vez.

1947
Läänemaa, República Socialista Soviética da Estônia

Aliide vai precisar de um cigarro

As andorinhas já haviam partido, mas vários grous ainda podiam ser vistos varando o céu, de pescoço erguido. Seus gritos ecoavam pelos campos e doíam nos ouvidos de Aliide. Diferentemente dela, as aves podiam partir, tinham liberdade para ir aonde quisessem. Ela só tinha liberdade para ir colher cogumelos. Sua cesta estava cheia de fungos amarelos e leitosos. Ingel esperava por ela em casa, e ficaria satisfeita com o que tinha colhido. Ingel até poderia deixar que ela os lavasse, mas o tempo todo ficaria olhando sobre seus ombros e depois seria ela que iria prepará-los, exigindo a atenção de Aliide porque, se ela não aprendesse a marinar cogumelos, nunca seria capaz de cuidar da própria casa. Podia até saber como colocá-los em salmoura, mas marinar exigia habilidade. E logo haveria muitos jarros na prateleira da despensa, obra de Ingel, garantindo que passassem menos fome naquele inverno. Aliide tapou um dos ouvidos com a mão livre, tantos grous! E aqueles gritos! Podia sentir o outono através de seus sapatos de couro. A sede arranhava sua garganta. De repente surgiu uma moto e um sujeito de jaqueta de couro que encostou ao seu lado.

— O que tem na cesta?

— Cogumelos. Eu estava colhendo agora há pouco.

O homem agarrou a cesta, olhou dentro e jogou-a longe, espalhando os cogumelos pelo chão. Aliide fitou-os, sem coragem de olhar para o homem. Aconteceria agora. Ela tinha que manter a calma. Não podia ficar nervosa, não podia revelar o medo que a corroía. Um suor frio molhava as dobras de seus joelhos, escorrendo para dentro dos sapatos, e uma dormência começava a se espalhar por seu corpo, o sangue abandonando os membros. Talvez não acontecesse nada. Talvez ela não tivesse razão para temer.

— Você não foi nos ver antes? Com a sua irmã. Você é irmã da mulher do bandido.

Aliide olhava para os cogumelos. Podia ver a jaqueta de couro pelo canto do olho. O couro rangia quando ele se movia. Ele ria, as orelhas vermelhas. Suas botas cromadas reluziam, mesmo que a estrada estivesse empoeirada e ele não fosse alemão. Será que ela devia correr? Confiar que ele não atiraria nela pelas costas? Ou torcer para que errasse o tiro? Mas então ele iria direto para a casa dela e pegaria Ingel e Linda e esperaria até ela voltar. E fugir não era sempre uma admissão de culpa?

Na prefeitura, o homem de grandes orelhas reportou que Aliide estava levando comida para os bandidos. A luz brilhava através de seus lóbulos. Ele empurrou Aliide até o meio da sala e saiu.

— Estou decepcionado com você, camarada Aliide.

Era a mesma voz da primeira vez, o mesmo homem. *Tem certeza, camarada Aliide?* Ele parou ao lado da mesa, oculta na escuridão, olhou para ela, balançou a cabeça e suspirou profundamente. Estava muito triste.

— Dei tudo de mim para ajudá-la. Não há nada mais que eu possa fazer. — E fez um gesto para o homem de trás, que veio na direção dela. Ele, por sua vez, saiu da sala.

* * *

As mãos de Aliide foram amarradas às costas e um saco foi colocado sobre sua cabeça. O homem deixou a sala. Ela não conseguia ver através do tecido, mas podia sentir o cheiro do ambiente. Em algum lugar, água pingava no chão. A porta se abriu. Botas. A blusa de Aliide foi rasgada, os botões voaram longe, se espalhando pelo chão ou atingindo as paredes — eram botões de vidro alemães —, e então... ela se converteu em um rato encurralado num canto, em uma mosca em volta da lâmpada, em um prego cravado na madeira, em um percevejo, ela era um percevejo na parede. Era uma mosca e caminhava sobre o seio exposto de uma mulher, a mulher no centro de uma sala com uma saco na cabeça, e andava sobre um hematoma novo, o sangue concentrado sob a pele do seio da mulher, uma passarela que a mosca percorria sobre hematomas que emanavam do mamilo inchado como continentes num globo terrestre. Quando a pele nua da mulher tocou o chão de pedra, ela não se moveu mais. A mulher com o saco na cabeça no meio da sala era uma estranha e Aliide havia partido, seu coração correra com pequenos pés de lagarto e infiltrara-se em ranhuras frinchas gretas, juntando-se às raízes que se espalhavam pelo solo embaixo da sala. *Fazemos sabão com ela?* A mulher no meio da sala não se movia, não escutava, Aliide se tornara uma poça de cuspe ao pé da mesa, um cupim ao lado do buraco, dentro do buraco redondo de uma árvore, um carvalho, um carvalho crescido no solo da Estônia que ainda sentia a floresta, ainda podia sentir a água e as raízes e as toupeiras. Mergulhou e tentou ir para longe, era uma toupeira empurrando um monte de terra no jardim onde se podia sentir a chuva e o vento, a terra molhada murmurando e gemendo. A mulher no meio da sala tinha a cabeça enfiada num balde sujo. Aliide estava fora, fora com a terra molhada, terra em suas narinas, terra em seus cabelos, terra em seus ouvidos e os cachorros correndo por cima dela, as patas assentando a terra, que respirava e gemia, e a chuva se misturando à terra e inundando as valas, a água batendo em seu próprio curso e atingindo em algum lugar botas cromadas, em algum lugar uma jaqueta de couro, em algum lugar o cheiro frio de álcool e russos e estonianos se misturando, e apodrecendo, e fervilhando.

A mulher no meio da sala não se movia.

Embora o corpo de Aliide lutasse, embora a terra tentasse se apoderar dela e acariciasse com gentileza sua carne fustigada, e lambesse o sangue de seus lábios, e beijasse os cabelos bagunçados em sua boca, embora a terra desse o máximo de si, não foi o bastante; ela foi trazida de volta. Uma fivela de cinto retiniu e a mulher no meio da sala se contorceu. Uma porta bateu, uma bota pisou, um copo de vidro tilintou, uma cadeira foi arrastada no chão, uma lâmpada oscilou no teto e ela tentou escapar — era uma mosca na lâmpada, aderida ao fio de tungstênio —, mas o cinto acertou suas costas, um cinto tão bem perfurado que nem sequer era possível ouvi-lo, mais perfurado até que o mata-moscas de couro. Ela tentou — ela era uma mosca, voou para longe, voou para o teto, tentou afastar-se da lâmpada, com suas asas transparentes, sua centena de olhos —, mas a mulher no chão de pedra resfolegou e debateu-se. Havia um saco na cabeça da mulher e o saco tinha cheiro de vômito e havia um buraco nele por onde podia entrar uma mosca, a mosca não conseguia encontrar uma maneira de entrar na boca da mulher, poderia tentar fazê-la engasgar, fazê-la vomitar de novo e sufocar. O saco cheirava a urina, estava molhado de urina, o vômito era mais velho. A porta bateu, botas repisaram, sobre as botas um estalo de lábios, um ruído de língua, migalhas de pão caindo no chão como blocos de gelo. O estalar de lábios parou.

— Ela está fedendo. Levem-na daqui.

Acordou numa vala. Era de noite — que noite seria? Teria passado um dia, ou dois, ou fora apenas uma noite? Uma coruja piou. Nuvens negras se moviam pelo céu iluminado pela lua. Seus cabelos estavam molhados. Ela ergueu o tronco, rastejou até a estrada, tinha que chegar em casa. A blusa de baixo, a calcinha, o vestido, estavam todos no lugar. Estava sem o cachecol. Faltavam as meias. Não podia voltar para casa sem meias, não podia mesmo, porque Ingel... Ingel estaria em casa? Estaria bem? E Linda? Aliide começou a correr, as pernas não a sustentavam, ela se arrastava, rastejava, cambaleava, abalava-se, maneava, tropeçava, manquejava, mas sempre para a frente, cada movimento a impelia para a frente. Ingel devia estar em casa, eles queriam apenas ela dessa vez, Ingel estaria em casa. Mas como explicaria à irmã por que saíra vestindo meias e retornara sem nenhuma? Poderia dizer que perdera o cachecol. Poças pontilhavam a estrada, havia chovido. Bom, ela teria tirado o cachecol e esquecido em algum lugar. Mas as meias, não podia voltar para casa sem meias. Nenhuma mulher respeitável circularia por aí sem meias, nem mesmo por seu próprio jardim. O galpão de armazenamento. Havia meias no galpão, podia pegar meias lá. Mas a porta do galpão estaria trancada, e era Ingel quem ficava com a chave. Não havia forma de entrar, a não ser que alguém tivesse se esquecido de trancar a porta.

Aliide concentrou a mente nas meias durante todo o caminho até a casa — não em Ingel, nem em Linda, nem em nada do que acontecera. Recitava em voz alta tipos diferentes de meia: meia de seda, de algodão, meia marrom, preta, cor-de-rosa, cinza, meia de lã, meia soquete — o galpão iluminado ali adiante, o amanhecer despontando —, meia infantil — deu a volta pelo pasto e chegou aos fundos da casa —, meia bordada, meia produzida em série, meias que valiam 2 quilos de manteiga, três jarros de mel, dois dias de trabalho. Ingel e ela haviam trabalhado por dois ou três dias em casa de outras pessoas e cada uma havia ganhado um par de meias de seda, seda preta com calcanhar de lã. Os salgueiros farfalhavam ao longo da estrada, a casa espiava entre as bétulas do jardim, as luzes estavam acesas, Ingel estava em casa! Meia crua de lã, meia Kapron — chegou ao galpão e tentou abrir a porta, trancada. Teria que entrar na casa sem meias, permanecer distante da luz, sentar-se imediatamente à mesa e esconder as pernas embaixo. Talvez ninguém notasse. Ela queria ter um espelho. Apalpou as próprias bochechas, tentou ajeitar os cabelos, tocou a cabeça, mas os cabelos estavam grudentos — meia de seda, meia de algodão, meia de lã, meia Kapron. Ao chegar ao poço pegou um balde d'água, lavou as mãos, esfregou-as com uma pedra, já que não havia escova — meia marrom, meia preta, meia cinza, meia crua, meia rendada. Tinha que entrar agora, mas será que conseguiria? Conseguiria colocar os pés no hall de entrada e conversar normalmente? Com sorte Ingel ainda estaria sonolenta e não conseguiria conversar sobre nada. Talvez Linda ainda estivesse dormindo, era tão cedo.

Forçou o corpo pelo jardim, observando-se por trás, seu modo de caminhar, seu pé subindo, a mão envolvendo a maçaneta, o modo de dizer "cheguei". A porta se abriu, e Ingel apareceu. Hans estava no quarto secreto, por sorte. Aliide suspirou, sob o olhar de Ingel. Ergueu uma das mãos para pedir a ela que não dissesse nada. Os olhos de Ingel caíram e foram se deter nas pernas sem meias, e Aliide virou o rosto, curvando-se para acariciar Lipsi. Linda entrou correndo na cozinha, vindo do quarto dos fundos, e parou ao ver os cantos da boca de Ingel, repuxados para baixo. Ingel pediu a Linda que fosse se lavar. Linda não se moveu.

— É melhor você me obedecer!

A banheira esmaltada retiniu, água respingou, e Aliide ainda parada no mesmo lugar, fedendo. Será que Linda notara suas pernas nuas? Saiu de novo de seu próprio corpo, o bastante para conduzir-se até a cama, e só voltou quando sentiu o colchão familiar apegando-se às costelas. Ingel achegou-se à porta e disse que lhe prepararia um banho assim que Linda tivesse saído para a escola.

— Queime as minhas roupas.

— Todas?

— Todas. Eu não contei nada a eles.

— Eu sei.

— Vão vir de novo atrás de nós.

— É melhor tirarmos a Linda daqui.

— Hans começaria a suspeitar de alguma coisa, ele não pode suspeitar de nada. Não podemos contar para ele.

— Não podemos contar nada para ele — repetiu Ingel.

— Devíamos ir embora.

— Para onde? E o Hans...

1947

LÄÄNEMAA, REPÚBLICA SOCIALISTA SOVIÉTICA DA ESTÔNIA

Entraram como se fossem donos da casa

Naquela noite de outono, elas estavam fazendo sabão. Linda brincava com os pássaros e com o broche alemão de Ingel, polindo-o e cuidando para não tirar o verniz, como de costume. Potes de geleia de maçã que tinham feito no dia anterior estavam ordenados sobre a mesa, esperando o momento de serem levados à despensa. Ao lado deles, já engarrafado, o suco de maçã tirado da mesma leva. Tinha sido um dia bom, a primeira vez desde a noite no porão da prefeitura que Aliide acordara sem pensar de imediato naquilo — por um momento sentiu a cálida luz matinal, até se lembrar. Embora ninguém tivesse ido atrás delas depois daquela noite, ainda se assustavam a cada batida na porta, tal como tantas outras pessoas naqueles tempos. Naquela manhã, contudo, Aliide sentira um princípio de esperança: talvez as deixassem em paz. Talvez tivessem acreditado que elas não sabiam de nada. Talvez as deixassem trabalhar tranquilas, preparar suas geleias e conservas, viver.

Aino foi visitá-las e sentou-se à mesa para conversar. O tonel de carne que ela pretendia usar para fazer sabão havia sido roubado, de modo que as irmãs lhe prometeram um pouco do seu. A conversa era agradável, conversar com alguém de fora desanuviava a atmosfera desesperada, sempre opressiva e silenciosa, da cozinha. A conversa medíocre de Aino era um eco suave, e mesmo a história do destino de sua porca de 100 quilos era confortante: a camaradagem na cozinha garantia a cada frase um sentimento de aconchego. A porca tivera febre suína e fora preciso abatê-la imediatamente, além de drenar o sangue e salgar a carne. Mas os restos que virariam sabão haviam desaparecido do celeiro quando ela saíra para visitar a mãe.

— Vocês imaginam? — Aino perguntava balançando a cabeça. — Agora alguém vai comer aquela carne! Era para virar sabão!

— Deve ter sido alguém de fora. Todos no vilarejo sabem de que morreu a sua porca.

— Ainda bem que não tinha mais nada naquele celeiro.

Os ingredientes para o sabão tinham ficado de molho e sido lavados por vários dias, e naquela noite seriam finalmente fervidos em fogo baixo num grande ensopado, temperado pela soda cáustica que Ingel começava a acrescentar. Era função de Ingel, porque a Aliide faltava paciência, e Ingel era tão boa em fazer sabão quanto em todas as outras atividades femininas. As barras de sabão dela eram sempre as melhores e mais densas, grossas e esplêndidas, mas nem isso incomodava Aliide naquela noite, porque era a primeira noite que parecia minimamente normal depois do incidente. Pela manhã o homem das tintas passara distribuindo produtos que alguém da fábrica Orto lhe havia fornecido — cores puras, não diluídas —, e rumores eram espalhados por toda vizinhança. Agora, o ensopado de sabão soltava vapor, Ingel mexia sem parar com a colher de pau e Aino falava, balançando a cabeça ao mencionar as exigências do colcoz: como ela conseguiria lidar com cotas sempre crescentes? Isso também preocupava as irmãs, mas naquela noite Aliide decidiu que não se enervaria muito — ainda haveria muito tempo para falar sobre cotas. A conversa foi interrompida por um grito agudo do outro lado da porta: o broche de Ingel havia furado o dedo de Linda. Ingel pegou o broche e o prendeu no suéter de Linda, pedindo que não brincasse mais com ele. Linda ficou chorando num canto da cozinha, tendo se refugiado ali com seu passarinho castanho depois de ouvir os avisos de Ingel de que o líquido que respingava podia corroer a carne de suas mãos. A agitação doméstica provocou um sorriso em Aliide, que chamou Linda até a janela para juntas observarem Aino fazendo a ordenha noturna. Aino voltaria no dia seguinte, e então o sabão estaria pronto para ser cortado, o que permitiria que ela levasse alguns pedaços para secar em casa. Aliide alongou o corpo. Logo iria com Linda ao celeiro para alimentar os animais, e Hans poderia ir até a cozinha para tirar o panelão do forno e pousá-lo no chão.

Eram quatro homens.

Não bateram: entraram como se fossem donos da casa.

Ingel acabava de acrescentar soda cáustica à panela.

Aliide negou saber qualquer coisa sobre Hans.

Ingel verteu na panela o conteúdo inteiro da garrafa.

O sabão fervia e espirrava por todo o fogão.

Ela não contou onde Hans estava.

Linda não disse uma palavra.

A fumaça subia do fogão, um fogo se criava, a panela continuava espumando.

Na prefeitura, Linda foi separada das duas e levada para outro lugar.

Duas lâmpadas sem lustre pendiam do teto.

Havia dois rapazes do vilarejo ali, o filho do velho Leemet e Armin Joffe, que haviam fugido para a União Soviética antes da chegada dos alemães. Nenhum deles olhava em sua direção.

Na prefeitura, os soldados fumavam cigarros *mahorkka* e bebiam. Sem copos. Limpavam o nariz nas mangas, como era costume russo, embora falassem estoniano. Ofereceram-lhes um pouco da bebida. Elas declinaram.

— Sabemos que vocês sabem onde está Hans Pekk — disse um deles.

Supostamente alguém vira Hans na floresta. Algum interrogado alegara que Hans fazia parte do grupo dele e estava escondido no mesmo lugar.

— Vocês podem ir embora e voltar para casa assim que disserem onde está Hans Pekk.

— Sua filha é tão encantadora — acrescentou outro.

Ingel disse que Hans estava morto, que fora assassinado durante um assalto em 1945.

— Como se chama a sua filha?

Aliide disse que um amigo de Hans, Hendrik Ristla, havia testemunhado o assassinato. Hans e Hendrik estavam descendo a cavalo pela estrada quando, de repente, foram derrubados e Hans fora morto, do nada. Ingel começou a ficar nervosa. Aliide podia sentir o nervosismo dela, embora a irmã não desse sinais. Ingel estava ereta e orgulhosa. Atrás delas, um homem marchava de um lado para o outro sem parar. Andava e andava, assim como fazia outro pelo corredor. O som das botas...

— Que nome bonito para uma menininha tão bonita.

Linda acabava de fazer 7 anos.

— Em breve faremos as mesmas perguntas para a sua filha.

Elas se mantiveram em silêncio, até que mais um homem entrou. O que vinha fazendo o interrogatório disse ao que chegava:

— Vá conversar com a menina, não perca tempo. Tire a lâmpada do teto, cuidado para não se queimar. Não, traga a menina para cá. Depois abaixe aquela lâmpada, com aquele fio ali, até chegar à mesa. Mas espere até colocarmos a menina em cima.

O homem devia estar comendo alguma coisa, pois ainda mastigava. As mãos e os cantos da boca estavam engordurados. Portas se abriram e se fecharam, botas marcharam, jaquetas de couro chiaram. A mesa foi deslocada, e Linda foi trazida. Sua blusa já não tinha botões, e ela tinha que segurá-la com as mãos para mantê-la fechada.

— Ponham a menina em cima da mesa.

Linda estava tão imóvel que seus olhos...

— Separe as pernas dela. Segure a menina.

Ingel chorava no canto.

— Aliide Tamm, você pode cuidar disso. Venha até a mesa.

Elas não disseram nada, não disseram nada.

— Faça com que ela segure a lâmpada.

Não disseram nada, não disseram nada, nada, nada.

— Segure a lâmpada, sua puta!

1948

LÄÄNEMAA, REPÚBLICA SOCIALISTA SOVIÉTICA DA ESTÔNIA

A cama de Aliide adquire um cheiro de cebola

Aliide escolheu Martin antes que ele soubesse qualquer coisa sobre ela. Viu-o na leiteria por acaso, quando acabava de descer a escada depois de admirar o algodão exposto na parede indicando como era puro o leite que produziam. O dos outros era mais amarelo, mas o leite deles deixava o algodão tão branco como sempre. Era na verdade obra de Ingel, responsável pela maior parte dos cuidados com as vacas, mas que importava? A casa era de Aliide, então as vacas também eram dela. Encheu o peito de ar e o manteve estufado quando saiu, desceu a escada e ouviu uma voz, a voz desconhecida de um homem. Era uma voz forte, decidida, muito diferente das vozes dos outros homens do vilarejo, já enfraquecidas pela idade ou por beberem constantemente de manhã até a noite — afinal, o que além de beber podiam fazer os homens naquele país? Aliide caminhou em direção à estrada para tentar encontrar o dono da voz e o encontrou. Marchava como um líder na direção da leiteria, seguido por três ou quatro homens. Aliide observou como seu casaco se enchia de ar e parecia prestes a fazê-lo decolar com o vento, e como os outros se viravam para ele quando falavam, mas ele não se virava para os outros quando respondia. Olhava sempre para a frente, com a sobrancelha erguida, perscrutando o futuro. Então Aliide soube que esse era o homem que a resgataria, que salvaria sua vida. Martin. Martin Truu. Aliide saboreava o nome cuidadosamente quando era sussurrado pelo vilarejo. Tinha um bom sabor. Aliide Truu era ainda melhor: derretia-se na língua como um floco de neve. Podia adivinhar facilmente onde encontraria Martin Truu, ou onde ele a encontraria: no segundo andar do casarão da esquina Vermelha, que fora transformado em centro cultural.

Começou a frequentar o lugar, a passear entre os bustos de Lenin. Examinava os livros com suas capas vermelhas à sombra da enorme bandeira vermelha e, de quando em quando, enquanto lia, olhava pensativa para a lareira, sua ornamentação inaceitável desfigurada. Os fantasmas das senhoras alemãs bálticas que haviam vivido naquela casa rangiam sob seus pés, bocejos de umidade escureciam o papel de parede e por vezes, quando era deixada sozinha, a janela rangia como se alguém estivesse tentando abri-la, rangia e uma corrente de ar soprava em direção a ela, mesmo que a janela ainda estivesse fechada. Não deixava que isso a perturbasse, apesar de ainda sentir que estava ocupando a casa de outra pessoa, que estava no lugar errado, na casa de um cavalheiro. Era um pouco como estar na igreja, que fora transformada em depósito de grãos. Esperava que Deus a atingisse com um raio enquanto estava lá porque ela não se opusera aos homens que tinham transformado seus ícones em barris de grãos, e tinha que lembrar a si mesma que a igreja não era dela: não se podia esperar que ela fizesse algo a respeito. O que poderia ter feito? Agora podia apenas repetir para si mesma que o casarão pertencia ao povo, que era para uso do povo, ou ao menos para uso dos que tinham sobrevivido a tudo aquilo. Então, com olhos sonhadores, fitava o busto sorridente de Lenin, a cabeça apoiada na mão, subia de vez em quando para analisar a cartilha de cotas, depois voltava a folhear com diligência *Cinco esquinas* e *Comunistas estonianos*. Uma vez deixou cair o livro no chão e quando foi recolhê-lo embaixo da mesa, reparou que havia nomes gravados embaixo do tampo: Agnes e William, com um coração em volta. Um nó na madeira bem no meio do coração olhava para ela. 1938. Ninguém ali se chamava Agnes ou William. A bela mesa de madeira havia sido roubada de algum lugar, e os ornamentos haviam sido retirados. Agnes e William teriam conseguido escapar, estariam vivendo felizes para sempre, apaixonados, em algum lugar do Ocidente? Aliide voltou a se erguer e rapidamente tratou de memorizar a "Canção do trator":

Rápido, trator de aço! Rápido, camarada!
O campo é como um mar sem limites que se abre
Você e eu viajamos por essa terra vasta...
Campo e floresta ecoam nossa canção de vitória.

Não era suficiente saber a canção de cor, precisava conhecê-la tão bem que acabasse acreditando nas palavras. Para que soasse como uma oração sincera. Seria capaz? Tinha que ser. Pensava nos ensinamentos de Marx e Lenin, mas não seria melhor deixar que Martin lhe ensinasse? A canção do tratorista era bastante simples, mas não devia deixar que Martin pensasse que ela era esperta demais.

Alguém a viu na esquina Vermelha e contou para Ingel. Ingel contou para Hans, e Hans não falou com Aliide por uma semana, mas ela não se importou. O que Hans sabia sobre a vida dela? O que Hans sabia sobre como era estar no chão do porão da prefeitura recebendo nas costas urina dos homens de preto? E, no entanto, ela se importava um pouco com a opinião dele, talvez mais que um pouco, mas precisava de alguém, alguém como Martin, e Martin começava a deixar os olhos vagarem na direção daquela garota estudiosa da esquina Vermelha. Um dia Martin deu uma palestra. Aliide compareceu, esperou que o público se dispersasse e pediu:

— Me ensine.

Lavara os cabelos com vinagre no dia anterior, para que brilhassem na obscuridade, e tentou dar aos próprios olhos a expressão cega de um bezerro recém-nascido, indefeso e perdido, para despertar nele de imediato o desejo de lhe ensinar, para que ele percebesse que ela era terreno fértil para o que ele tinha a dizer.

Martin Truu gostou daqueles olhos orvalhados de bezerro. Ele subiu em cima dela e ele fedia.

1948
LÄÄNEMAA, REPÚBLICA SOCIALISTA SOVIÉTICA DA ESTÔNIA

Como os passos de Aliide se tornaram mais leves

Quando Aliide saiu do gabinete do registro civil, seus passos estavam mais leves do que quando entrara. As costas mais eretas, porque agora a mão descansava sobre o braço de Martin, e Martin agora era seu marido, legalmente unido a ela pelo elo do matrimônio. Ela, Aliide Truu, era sua esposa. Que nome adorável! Além de obter certa garantia de segurança ao se casar com Martin, havia outro ganho com a união: ela se tornava igual a qualquer mulher normal. Mulheres normais se casam e têm filhos, e ela agora era uma delas.

Se tivesse permanecido solteira, todos teriam pensado que havia algo de errado com ela. Teriam pensado isso mesmo que houvesse tão poucos homens disponíveis. Os Vermelhos teriam se perguntado se ela tinha algum amante na floresta. Os outros teriam chegado a suas próprias conclusões sobre por que ninguém a desejava. Haveria alguma razão para que ela fosse menos mulher, uma mulher menos desejável para um homem, ou para que ela não conseguisse estar com um homem? Alguma razão para que ela fosse ignorada? Alguém podia inventar uma razão. O principal era que, tendo se casado com Martin, ninguém poderia sugerir que algo acontecera durante o interrogatório. Ninguém acreditaria que uma mulher pudesse passar por algo daquele tipo e depois se casar com um comunista. Ninguém se atreveria a dizer algo sobre ela, dizer que "aquela aceita qualquer coisa". Ai de quem tentasse. Ninguém se atreveria porque ela era a esposa de Martin Truu, uma mulher respeitável.

E isso era importante: que ninguém jamais soubesse.

Ela reconhecia o cheiro das mulheres na rua, o cheiro que indicava que algo similar acontecera com elas. Em cada mão trêmula podia identificar: ali vai mais uma. Em cada susto com o som do grito de um soldado russo, em cada recuo ao bater das botas. Ela também? Qualquer uma que não conseguisse se impedir de atravessar a rua quando milicianos ou soldados se aproximavam. Qualquer uma cuja marca na cintura do vestido indicasse que estava usando várias calcinhas. Qualquer uma que não conseguisse olhar os outros nos olhos. Teriam dito o mesmo a essas mulheres? Teriam dito a elas que sempre que fossem dormir com seus maridos se lembrariam daqueles homens?

Quando via uma dessas mulheres, tentava manter-se o mais afastada possível, para que ninguém notasse as similaridades de comportamento. Para que uma não repetisse os gestos da outra e duplicasse o nervosismo de sua presença. Nos eventos comunitários do vilarejo, Aliide evitava essas mulheres, porque não podia saber quando um daqueles homens apareceria, um homem de quem ela se lembraria para toda a eternidade. E talvez viesse a ser o mesmo homem da outra mulher. Elas não conseguiriam se impedir de olhar na mesma direção, na direção de onde o homem viesse. E não conseguiriam se impedir de pestanejar ao mesmo tempo se ouvissem aquela voz familiar. Não conseguiriam levantar a taça sem derramar o líquido. Seriam descobertas. Alguém saberia. Um daqueles homens lembraria que Aliide era uma das mulheres que tinham estado no porão da prefeitura. Era uma delas. E toda a turvação em que ela conseguira mergulhar sua memória ao se casar com Martin teria sido em vão. E talvez eles pensassem que Martin não sabia, e então decidissem lhe contar. Martin tomaria aquilo como uma calúnia e, é claro, ficaria bravo. E então o que aconteceria? Não, ela não podia deixar acontecer. Ninguém deveria saber.

Quando surgia uma situação dessas, ela sempre pensava em algo ruim para dizer sobre aquelas mulheres, criticá-las e repreendê-las para se diferenciar delas.

Tem certeza, camarada Aliide?

Mudaram-se para um quarto na casa Roosipuu. Os Roosipuu não escarneciam abertamente de Martin, tinham medo dele, mas Aliide tinha que ficar sempre alerta para pedras no caminho e objetos caindo. As crianças colocavam sal no açucareiro, tiravam suas roupas do varal e jogavam no chão, colocavam vermes no pote de farinha, colavam meleca nas tampas e se escondiam atrás das saias da mãe para assistir enquanto Aliide tomava o chá salgado ou segurava a tampa, sem alterar a expressão ao sentir o muco seco em seus dedos ou ao reconhecer o som de vermes fervendo no pote. Aliide não queria dar-lhes o prazer de vê-la perturbada por suas ações ou pelo desdém ou por qualquer outra coisa. Era a esposa de Martin e tinha orgulho disso, e a cada passo tentava se lembrar de impor ao andar o mesmo orgulho que Martin ostentava. Tentava sair pela porta de modo a fazer com que os outros recuassem, e não ela. Por alguma razão sempre falhava, sempre tinha que esperar, e os Roosipuu batiam a porta na cara dela, forçando-a a abri-la novamente. Os soldados vermelhos que acampavam na casa haviam ensinado os Roosipuu a dizer bom dia e boa noite em russo, e eles cumprimentavam Aliide com essas palavras recém-aprendidas.

Martin sempre tinha pedaços de cebola entre os dentes, e ele era feito de ferro. Tinha músculos pesados, pele solta pendurada sob os braços, e os poros de suas axilas eram tão grandes que quase chegavam aos seus ombros. Os longos pelos do sovaco eram amarelados de suor como palha de aço enferrujada, embora fossem grossos. O umbigo era uma caverna e o saco escrotal quase chegava aos joelhos. Era difícil imaginar que ele já houvesse tido um saco firme quando era jovem. Os poros da pele estavam sempre cheios de óleo e seu cheiro mudava dependendo do que ele comia. Ou talvez fosse a imaginação de Aliide. Em todo caso, ela tentava fazer comida sem cebola. Com o passar do tempo, também se esforçava para olhar para Martin como uma mulher deve olhar para um homem, aprendendo a ser esposa, e aos poucos foi obtendo sucesso, observando como as pessoas o escutavam quando ele tinha algo a dizer. Martin tinha fogo e poder. Conseguia fazer com que as pessoas acreditassem nele quase como Stalin. Suas palavras cortavam como uma foice e pesavam como martelo. A mão se erguia no ar quando ele falava, fechada num punho, e tremia quando ele condenava os fascistas, os sabotadores, os bandidos. Um punho grande com um polegar poderoso, suas mãos pareciam a cabeça de um touro, mãos sob as quais ela podia se abrigar. Os lóbulos da orelhas de Martin eram grandes e pendentes, balançavam, mas ainda assim ele parecia capaz de ouvir tudo. E se ouvia tudo, captava qualquer notícia de perigo no mundo. Martin saberia quando ter cuidado.

De manhã, o cheiro das axilas de Martin aderia ao cabelo e à pele de Aliide, que era obrigada a conviver com aquele fedor no nariz durante o dia todo. Ele gostava de dormir num abraço apertado, com a pequena Aliide encaixada firmemente debaixo do braço. Era bom, dava a ela uma sensação de segurança. Era o melhor sono que ela tinha em anos, dormindo com facilidade e avidez como se compensasse pelas tantas noites insones, já que não temia mais que alguém batesse à porta. Ninguém conseguiria tirá-la de baixo do braço dele. Não havia um organizador de partido mais exemplar do que Martin em nenhum vilarejo em todo o país.

Martin ficou feliz ao constatar que dormir ao lado dele deixava Aliide mais bonita, já que no início o nervosismo dela o espantava. Tendo-o a seu lado, os pavores de Aliide diminuíram um pouco durante o dia, seu olhar medroso acalmou-se, seus olhos cansados e vermelhos clarearam, e tudo isso fez de Martin um homem feliz. Esse homem feliz também arranjou para a esposa um emprego de inspetora, cuja tarefa, entre outras coisas, era coletar pessoalmente pagamentos e processar recibos. O trabalho era fácil, mas incômodo: os Roosipuu não foram os únicos que começaram a bater a porta da casa ao ver a bicicleta de Aliide se aproximando. Martin prometia arranjar um trabalho mais agradável para ela quando ele mesmo avançasse na carreira.

Mas aquele cheiro. No começo, Aliide tentava respirar pelo nariz o dia inteiro. Depois, acabou se acostumando.

Foi Ingel quem disse que Aliide começava a cheirar como os russos. O cheiro das pessoas que apareciam na estação ferroviária e se sentavam ali com suas trouxas tão grandes quanto elas. Os trens traziam cada vez mais pessoas como essas, que logo desapareciam, engolidas pelas novas fábricas.

1949
LÄÄNEMAA, REPÚBLICA SOCIALISTA
SOVIÉTICA DA ESTÔNIA

As provações de Aliide Truu

Martin não contou a Aliide por que queria que ela fosse à prefeitura naquela noite, de modo que o trajeto foi muito duro para ela. *Tem certeza, camarada Aliide?* A voz do homem ia e vinha na cabeça dela, que não tinha certeza de nada a não ser da necessidade de se agarrar a Martin. Apalpando-se à procura de um cigarro no portão da frente, percebeu que sua cigarreira estava vazia e decidiu voltar para casa, mesmo que isso lhe desse má sorte. Tentou encher a cigarreira e não conseguiu: os cigarros se amarrotavam, suas mãos tremiam, sentia vontade de chorar, a camisa se encharcava de suor, sentia um calafrio, um calafrio horrível. Conseguiu livrar-se de um soluço, enfiou alguns cigarros no estojo e foi tropeçando até o portão. O caçula dos Roosipuu arremessou uma pedra nela e se escondeu atrás dos arbustos, de onde era possível ouvi seus risos. Aliide não virou a cabeça. Por sorte os outros Roosipuu estavam trabalhando, ninguém além do moleque vira seu nervosismo ou o suor acima de seus lábios, mas mesmo a cozinha dos Roosipuu era mais convidativa do que a prefeitura, e quando chegou à estrada principal viu-se andando de um lado para o outro, voltando, partindo de novo em direção à prefeitura, seguindo em frente e dando três tapinhas no ombro quando cruzou com um gato preto. *Tem certeza, camarada Aliide?* Antes de chegar à prefeitura, fumou outro cigarro, batendo os dentes — estava com frio. Tinha que seguir em frente, a língua rachava de tão seca, seguir em frente pelo pátio da prefeitura. O lugar estava abarrotado de gente. O escapamento de um carro estourou. Aliide deu um salto, seus joelhos cederam e ela tombou no chão, fingindo agachar-se para limpar a sujeira da bainha da roupa. Suas galochas, dos tempos estonianos, estavam cobertas de lama. Lavou-as num charco e escondeu as mãos trêmulas nos bolsos, apertando com dedos tensos as contas dos casais sem filhos. Tirou as mãos dos bolsos. Mais cedo naquele mesmo dia, aproximara-se da porta de duas famílias sem filhos e de três famílias com poucos filhos, mas ninguém a deixara entrar. Homens passavam de um lado para o outro pela porta mais baixa da prefeitura carregando sacos de areia: os sacos já chegavam até a metade de uma das janelas. Pelos cochichos dos transeuntes ficou claro que a expectativa era de um ataque de bandidos.

O prédio estava cheio de gente, embora já passasse das sete horas. O barulho incessante de uma máquina de escrever ecoava de algum lugar. Passos apressados e intensos iam e vinham. Casacos de couro preto zuniam e despontavam em sua visão periférica. Portas abriam e fechavam. Torrentes de risos bêbados. A risada de uma jovem. Uma mulher um pouco mais velha tirando as galochas no corredor, deixando entrever bonitos sapatos de salto alto. A mulher balançava a cabeça para ajeitar os cachos, os brincos cintilando na luz amena como uma espada sacada da bainha.

Tem certeza, camarada Aliide?

O corredor tinha cheiro do metal de armas.

Alguém gritou:

— Lenin, Lenin, e mais uma vez Lenin!

As rachaduras nas paredes caiadas eram nebulosas, como se estivessem em movimento. O cheiro frio de álcool foi encontrá-la à porta do escritório de Martin. A fumaça de cigarro escurecia a sala, impedindo-a de ver com clareza.

— Sente-se.

Aliide localizou Martin pela voz, parado num canto da sala, enxugando as mãos com uma toalha como se tivesse acabado de lavá-las. Sentou-se numa cadeira que ele lhe ofereceu, sentindo o suor que molhava suas axilas e secando o buço com a palma de uma das mãos. Quando Martin chegou ao lado dela e se curvou para beijá-la na testa, sua mão encostou num dos seios dela e o apertou de leve. A lã do casaco dele raspou em sua orelha e uma marca úmida foi deixada em sua fronte.

— Tem uma coisa que a minha pequena deveria ver.

Aliide secou o buço de novo e envolveu a cadeira com os tornozelos.

Martin soltou o seio, afastou o hálito de seu ouvido e foi buscar alguns papéis na mesa. Entregou um deles a Aliide, mas as mãos dela relutaram em aceitar. Ela apenas olhou para a frente, e o papel caiu em seu colo, fazendo suas coxas arderem debaixo dele, embora o frio contínuo houvesse deixado sua pele dormente e embranquecido as pontas dos dedos. A respiração de Martin percorria a sala como uma brisa. A boca de Aliide se encheu de saliva, mas ela não se atrevia a engolir, pois isso trairia seu nervosismo.

— Dê uma olhada.

Aliide deixou o olhar se assentar sobre o papel.

Era uma lista. Havia nomes na lista.

— Leia os nomes — ele insistiu sem parar de observá-la.

Ela começou a transformar as letras em palavras.

Encontrou os nomes de Ingel e de Linda na primeira coluna.

Seus olhos se detiveram, e Martin percebeu.

— Estão indo embora.

— Quando?

— A data está no alto da página.

— Por que está me mostrando isso?

— Porque eu não escondo nada da minha pequena.

A boca de Martin expandiu-se num sorriso, e um brilho intenso revelou-se nos olhos dele. Levou a mão ao pescoço dela e o acariciou.

— Que pescoço bonito a minha pequena tem, delgado e gracioso.

Quando Aliide saía da prefeitura, foi cumprimentada por um homem que fumava à entrada e lhe disse que aquela era uma primavera peculiar.

— Chegou incrivelmente cedo. Você não acha?

Aliide concordou e se esquivou para fumar seu próprio cigarro atrás de uma árvore, para que ela própria não parecesse peculiar demais, fumando em público. Primaveras e invernos peculiares eram sempre assustadores. O de 1941 fora um inverno peculiar, terrivelmente frio. Tal como o de 1939 e o de 1940. Anos peculiares, estações peculiares. Sentiu um zumbido dentro da cabeça. Lá estava mais uma vez. Uma estação peculiar. Uma repetição de anos peculiares. Seu pai estava certo quando dizia que estações peculiares prenunciavam acontecimentos peculiares, ela devia ter aprendido. Tentou clarear a mente balançando a cabeça. Não era o momento para as histórias dos velhos familiares, já que nada diziam sobre como se comportar quando uma estação peculiar é iminente. Apenas faça as malas e prepare-se para o pior.

Estava claro que Martin queria testá-la, testar sua confiabilidade. Se Ingel e Linda escapassem agora ou se não estivessem em casa na noite em questão, Martin saberia quem era a responsável. A dor nos dentes de Aliide intensificou-se e deslocou-se para as mandíbulas.

Ingel e Linda seriam levadas. Não Aliide, não Hans. Ela precisava pensar com clareza, pensar sobre Hans. Teria que pedir a Martin para se mudarem para a casa de Ingel depois que ela fosse levada: nenhuma outra casa serviria para Aliide. Nem sendo melhor, maior ou menor, nenhuma outra casa serviria. Aliide teria que se animar nos próximos dias, teria que se mostrar intensa e radiante, teria que deixar Martin estonteado de noite na cama, para que ele fizesse tudo o que pudesse para conseguir a casa. E os animais também tinham que ficar na casa! Não queria os animais dos outros. Maasi era a vaca dela! Se o celeiro estivesse vazio, Martin mandaria seus homens atrás dos ladrões e mandaria todos para a Sibéria! Maravilhou-se com a fúria que irrompeu nela quando imaginou outra pessoa tocando seus animais. Porque eram dela agora, Ingel só ordenharia as vacas por mais algum tempo. Uma vaca poderia ser levada para o celeiro do colcoz que estava sendo construído para que ficassem dentro das regras. Mas Martin, mais tarde, faria planos para trazê-la de volta. Ninguém viria contar os animais no estábulo de um dos líderes do partido.

De início Aliide não quis pensar sobre a questão essencial: como Hans permaneceria escondido com Martin dormindo sob o mesmo teto? Hans não roncava, mas e se começasse a roncar? Ou se espirrasse no meio da noite? E se tivesse uma tosse? Hans sabia manter-se em silêncio quando havia visitas, era verdade, mas como seria com Martin de fato morando na mesma casa? Falar sobre a bisavó que assombrava a casa não funcionaria com o marido. Aliide pressionou as mãos contra a testa e as bochechas. Estaria parada ali havia quanto tempo? Começou a mover os pés de volta para casa. Sentiu um gosto de sangue na boca — tinha mordido as bochechas. O sótão. Tinha que levar Hans para o sótão. Ou para um porão. Teria que construir um porão embaixo da despensa ou do quartinho. Ou o sótão seria melhor? O sótão se estendia a partir da casa sobre o celeiro e o estábulo, e nessas últimas partes estava cheio de feno, em fardos tão apertados que seria impossível examiná-los por inteiro. Se construíssem um quartinho ali, ninguém jamais perceberia. Podia ser construído atrás dos fardos de feno, em cima do celeiro. Como Aliide seria a responsável por alimentar as vacas, poderia ir ao celeiro o tempo todo para liberar o feno pelo alçapão que o conduzia até as vacas, embaixo. O mais provável era que Martin nunca chegasse a pisar no celeiro: não sabia ordenhar, tampouco gostava de galinhas, porque quase lhe haviam bicado os olhos quando criança, e uma vaca pisara em seu pé e o esmagara. Não por acaso Martin resolvera tornar-se um agitador: nunca teria se dado bem com os animais. De qualquer forma, os animais fazem barulho, e Hans poderia espirrar e tossir quanto quisesse. As divisórias do celeiro também eram mais grossas: havia trinta centímetros de areia entre as tábuas. Ninguém ouviria nada.

Assim que Ingel e Linda fossem levadas, ela construiria um quarto — era capaz de fazer isso sozinha. Havia tábuas prontas entre a tralha do sótão, depois era só colocar o feno na frente. Podia usar fardos fáceis de mover, mas que não chamassem a atenção de ninguém, mesmo que esse alguém chegasse a subir até lá.

Quando Aliide ia visitar Ingel, às vezes a observava com atenção, às vezes não conseguia nem lhe dirigir um olhar. Depois daquela primeira noite na prefeitura, passara a fazer um esforço para evitar o olhar dela, assim como Ingel evitava o seu. Depois de ver aquela lista a situação mudou: Aliide sentia uma compulsão por ir até a casa de Ingel apenas para olhá-la. Em algumas ocasiões chegou a espiá-la em silêncio enquanto a outra trabalhava. Sentia uma urgência por ver Ingel em ação, como a urgência por ver algo que está desaparecendo, algo que nunca mais vai ser visto. Fazia isso em segredo, quando Ingel ia cuidar dos animais, levando trevos para as vacas que começavam a dar leite, sempre concentrada nas tarefas.

O mesmo se aplicava a Linda. Depois da noite na prefeitura, Linda praticamente emudecera. Dizia apenas sim e não, e só quando lhe perguntavam alguma coisa; mal chegava a isso quando havia estranhos por perto. Ingel teve que explicar aos habitantes do vilarejo que Linda quase fora pisoteada por um cavalo em disparada e sentira tanto medo que tinha parado de falar. Dizia estar certa de que isso acabaria passando. Quando estavam na cozinha, Ingel tagarelava e ria para que Hans não notasse o silêncio de Linda.

Uma vez, Aliide flagrou Linda espetando a própria mão com um garfo. A menina tinha algo de ausente e ao mesmo tempo concentrado, as tranças apertadas puxadas para trás e presas nas têmporas. Sem notar a presença de Aliide, mirou o centro da palma e o apunhalou. Seu olhar era fixo, sua expressão imutável enquanto perfurava a mão com o garfo, abrindo apenas um pouco a boca, mas sem emitir qualquer som.

Por um único e fugaz instante, uma voz dentro de Aliide urgiu Linda a dar uma nova punhalada, mais uma, mais forte, com toda a força, mas assim que o pensamento chegou à consciência foi silenciado pelo choque. Não podia pensar essas coisas, essas maldades. Pessoas que têm maus pensamentos são más. Ela devia ir até Linda, tomá-la nos braços e acalmá-la, mas não conseguia. Não queria tocar naquela criatura, sentia repulsa; detestava seu próprio corpo e o corpo de Linda e a fina camada de cera que aparecera em sua pele. Linda golpeava com o garfo, erguia a mão, golpeava de novo, enquanto Aliide observava a palma da menina ficando vermelha. As mãos de Aliide fecharam-se em punhos. Lipsi latia no jardim, e os latidos empurravam Aliide para dentro da cozinha. Linda, com seus olhos opacos, não se movia, ainda segurando o garfo, mas sem voltar a golpear. Aliide tirou o garfo da mão dela no mesmo instante em que Ingel entrou, e Linda saiu correndo.

— O que aconteceu com ela?

— Nada.

Ingel não perguntou mais, limitando-se a dizer que aquela era uma primavera peculiar.

— Muito em breve vamos sair pelos campos vestindo apenas um suéter.

O dia se aproximava. Duas semanas... treze dias... doze... onze... dez noites... nove... oito... sete noites. Em uma semana já teriam partido, e a casa não seria mais de Ingel. Ingel não lavaria mais a louça nem alimentaria as galinhas. Não faria mais comida para as galinhas nem tingiria tecidos naquela cozinha. Não cozinharia o molho para Hans nem lavaria os cabelos de Linda com água e cinzas de bétula. Não dormiria naquelas camas, agora seria Aliide quem dormiria.

Aliide podia ouvir sua própria ansiedade. Ansiava incessantemente, ofegando, sugando o oxigênio pela boca, porque suas narinas não eram poderosas o bastante. E se uma das pessoas que decidem essas coisas mudasse de ideia? Mas por que mudaria? E se outra pessoa ficasse sabendo e alertasse Ingel? Quem o faria? Quem iria querer ajudar Ingel? Ninguém, então para que se inquietar tanto? O que tanto a perturbava? Tudo estava decidido, podia relaxar. Tudo o que tinha de fazer era esperar, esperar mais uma semana, para então se mudar para a casa.

À noite, Martin sussurrava que eles logo se mudariam para o novo lar, descansando a mão no pescoço dela, os lábios nos seios dela, deitados lado a lado no quarto dos Roosipuu, ouvindo os barulhos das crianças, estranhos batendo as portas. O tempo ia passando inexoravelmente: seis dias, cinco noites, os ponteiros do relógio girando como moinhos, triturando os 15 últimos Natais, os enfeites na árvore e as coroas natalinas feitas de casca de ovo, os bolos de aniversário, os hinos que Ingel cantava no coro e as canções de ninar que ela entoava desde a infância e que ensinara a Linda: *um gato esperto com olhos sagazes sentou-se num tronco em plena floresta*. Era como se os olhos de Aliide se enchessem de poeira, como se o branco dos olhos se crivasse de veias. Ela já não se sentaria à mesa com Ingel e Linda, nunca mais haveria uma manhã como a manhã em que elas retornaram da prefeitura, andando quilômetros ao amanhecer, no ar matinal fresco e tranquilo. Quando faltava um quilômetro para chegarem em casa, Ingel deteve Linda, segurando-a pelo braço, e começou a refazer suas tranças. Penteou com os dedos os cabelos de Linda, amaciando-os e tentando apertar as tranças dela. Ficaram paradas no meio da estrada enquanto o sol se levantava e uma porta se abria em algum lugar, Ingel trançando os cabelos de Linda. Aliide esperou, agachada, pressionando as mãos contra a estrada, sentindo os fragmentos de pedras calcárias, sem olhar para as outras, até que de súbito sua garganta se apertou com uma sede terrível e ela correu até o canal, onde encheu a boca de água, sentiu o gosto de terra, engoliu tudo e voltou a encher a boca. Ingel e Linda haviam recomeçado a caminhada, de mãos dadas, as costas curvadas. Aliide as seguiu, observando-as até que chegassem à porta de entrada. Na porta, Ingel se virou e disse:

— Limpe o seu rosto.

Aliide levou as mãos à bochecha e tentou limpar. A princípio não conseguiu sentir as bochechas nem as mãos, então percebeu que a parte de baixo do rosto estava coberta de ranho e que o pescoço estava molhado. Com a manga limpou o nariz, o queixo e o pescoço, retirando a sujeira do rosto. Ingel abriu a porta e elas entraram na cozinha tão conhecida, onde agora se sentiam como estranhas.

Ingel começou a fazer panquecas.

Linda levou para a mesa um pote de geleia de framboesa.

As framboesas escuras pareciam sangue coagulado.

Aliide havia empurrado Lipsi para fora de casa. Depois foram para a mesa e puseram panquecas nos pratos. Linda pôs mel na sua, e passaram a geleia entre elas, os pratos brilhando como a parte branca dos olhos, as facas cortando, os garfos retinindo. Elas comendo panquecas com lábios de borracha, olhos de vidro brilhantes e secos, pele lisa e seca como cera.

Faltavam cinco dias. Aliide acordou com *um gato esperto com olhos sagazes* ressoando dentro da cabeça. Era a voz de Ingel. Sentou-se à beira da cama e a canção não parou, o som não desapareceu. Aliide tinha certeza de que voltariam.

Livrou-se da camisola de flanela, puxando-a pela cabeça — *cachimbo na boca e bengala na mão* —, vestiu a calcinha e as meias amassadas, o vestido e o casaco, pegou o cachecol e saiu correndo pela cozinha, pegou a bicicleta, largou-a, começou a atravessar os campos, o caminho mais rápido até a prefeitura, para onde Martin fora pouco antes. Ajeitou o cabelo no caminho, sem parar, ajustando o cachecol em volta do pescoço, correndo, batendo as galochas, o casaco voando às suas costas. Correu pelos campos e pela estrada, ouvindo o fluxo do canal que a acompanhava e a voz de Ingel — *e aqueles que não sabiam ler eram puxados pelos cabelos* — ressoando sobre a terra deserta, as primeiras aves migrantes voando ao ritmo da cantoria de Ingel, empurrando Aliide para a frente, sempre correndo, deixando para trás os salgueiros, observando a formação de pássaros adiante, sem parar até encontrar Martin conversando com um homem de jaqueta preta de couro. Os olhos de Martin silenciaram a voz de Ingel. Ele disse ao homem que continuariam a discussão mais tarde e segurou Aliide pelo cotovelo, pedindo que se acalmasse.

— O que aconteceu?

— Elas vão voltar.

Martin tirou um frasco do bolso, destampou-o e empurrou-o na direção dela, que bebeu e tossiu. Colocou-a de lado, examinou-a e pegou o frasco que ela apertava entre as mãos, levando-o de volta aos lábios dela.

— Você falou com alguém?

— Não.

— Você contou a elas.

— Não!

— Então o que foi?

— Elas vão voltar!

— Stalin não vai deixar que algo assim aconteça.

Martin protegeu Aliide dentro de seu próprio casaco, e as pernas dela pararam de tremer.

— E eu não vou deixar que elas voltem para assustar a minha pequena.

Aliide andou até a casa de Ingel, parou embaixo do salgueiro no jardim, ouviu cachorros e pardais, o murmúrio de uma primavera peculiar, adiantada, sorveu a umidade da terra. Como poderia abandonar um lugar como aquele? Nunca, não faria aquilo. Aquela terra era a terra dela, o lugar de onde viera e onde ficaria, nunca partiria, nunca abriria mão, não daquilo. Não de Hans e não daquilo. Quisera mesmo escapar quando tivera chance? Ficara apenas por ter prometido a Hans que cuidaria de Ingel?

Chutou o acostamento da estrada. A margem cedeu. A margem dela.

Foi acompanhando a cerca que circundava o jardim, sob os galhos nus das bétulas. Linda estava no jardim, brincando e cantando:

Velho, velho, de sessenta e seis
Na boca, um dente e meio
Com medo de uma rata, com medo de um rato,

Com o corpo em um canto, com medo de um saco.

Linda a viu. Aliide se deteve. A canção foi interrompida. Os olhos de Linda a perturbaram — olhos grandes, frios, pantanosos. Aliide voltou para a estrada.

Com medo de uma rata, com medo de um rato.

À noite Martin não quis contar a ela seus planos, disse apenas que no dia seguinte cuidaria de tudo. Faltavam três dias. Martin pedia a Aliide que ficasse calma, mas ela não conseguia dormir.

Uma tetraz negra começou a gorgolejar antes de o sol nascer.

Andar até a prefeitura ainda era como andar sobre a lâmina de um machado. No instante em que empunhou a maçaneta, Aliide lembrou como uma vez sua língua havia ficado colada em algum metal congelado. Não recordava a situação exata, apenas o sentimento da língua contra aquela agudeza gélida. Talvez fosse um machado. Não lembrava como se libertara nem o que acontecera em seguida, mas agora sentia a mesma coisa na língua quando entrava, dirigindo-se até os braços abertos de Martin, e recebia uma caneta e um pedaço de papel. Teria que assinar seu nome num testemunho tão forte que não haveria volta, nunca mais.

Sentia cheiro de álcool, e o casaco quadriculado de Martin turvou sua visão. Um cachorro latiu em algum lugar, um corvo grasnou do lado de fora, uma aranha subiu pela perna da mesa. Martin esmagou a aranha e limpou no chão a sola do sapato.

Aliide Truu assinou o documento.

Martin deu um ou dois tapinhas em seu ombro.

Ele precisava ficar para resolver o restante das questões. Aliide voltou para casa sozinha, embora ele tivesse dito que ela poderia esperar ali enquanto terminava. Ela não queria ficar, mas tampouco queria voltar para casa: atravessar o jardim dos Roosipuu, a cozinha dos Roosipuu, onde a conversa se interromperia assim que ela abrisse a porta. Lançariam algumas palavras em russo na direção dela que, apesar de educadas, soariam zombeteiras. O menino ia mostrar-lhe a língua de trás do armário, e sua xícara de chá sibilaria com o sal que eles teriam despejado dentro.

Parou ao lado da estrada e olhou para a paisagem serena. Logo Ingel sairia para a ordenha. Hans devia estar lendo o jornal em seu quarto minúsculo. As mãos de Aliide não tremiam. Uma súbita e vergonhosa alegria se espalhava em seu peito. Ela estava viva. Sobrevivera. Seu nome não estava nas listas. Ninguém poderia prestar falso testemunho contra ela, não contra a mulher de Martin, e ela poderia mandar os Roosipuu para um lugar onde o solo estoniano seria apenas uma lembrança remota. Sentiu que alongava os passos, que os pés batiam na terra com força, e foi valsando até a casa dos Roosipuu, passou pela mulher, quase a derrubou e bateu a porta na cara dela. Preparou um chá tirado da lata dos Roosipuu, usando açúcar do açucareiro dos Roosipuu, e partiu metade do pão deles para levar para o quarto. Na soleira deu meia-volta e disse que lhes daria um conselho de amigo, porque era uma pessoa gentil e queria apenas o melhor para todos os camaradas. Se fossem espertos, deviam tirar a imagem de Jesus da parede do quarto. O camarada Stalin não ia gostar que os trabalhadores do novo mundo retribuíssem seu bom trabalho com aquele tipo de coisa nas paredes.

No dia seguinte a imagem do Filho de Deus havia desaparecido.

Quatro dias. Depois apenas três. Nesses dois dias Aliide dissera que iria até a casa de Ingel, mas acabou não indo.

Um gato esperto com olhos sagazes
sentou-se num tronco em plena floresta.
Cachimbo na boca e bengala na mão.
Dois dias. Três noites.
Pediu às crianças que lessem depressa,
Algumas sabiam e outras não.
As que não sabiam ele arranhou com a pata,
Com as que sabiam foi afável e bom.
Não um dia. Não uma noite.

1949
LÄÄNEMAA, REPÚBLICA SOCIALISTA
SOVIÉTICA DA ESTÔNIA

Hans não bate em Aliide, embora pudesse ter batido

Um vento soprava de onde se aninhavam os passarinhos nos galhos nus das bétulas. Um zumbido instalara-se na cabeça de Aliide como se ela não tivesse dormido por dez noites seguidas. Quando chegou à porta da frente, fechou os olhos e foi adiante, tateando em busca da maçaneta, derrubando o serrote pendurado na porta, entrando e abrindo os olhos na escuridão.

O armário que tapava o quartinho de Hans ainda estava lá.

Foi só então que seu coração começou a acelerar, o lábio seco rachou, o sangue jorrou em sua boca, os dedos suados escorregaram na lateral do armário. De quando em quando ela ouvia os ruídos da cozinha: os passos de Ingel, a tosse de Linda, o choque de uma xícara contra o pires, as patas de Lipsi no chão. O armário não queria se mover; ela empurrava com os ombros e os quadris e tudo que conseguia era um rangido, um lamento que ecoava alto na casa vazia. Aliide parou para escutar, o silêncio crepitava. Os ruídos que ela imaginava foram silenciados de imediato quando ela se deteve. Já era possível ver marcas nas placas do piso sobre as quais o armário era movido. Aquilo tinha que ser coberto. Havia algo embaixo dos pés do armário, Aliide curvou-se para ver. Calços, dois calços, para impedir que corresse. Quando Ingel os pusera? Aliide os retirou, e afastou suavemente o armário da parede.

— Hans, sou eu.

Tentou abrir a porta do quarto, mas a mão suada escorregou quando ela tentou agarrar o pequeno buraco que elas haviam improvisado como maçaneta.

— Hans, está me ouvindo?

Nenhum barulho em resposta.

— Hans, me ajude. Empurre a porta, eu não consigo abrir.

Aliide bateu na porta, logo esmurrando-a com os punhos.

— Hans! Diga alguma coisa!

Um galo cacarejou em algum lugar distante. Aliide assustou-se, entrou em pânico, socou a porta. A dor nas mãos espalhou-se até a sola dos pés. A parede oscilava, mas o silêncio persistia. Finalmente ela pensou em buscar uma faca na cozinha e enfiá-la no buraco da porta, segurando o cabo com força; assim conseguiu abrir a porta. Hans estava encolhido num canto da cela, imóvel, a cabeça nos joelhos. Foi só quando Aliide o tocou que ele ergueu a cabeça. Apenas depois de três pedidos para que saísse ele cambaleou até a cozinha. E só quando ela perguntou o que havia acontecido ele disse:

— Levaram as duas.

Aquele silêncio. De um tipo que não se ouve numa casa de campo no meio do dia. Nada além do ruído de um rato num canto. Ficaram parados no meio da cozinha, cada um com seu zumbido, as respirações rasgando o silêncio. Aliide teve que se sentar e apoiar a cabeça nos joelhos, pois não suportava olhar para o rosto de Hans, marcado por uma noite de choro.

O silêncio e o zumbido cresceram, e de repente Hans tirou a mochila do gancho.

— Tenho que ir atrás delas.

— Não seja louco.

— É claro que tenho!

Abriu o armário de baixo da cozinha para pegar provisões, mas estava quase vazio. Andou até a despensa.

— Levaram a comida.

— Hans, talvez os soldados tenham roubado. Talvez elas tenham apenas sido levadas até a prefeitura para um interrogatório. Já aconteceu antes, Hans, você se lembra. Talvez elas voltem logo.

Hans precipitou-se até o quarto da frente e abriu o guarda-roupa.

— Todas as roupas de inverno, todos os agasalhos sumiram. Pelo menos Ingel levou o ouro com ela.

— O ouro?

— Estava escondido no forro do casaco de pele.

— Hans, elas vão voltar logo.

Mas ele já estava saindo. Aliide correu atrás dele e o segurou pelo braço, mas ele tentou se desvencilhar. A manga da camisa rasgou, uma cadeira caiu, a mesa virou. Ela não deixaria que Hans saísse, nunca, jamais. Segurou com toda força, agarrou-se às pernas dele e não soltou nem mesmo quando ele a agarrou pelos cabelos e puxou. Ela não deixaria que ele fosse, nem que fosse preciso deixá-lo exausto antes. E, finalmente, quando foram ao chão, suados, ofegantes e esgotados, Aliide quase riu. Mesmo agora, mesmo naquela situação, Hans não tinha batido nela. Podia ter batido, ela até esperava que ele o fizesse, esperava que ele pegasse uma garrafa em cima da mesa e lhe golpeasse a cabeça, ou que a acertasse com a pá, mas ele não o fez. Isso mostrava como Hans era bom, como gostava dela, mesmo num momento como aquele. Nunca teria prova melhor que essa.

Ninguém era tão bom quanto Hans, o belo Hans de Aliide, o mais bonito de todos.

— Por que, Liide?

— Eles não precisam de motivo.

— Eu preciso de um motivo!

Ele a olhou com expectativa. Aliide esperava que ele se resignasse com o ocorrido. Todos sabiam que eles não precisavam de um motivo especial, muito menos de evidências para suas acusações arbitrárias, absolutamente fictícias.

— Você não ouviu nada? Eles devem ter dito alguma coisa quando vieram aqui.

ELES, a palavra se inchava na boca de Aliide. Quando criança costumava ser repreendida por dizer certas palavras em voz alta: *Deus, inferno, trovão, morte*. Uma vez se escondera para recitá-las em sequência, várias vezes. Poucos dias mais tarde, uma das galinhas morreu.

— Eu não consegui ouvir nada. Houve muitos gritos e golpes. Tentei abrir a porta, para atacá-los com a minha Walther, mas a porta não abria e eles foram embora. Foi tudo tão rápido, e eu fiquei preso naquele quarto. O Lipsi latia tanto...

Sua voz oscilava.

— Talvez tenha sido porque... — As palavras entalaram na garganta de Aliide. A cabeça virou para o lado, como se tivesse vontade própria, e ela pensou na galinha morta. — Talvez tenha sido porque ela era a sua viúva, e a Linda era filha sua. Ou seja, inimigas do Estado.

Fazia frio na cozinha. Os dentes de Aliide batiam. Ela secou o queixo. A mão ficou manchada com o sangue do lábio partido.

— Por minha causa você quer dizer. Minha culpa.

— Hans, a Ingel prendeu o armário com calços. Ela queria que você ficasse escondido.

— Me dê uma bebida.

— Eu vou construir um esconderijo melhor para você.

— Por que preciso de um esconderijo melhor?

— Não é bom ficar no mesmo lugar por muito tempo.

— Você está sugerindo que a Ingel vai falar? A minha Ingel?

— É claro que não!

Ela procurou nos bolsos e tirou um frasco de licor caseiro.

Hans nem perguntou sobre Lipsi.

— E melhor você ir ordenhar as vacas — disse, já cansado.

Aliide ficou desconfiada. Talvez fosse um pedido inocente e as vacas realmente tivessem que ser ordenhadas, mas ela não podia deixá-lo sozinho na cozinha, não daquele jeito. Ele podia sair e ir correndo até a prefeitura.

1949
LÄÄNEMAA, REPÚBLICA SOCIALISTA
SOVIÉTICA DA ESTÔNIA

Aliide guarda um retalho da colcha de casamento de Ingel

Algumas semanas depois que Ingel e Linda foram levadas, Martin, Aliide e o cachorro mudaram-se para a casa. Era uma manhã cintilante, o caminhão de mudanças balançava pela estrada, e Aliide fazia todo o possível para garantir que nada desse errado, calculando cada movimento para não esquecer nada, para não estragar nada. Acordou e pisou primeiro com o pé direito, atravessou a soleira da porta com o pé direito, apressou-se em abrir as maçanetas com a mão direita, antes que a mão esquerda de Martin estragasse a sorte. Assim que chegaram à casa, ela correu para ser a primeira a abrir o portão com a mão direita, e também a porta, e entrar na casa com o pé direito. Tudo ia bem. A primeira pessoa com quem o caminhão cruzou foi um homem, o que era um bom sinal. Se tivesse sido uma mulher, ela teria visto sua silhueta a distância e insistido para que Martin parasse o caminhão. Teria desaparecido entre os arbustos, explicando que tinha dor de estômago, esperando a mulher passar, mas, embora isso fosse evitar seu próprio azar, tanto Martin quanto o caminhão ainda teriam cruzado antes com uma mulher. E se a segunda pessoa com quem cruzassem fosse outra mulher?

Ela teria que pedir de novo que ele parasse e teria que correr de novo para os arbustos, e ele teria começado a se preocupar. Não podia contar a Martin sobre os portadores de boa sorte ou de mau olhado — ele riria da esposa por acreditar nessas histórias de velhas senhoras. Eles tinham um ao outro, e Lenin, e Stalin. Mas por sorte a viagem correu bem. Os dedos de seus pés se encolhiam de expectativa, e os cabelos brilhavam de alegria. Hans! Ela se salvara e salvara Hans! Estavam vivos, e juntos!

Olhou-se no espelho do quarto da frente enquanto Martin descarregava os móveis, e talvez tenha até flertado um pouco com seu próprio reflexo. Ah, como ela teria gostado que Martin se ausentasse aquela noite, para trabalhar em qualquer lugar, e que ela pudesse liberar Hans do sótão para sentar-se junto dele a noite inteira. Mas Martin não iria a lugar nenhum, queria passar a primeira noite na nova casa com sua esposa, sua camarada, sua querida — com ela —, mesmo que ela tivesse perguntado se ele não sentiria falta da companhia dos homens e tivesse deixado claro que não se irritaria se ele pusesse outros deveres na frente dela, mas ele apenas rira de tanta besteira. O partido podia se virar bastante bem sem ele por uma noite, mas sua mulher não!

O cheiro de Ingel ainda enchia a casa; as janelas ainda tinham suas digitais impressas, ou seriam as de Linda, já que estavam tão baixas no vidro. O passarinho castanho de Linda estava no chão embaixo da janela, parado sobre um nó oco da madeira, as penas da cauda estendidas. Nada sugeria uma partida apressada nem malas feitas em pânico: as gavetas não haviam sido deixadas abertas, os armários não pareciam saqueados. O único elemento estranho era a porta do guarda-roupa que Hans abrira, mas Aliide logo a fechou.

Ingel deixara tudo em ordem. Tirara suas próprias roupas e as roupas de Linda do armário branco e fechara a porta com diligência, mesmo estando um pouco emperrada — era preciso empurrá-la com força, mas lentamente, senão voltava a abrir por conta própria. Ingel a fechara como se não tivesse a menor pressa. Todas as calcinhas e meias haviam sumido da gaveta, mas a toalha de mesa que a cobria estava estendida, assim como os tapetes, com exceção do que se amarrotara quando Aliide impedira que Hans partisse. Ela não o notara antes, estivera empenhada em construir o esconderijo no sótão e não fora lá embaixo; sempre subia diretamente para o sótão, sem perder tempo andando pela cozinha ou preparando algo para Hans comer. Hans teria gostado de sair e ajudar na construção, mas Aliide ignorara as objeções dele. Seu estado mental parecia tão instável que ela achava melhor que ele ficasse no antigo quarto, chorando e tomando o licor que ela lhe trouxera.

Foi então que Aliide entendeu que a única desordem na casa era a que resultara da batalha com Hans, da primeira vez em que ela fora até ali depois de terem levado Ingel e Linda. Não havia sinal de que os agentes da Tcheka houvessem procurado armas, e a despensa estava limpa. Talvez Martin tivesse pedido a eles para deixar a casa em ordem, já que se mudaria com a mulher para lá. Mas eles teriam atendido ao pedido? Era provável que não — os homens da Tcheka não escutavam ninguém. O único rastro da visita dos agentes estava no chão. Havia lama seca desprendida de suas botas por todos os cômodos, lama que ela limpou antes de começar a ajeitar seus pertences. Mais tarde verificaria o jardim — podiam ter dado um tiro em Lipsi e deixado o cachorro lá.

Pegou um vestido e, com a mão direita, guardou-o no armário, sentindo que seu bom humor retornava, mesmo que Martin não fosse se ausentar aquela noite. Deixou a escova sobre a mesa embaixo do espelho, ao lado da escova de Ingel. Posicionar as coisas dela naqueles lugares a fazia sentir como se compartilhasse a casa com Hans. *Nossa casa*. Aliide sentaria à mesa da cozinha, Hans sentaria de frente para ela, e assim seriam quase marido e mulher. Ela cozinharia para ele e esquentaria a água do banho dele e lhe ofereceria uma toalha quando ele fizesse a barba. Faria todas as coisas que Ingel costumava fazer por ele, cumpriria todos os deveres de esposa. Seria quase como uma esposa. Hans veria que ela fazia assados melhores e costurava melhor e cozinhava coisas deliciosas. Hans teria enfim a chance de ver como ela era bonita, como podia ser doce, agora que Ingel não atirava suas tranças na direção dele o tempo todo. Agora ele teria que conversar com ela em vez de Ingel, teria que enxergá-la, e finalmente veria que ela tinha qualidades especiais, incríveis conhecimentos sobre os segredos das plantas e da cura. Sempre fora melhor que Ingel nessas coisas, mas quem reparava? Era mais importante para uma mulher estoniana do campo ter um conhecimento básico sobre tortas e ordenha. Quem repararia que Ingel temperava os pepinos com rábano silvestre, mas Aliide podia usar a mesma raiz para curar uma dor de barriga? Bem, agora Hans saberia! Aliide mordia os lábios, não podia alardear esses truques: o orgulho era o fim de todo truque, a humildade era seu início, o silêncio era seu poder.

Então Martin interrompeu os pensamentos dela e a puxou para trás, contra seu quadril, sussurrando em seu ouvido quanto se orgulhava da esposa, agora mais do que nunca. Colocou as mãos na cintura dela e a conduziu pelo quarto até caírem juntos na cama:

— Agora essa cama pertence a um homem! O homem da casa! Eu me pergunto o que um homem poderia fazer numa cama como essa...

Aquela noite, Aliide despertou com um barulho que parecia o canto de um maçarico. Martin roncava ao lado dela, exalando o cheiro característico das axilas. O canto de maçarico era o choro de Hans. Martin não acordou. Aliide ficou deitada na escuridão, perscrutando o desenho alemão da tapeçaria na parede. Era obra da mãe, que o bordara com as próprias mãos. Quanto ouro Ingel teria levado consigo? O bastante para comprar a liberdade? Dificilmente. Como filha mais velha, os pais tinham dado a ela uma quantidade de ouro no valor de 10 rublos, se tanto. Talvez pudesse se valer dele para conseguir pão suficiente para se manter viva.

Na manhã seguinte, Aliide guardou a escova de Ingel na última gaveta da penteadeira, a gaveta com o puxador quebrado que tinha que ser aberta com uma faca. Tocou a escova apenas com a mão esquerda.

Na gaveta, encontrou a colcha que Ingel utilizara em seu casamento. No desenho havia uma igreja, uma casa robusta como um cogumelo, um marido e uma esposa costurados sobre um fundo vermelho. Com uma tesoura cortou as estrelas de oito pontas, com os dedos foi puxando os fios que traçavam o mapa da felicidade, e assim o homem e a mulher desapareceram da figura, simples assim, a vaca desfeita em fios, a cruz da igreja nada além de felpas! Aliide também estava lá: um cordeiro bordado, em tributo ao seu nome. Com ele Ingel ostentara sua habilidade e pensara que Aliide ficaria contente, mas ela não tinha gostado de se ver representada na colcha, e Ingel percebera, indo esconder-se aos prantos atrás da casa. Aliide teve que ir atrás dela e confortá-la dizendo que o cordeiro era adorável, uma ideia muito bonita, e que, mesmo que ninguém mais costurasse colchas de casamento, Ingel costurara uma linda colcha. E daí que outras pessoas achassem fora de moda? Aliide não pensava assim. Envolveu Ingel nos braços e a acalmou, e ela não abriu mão da colcha de casamento, empenhando-se nela todas as noites. A mãe também tinha uma, e nenhuma esposa era mais feliz que ela, Aliide não podia negar, não é? Aliide não podia negar, mas agora puxava os fios do cordeiro, e do pinheiro, e em pouco tempo já não havia mapa da felicidade, apenas um fundo vermelho, de boa lã tirada de sua própria ovelha, apenas um pano que agora lhe pertencia. Martin espiou pela porta, viu Aliide de joelhos diante de uma pilha de retalhos, com uma tesoura na mão e uma faca do lado, as narinas abertas e os olhos ardentes. Não disse nada e saiu. O hálito quente de Aliide envolveu o quarto, atravessou o buraco da porta e preencheu a casa.

Martin foi trabalhar; ela ouviu a porta batendo. Observou enquanto ele se afastava e chegava à estrada principal, tomou um pouco de água do tanque e despejou um pouco no rosto, acalmando a respiração. Agora a casa era dela, a cozinha era dela. A andorinha que se aninhara no celeiro agora faria dela uma pessoa afortunada, e tinha permissão para lhe trazer boa sorte, sorte de verdade, toda a magia dos brindes nunca feitos em seu casamento, taças erguidas sob os três leões do brasão estoniano. As andorinhas davam tanta sorte, e com certeza dariam a ela, porque são aves que fazem o que é certo. Ela estava salvando aquela casa, salvando a casa dos pais do domínio das botas russas, salvando o homem da casa. Não Ingel, mas ele. A terra podia ter sido perdida, mas a casa resistiria. Estranhos podiam roubar os grãos dos campos, mas o homem da casa e Aliide, a nova mulher da casa, resistiriam. Nem tudo estava perdido.

Aliide guardou os restos da colcha no guarda-roupa e jogou no fogo os retalhos desfiados, mas salvou um pouco para defumar. Talvez tivesse sido suficiente queimá-lo, mas sempre era bom prevenir, e todo mundo dizia que era melhor que queimar. As roupas ou uma peça de roupa do objeto do amor não correspondido deviam ser sempre defumadas — fazia séculos que os habitantes do vilarejo defumavam coisas. Até uma condessa alemã da casa grande fora vista defumando a camisa de um amante relutante, mas Aliide não conseguia lembrar como se fazia, como se colocava o tecido para defumar: bastava colocá-lo seco dentro do forno ou era preciso pendurá-lo em cima de uma fogueira de verão? Devia ter escutado com mais atenção as histórias dos velhos quando era menina, para agora saber que tipo de fumaça funcionava. Poderia perguntar a Maria Kreel, é claro, mas então ela saberia o que Aliide estava fazendo, e era importante não contar a ninguém. Havia algo mais a fazer no feitiço, mas ela não conseguia lembrar o que era. Talvez executar uma parte do feitiço já fosse suficiente. Aliide encheu os bolsos do avental com os retalhos e sentou-se em silêncio por um instante, para escutar a casa, sua casa, sentindo o tremor do chão sob os pés. Logo veria Hans, finalmente se sentaria à mesa junto com ele, apenas os dois.

Ajeitou o cabelo, beliscou as bochechas, limpou os dentes com carvão vegetal e lavou-os por um longo tempo. Era um truque de Ingel, por isso os dentes dela eram sempre tão brancos. Antes Aliide não queria imitá-la em muitas coisas, então costumava escovar os dentes sem o carvão vegetal, mas agora tudo era diferente. Fechou as cortinas da cozinha e a porta do quarto da frente, para que ninguém visse a cozinha pelas outras janelas. Pelmi corria pelo jardim, e latiria se alguém se aproximasse da casa, latiria bem antes de alguém entrar no jardim. Quando a pessoa chegasse, Hans já teria voltado para o quarto no sótão. Pelmi estava treinado para ser arisco, o que era bom.

Aliide queria dar à cozinha um clima caseiro; colocou a mesa para o café da manhã de Hans e levou flores secas para a entrada. Elas criavam um ambiente agradável, de amor, de atos de amor. Por último tirou os brincos e os escondeu numa caixa no quarto da frente, já que eram um presente de Martin que somente o fariam lembrar de algo detestável. Quando tinha tudo arrumado, atravessou a despensa e chegou ao celeiro, abriu a passagem para o sótão, subiu e removeu os fardos de feno que escondiam o quarto secreto. A nova parede era perfeita. Ela bateu e abriu a porta. Hans rastejou em sua direção, sem olhar para ela, apenas alongando-se.

— O café da manhã está pronto. Martin foi trabalhar.

— E se ele voltar no meio do dia?

— Não vai voltar. Ele nunca volta.

Hans a seguiu até a cozinha. Ela empurrou uma cadeira para ele e serviu café quente em sua xícara, mas ele não se sentou. Primeiro tinha que dizer:

— Essa cozinha tem cheiro de Ivan.

Antes que Aliide tivesse tempo de responder, Hans cuspiu três vezes no casaco pendurado na cadeira de Martin. Depois começou a cheirar a cozinha à procura de outras coisas que Martin tivesse usado, o prato, a faca, o garfo. Parou diante da pia, cutucou um pedaço molhado de sabão que Martin deixara no canto da bacia, deu um peteleco na navalha com a qual ele fizera a barba e na qual os pingos frescos de sangue se convertiam em manchas marrons. Afundou a concha na água ainda quente e cheia de sabão do balde, jogou a navalha dentro e estava prestes a jogar fora também o pincel. Aliide lançou-se contra ele e agarrou seu braço.

— Não.

Seu braço continuava erguido.

— Seja bom.

Aliide apanhou o pincel e a lâmina de suas mãos e os devolveu ao devido lugar.

— Os apetrechos de barbear do Martin ainda estão no caminhão. Vou tirar hoje, assim como o espelho dele, por favor, fique tranquilo, sente-se e coma.

— Alguma notícia da Ingel?

— Eu abri uma garrafa de suco de amora.

— Ele dormiu no travesseiro dela?

Hans escancarou a porta antes que Aliide pudesse impedir, foi até a cama e agarrou o travesseiro dela.

— Saia daí, Hans. Alguém pode ver você pela janela.

Mas Hans sentou-se no chão e agarrou o travesseiro de Ingel, apertando-o e pressionando-o contra o rosto, e da cozinha ela podia ouvir como ele queria entrar no travesseiro, como queria que todo o cheiro de Ingel entrasse nele.

— Quero a xícara dela no meu quarto também — disse com a voz abafada pelo travesseiro.

— Você não pode amontoar todas as coisas da Ingel naquele quarto!

— Por que não?

— Porque não pode! Seja razoável, o travesseiro não é suficiente? Vou esconder a xícara no fundo do armário, o Martin não vai mexer lá. Não é o bastante?

Hans voltou para a cozinha, sentou-se à mesa, apoiou o travesseiro na cadeira do lado e tomou um pouco do xarope de rábano como se fosse um remédio. Havia uma palha presa em seus cabelos, e os dedos de Aliide fervilhavam de desejo de pegar uma escova e tocar os cabelos dele. Então Hans anunciou que queria voltar à floresta, onde estavam os outros homens estonianos, onde era o lugar dele.

— Do que você está falando? — Aliide não conseguia acreditar no que ouvia. Aparentemente, o juramento ainda estava em vigor. O juramento! O juramento do Exército Estoniano? Para que falar do juramento de um país que já não existia? Ali estava ele, à mesa dela, girando a colher no mel dela, e a única razão para que ainda estivesse ali girando a colher daquele jeito era Aliide. Que os outros sonhadores vagassem pela floresta, fugindo das autoridades, passando fome, com as roupas cobertas de lama, morrendo de frio e de medo do golpe final. Em vez disso ele estava ali, um cavalheiro, girando sua colher num pote de mel!

Hans disse que não conseguia suportar o cheiro de Martin pela sua casa.

— Tanto tempo de confinamento naquele quarto confundiu o seu cérebro? Você chegou a pensar no que teria acontecido se outra pessoa tivesse vindo morar aqui? Viu o que aconteceu com as casas dos outros? Preferia que os russos estivessem aqui? Preferia ter o chão da sua casa coberto de sementes de girassol de forma que parecesse que você está pisando em baratas? E como sugere chegar à sua preciosa floresta? Esta casa também está sendo vigiada. Ah, sim, está sendo vigiada. Estamos tão perto da floresta que a NKVD está convencida de que os Irmãos da Floresta vêm buscar comida aqui.

Hans parou de brincar com o mel, pegou o travesseiro e o frasco de xarope e levantou-se para voltar para o sótão.

— Você não precisa ir agora. Martin não volta tão cedo.

Hans não escutou, apenas chutou seu próprio barril de cerveja que ficava perto da porta do quartinho atrás da cozinha. O barril virou, o carvalho ressoou contra o piso, e Hans sumiu pela despensa rumo ao sótão do celeiro. Aliide devolveu o barril à posição normal e foi atrás dele. Tinha vontade de dizer que provavelmente nenhum dos amigos de Hans devia estar mais vivo, mas limitou-se a sussurrar:

— Hans, não vá fazer uma besteira e estragar tudo.

E espirrou em seguida; havia algo em seu nariz. Assoou o nariz com um lenço e viu sair um pedaço de fio vermelho da manta de Ingel.

Percebeu então que ainda não olhara nos olhos de Hans nem uma vez sequer, mesmo que tivesse sonhado com isso durante anos, mesmo que tivesse assistido durante anos como Hans e Ingel corriam para os braços um do outro no meio do dia, com os cílios úmidos de avidez e o desejo palpitando nas veias. Aliide sonhara em experimentar algo assim, olhar nos olhos de Hans sem risco de que Ingel notasse que sua irmã destinara ao marido dela esse tipo de olhar, sonhara sentir que Hans retribuía esse olhar. Agora que era possível, ele não o fazia. Agora que Aliide precisava daquele olhar para lhe dar coragem, para lhe dar força, para voltar a ser pura, ele não fazia nenhum esforço. E aquele farrapo da manta de Ingel incomodava seu nariz, e o passarinho de Linda assistia a tudo, mudo num canto do armário. Hans pensava constantemente em Ingel, tal como antes, e não via Aliide como uma salvadora. Repetia e repetia que a Inglaterra iria salvá-los, que tudo ficaria bem, que os Estados Unidos viriam, que Truman viria, que a Inglaterra viria, que a salvação viria com velas tão brancas que apenas o branco da bandeira da Estória seria mais branco.

— Roosevelt virá!

— Roosevelt está morto.

— O Ocidente não vai se esquecer de nós!

— Eles já esqueceram. Venceram e esqueceram.

— Você tem tão pouca fé.

Aliide não negava. Um dia Hans entenderia que a sua salvação não estava do outro lado do oceano, mas bem ali, diante dele, pronta para fazer o que fosse necessário, para seguir em frente, incansável, tudo por um olhar. E mesmo que Aliide fosse a única pessoa presente na vida dele agora, ainda assim Hans não olhava para ela. Um dia isso mudaria, tinha que mudar, porque Hans era o que dava sentido às coisas. Era apenas através dele que Aliide realmente existia.

As paredes rangiam, o fogo estalava no forno, as cortinas que tapavam os olhos da casa tremulavam, e Aliide tinha que soterrar as próprias expectativas. Tinha que abafá-las, à espera do momento certo. Fora ávida demais, impaciente demais. Não se podia apressar essas coisas. Uma casa construída às pressas não para em pé. Paciência, Liide, paciência. Engula sua decepção, livre-se da ideia tola de que o amor vai florir assim que o gato tiver desaparecido. Não seja idiota. Limite-se a pegar a bicicleta e dedicar-se a fazer as errâncias diárias, voltar e ordenhar as vacas — tudo vai ficar bem. Reverteu o fluxo do coração e sentiu quanto eram infantis as fantasias que ela vinha alimentando nos últimos dias. É claro que Hans precisaria de tempo. Muita coisa acontecera em tão pouco tempo, é claro que sua mente estaria em outro lugar. Hans não era ingrato, e Aliide podia esperar por suas palavras doces. Mas os olhos dela ainda assim se encheram de lágrimas como os de uma criança mimada, e as cinzas da raiva encheram-lhe a boca. O café da manhã de Ingel sempre fora recompensado com beijos cálidos e versos amorosos. Quanto tempo Aliide teria que esperar por um mero obrigado?

Encontrou o corpo de Lipsi na trilha do jardim. Já havia vermes em seus olhos.

Aliide imaginava que depois de tomar o lugar de Ingel já não teria mais que se torturar com pensamentos sobre o casal, sobre como Hans e Ingel tinham construído juntos um lar enquanto ela passava noite após noite com Martin. Que não teria que se torturar imaginando Ingel na máquina de costura e Hans talhando madeira enquanto ela estava na casa dos Roosipuu tentando distrair Martin.

Contudo, naquela casa o tormento simplesmente ganhou uma nova face, e o tempo todo ela se via pensando em Hans. Estaria acordado ou ainda dormindo? Estaria lendo o jornal, o jornal novo que ela lhe trouxera? Ou lia os jornais velhos que quisera levar consigo para o quarto? Não havia outro lugar para se guardar jornais da era da Estônia. Ou estaria lendo um livro? Era difícil encontrar livros que lhe interessassem. Ele até levara consigo uma Bíblia, a Bíblia da família, mas isso tinha sido bom, para que a Bíblia não virasse lenha.

As noites de Martin e Aliide continuavam como antes: Martin lia o jornal enquanto limpava as unhas com o canivete, e de vez em quando lia em voz alta trechos de notícias, acrescentando seus próprios comentários. Eles deviam ter salários melhores no campo! Deviam sim, Aliide assentia com a cabeça, com certeza deviam. E no verão os domingos também deveriam ser dias úteis! Lógico, dizia ela, movendo a cabeça para cima e para baixo, mas pensando em Hans, que estava poucos metros acima, e mastigando carvão vegetal para deixar os dentes tão brancos quanto os de Ingel. Mandar os pedreiros jovens do partido para o campo! Sim, claro, ela concordava plenamente, todas as pessoas mais saudáveis haviam partido para as grandes cidades.

— Aliide, tenho tanto orgulho de você. Você não está ansiosa para migrar do campo.

Ela concordou. Sim, sim.

— Ou a minha pequena tem vontade de ir para Talim? Todos os meus amigos já estão lá e já haveria utilidade para um homem como eu lá.

Aliide meneou a cabeça, do que ele estava falando? Ela não podia ir embora dali.

— Só quero garantir que a minha pequena esteja satisfeita.

— Eu gosto daqui!

Martin puxou-a pelo braço e a abraçou em plena cozinha.

— Não poderia haver prova melhor de que a minha querida quer ajudar a construir este país. Há muitos trabalhos básicos a se fazer por aqui, não é? Quero propor que o colcoz compre um novo caminhão, então poderíamos levar as pessoas à prefeitura para assistir a filmes sobre as conquistas da nossa grande pátria, e dar aulas noturnas também. Isso alimenta o espírito comunitário. O que você acha?

Colocou Aliide de volta na cadeira e tagarelou com excitação sobre seus planos. Aliide assentia nos momentos certos, recolhendo sorrateiramente as folhas de grama que haviam caído da camisa de Hans e ido parar na mesa e escondendo-as no bolso. Ele não estaria dando uma dica de que recebera uma proposta de Talim, ou estaria? Se fosse isso, o mais provável era que o dissesse diretamente. Aliide atirou as folhas no fogo, que crepitou, e espreitou o marido pelo canto do olho, mas ele continuava imerso em si mesmo, como de hábito. Ela se preocupava à toa, Martin acabava de imaginar que a mulher podia ter vontade de se mudar para Talim. E ela teria se não fosse por Hans. Suas rondas de coleta já a levavam longe demais, embora ela não precisasse fazê-las todos os dias. Ainda assim, voltava para casa depois de cada dia de trabalho com os nervos à flor da pele: alguém teria ido vasculhar a casa enquanto ela estava fora? Mas ninguém se atreveria a invadir a casa de um membro do partido, ninguém jamais se atreveria. Martin poderia dar um jeito de ela dividir o trabalho com alguém. Entenderia que a mulher quisesse cuidar melhor da casa e do jardim.

Enquanto isso, o ouro que fora roubado das pessoas levadas para a Sibéria se convertia em novos dentes para novas bocas, sorrisos dourados que quase brilhavam mais que o sol, lançando sob o país uma incrível sombra e, nessa sombra, criando e multiplicando uma imensa quantidade de olhos temerosos e expressões amuadas. Dava para identificá-los nas praças e feiras, nas estradas e nos campos, uma sucessão interminável de rostos manchados e cinzentos, de olhos avermelhados. Quando a última das fazendas integrou-se a um colcoz, as conversas tranquilas desapareceram, e às vezes Aliide achava que Hans absorvia essa atmosfera através das paredes. Achava que Hans mantinha os mesmos hábitos de silêncio do restante do povo, o hábito de evitar olhares, como Aliide fazia. Talvez ele houvesse sido contagiado pela própria Aliide. Talvez Hans houvesse pegado a mesma coisa que Aliide pegara fora de casa.

A única diferença era que, ao contrário dos outros de olhos fugidios, Hans ainda falava com a franqueza de sempre. Acreditava nas mesmas coisas de antes. Mas seu corpo mudara tanto quanto o mundo exterior, mesmo que Hans e o mundo não travassem contato.

1950
LÄÄNEMAA, REPÚBLICA SOCIALISTA SOVIÉTICA DA ESTÔNIA

Até a garota do projecionista tem futuro

— Por que a sua mãe nunca vai ao cinema? A minha mãe disse que ela nunca vai.

A voz clara da criança ecoava pelo jardim do escritório central do colcoz. Jaan, o filho da primeira tratorista mulher da comuna, olhava para o filho da tratadora de galinhas, que começou a suar. Aliide estava prestes a intervir, a dizer que nem todo mundo gosta de cinema, mas no último instante pensou que era melhor continuar calada. A mulher de Martin não podia dizer uma coisa dessas, não sobre aqueles filmes. Tinha um emprego novo agora, um bom emprego, de meia jornada, na contabilidade do escritório.

O filho da tratadora de galinhas examinou os grãos de areia na ponta dos sapatos.

— A sua mãe é fascista?

Jaan estava exaltado e chutou terra em cima do outro menino.

Aliide virou o rosto e se afastou um pouco. Estava acompanhando o projecionista em um tour pelo escritório. Martin traria algumas pessoas no novo caminhão. Aparentemente ele colocara bétulas na boleia do caminhão, a um só tempo dando-lhe boa aparência e protegendo os passageiros do vento — de manhã saíra entusiasmado com a ideia. Haveria uma sessão de cinema naquela noite: primeiro o Ministério da Estônia Soviética apresentaria *Ditosos dias de Stalingrado*, e em seguida *A batalha de Stalingrado* que Deus sabe quantas continuações já tem agora? Ou seria *A luz do colcoz*?

O projecionista estava mostrando o projetor às crianças, que haviam estacionado as bicicletas em volta do caminhão como um carrossel, os olhos ávidos colados na máquina. Um menino disse que queria ser projecionista quando crescesse, dirigir um caminhão e ver muitos filmes. O contador arrumava os bancos no interior do escritório; as janelas do auditório estavam cobertas com lençóis do exército. No dia seguinte, na escola, haveria uma apresentação gratuita: *Biografia de um herói — uma história verdadeira*. A mãe de Jaan aferrou-se a seu lugar, ainda trajando o sobretudo, secou a sobrancelha e disse algo sobre a brigada de mulheres tratoristas. Era de uma família estoniana que viera da Rússia, mas que preservava a língua original — tantas daquelas pessoas eram iguais aos russos. Quando chegaram ao colcoz, não tinham sequer uma trouxa de pertences, mas agora a boca da mulher brilhava de tanto ouro, e Jaan caçava fascistas. Haviam transformado a sala da frente da casa que lhes fora designada em curral para ovelhas e, quando Aliide fora visitá-los, as ovelhas estavam amarradas a um piano deixado pela família anterior. Um belo piano alemão.

As garotas tinham chegado cedo, e agora esperavam a chegada dos rapazes. Entre elas estava uma ordenhadora de 16 anos muito conhecida do homem que consertava o projetor, e ele foi até lá para entretê-la, insistindo para que ela permanecesse para o baile depois dos filmes. Ele ligaria o gramofone e tiraria as garotas bonitas para dançar até as pernas não aguentarem mais. *Hi hi* — a ordenhadora tentou rir com graciosidade, mas o som não combinou com suas bochechas rudes, vermelhas como uma bandeira — *hi hi*. Aliide se irritava com os olhares ávidos e esperançosos da menina dirigidos ao projecionista com seu chapéu armado, fumando um *paperossi*. Ele brincava com os suspensórios, assobiava canções de filmes e se exibia para a menina como se fosse um ator famoso. O dia quente de verão carregava o cheiro de suor que saía de baixo dos seios dela. Aliide queria ir até lá e dar uma bofetada naquela idiota, dizer-lhe que o projecionista queria apenas se divertir com as ordenhadoras em todos os vilarejos, com todas as meninas de 16 anos, cada uma delas com o mesmo olhar de esperança no futuro, os mesmos balangandãs em volta do pescoço e o mesmo decote tentador, igualmente tentador todas as vezes, em todas as vilas. *Uma bofetada*, garotinha. Uma *bofetada*, entende? Aliide encostou-se num carro e observou o projecionista pelo canto do olho sorrateiramente acariciando o braço gorducho da garota. Embora ela soubesse que a ordenhadora não tinha conhecimento — de que o rapaz contava a mesma história para todas as jovens de seios grandes —, ainda assim sentia inveja da garota por poder acreditar no futuro, mesmo que apenas por um instante, um futuro em que ela e o projecionista dançariam juntos e veriam filmes e talvez um dia ela lhe preparasse um jantar na nova casa deles. Por menor que fosse a possibilidade de futuro daquela ordenhadora e do projecionista, era maior que as possibilidades de Aliide e Hans. Meu Deus, qualquer casal, por mais improvável que fosse, tinha mais chances do que eles.

O filho da tratadora de galinhas passou correndo, e Jaan partiu atrás dele. Uma nuvem de poeira se levantou e fez Aliide espirrar. Em seguida ela ouviu passos conhecidos, num ritmo familiar. Um cumprimento retumbou como um trombone, e ela nem precisou erguer o rosto; conhecia aquela voz, era a voz do homem que trouxera Linda do quarto vizinho no porão da prefeitura.

— Seja bem-vindo ao novo emprego — ecoou um grito vindo do escritório. — Esse é o novo contador chefe.

Aliide tinha que se sentar, mas perdeu a força nas pernas e foi direto ao chão. O projecionista notou sua tontura e largou o motor elétrico que estava segurando, o mecânico cuidou de distrair a ordenhadora, enquanto o projecionista conduzia Aliide até um banco, perguntando se estava bem. O zíper de sua calça de algodão estava diante do nariz dela, encimado por seu olhar curioso e provocador. Aliide disse que estava tonta por causa do calor, que isso acontecia de vez em quando, e ele se prontificou a buscar um pouco d'água. Ela descansou a cabeça sobre os joelhos, cobrindo o rosto com as mãos trêmulas, e as pernas também começaram a tremer. As botas cromadas passaram a um braço de distância, levantando poeira, que ela inalou. Com força envolveu as pernas com os braços e pressionou as coxas contra o banco para impedir o tremor. Os pulmões estavam secos, sua umidade interna se esvaía na forma do suor que escorria pelo banco, e um pequeno gemido lhe escapou quando ela tentou inspirar oxigênio e inalou apenas poeira, partículas que a secavam por dentro. O projecionista voltou com um copo d'água. As mãos de Aliide derramaram metade do líquido, e ele teve que segurar o copo enquanto ela bebia. Gritou para alguém que não havia nada com que se preocupar, ela só estava tonta por causa do calor. Aliide tentou concordar com a cabeça, mas sua pele estava tão quente que ela sentiu uma coceira percorrendo todo o seu corpo, e os passarinhos das árvores trinavam e rasgavam o céu azul com o bicos, trino, trino, assobio, grito, os olhinhos redondos e pretos, e cada lufada de poeira que ela tragava os fazia saltar.

O projecionista e outro homem a levaram para casa no caminhão. A ordenhadora foi junto, pois supostamente os rapazes precisariam de alguém que lhes indicasse como voltar ao escritório. O suor da ordenhadora se condensava no interior sufocante da cabine e o tecido de seu casaco de ordenha grudava na perna de Aliide. A menina era incapaz de parar de rir, de tão excitada que estava, o *hi hi* tornando-se cada vez mais forte e ousado, e nesses momentos ela apertava ainda mais Aliide, suas orelhas quase encostando nas dela. A ordenhadora tinha cabelos nas orelhas e havia bolotas de cera presas aos fios. Moviam-se através do vento enquanto a garota lamentava o que havia ocorrido com a filha de Theodor Kruus, que se enforcara, uma menina, como podia ter feito uma coisa dessas? Talvez sentisse falta dos pais. Tiveram um triste destino, gente difícil, embora a filha fosse bem legal e não tivesse sido levada. Ela não podia acreditar que uma menina como ela tivesse pais como aqueles, *hi hi*.

* * *

Quando o caminhão desapareceu pela estrada principal, Aliide sentiu a pressão em seu peito se aliviar um pouco, e se apoiou na coluna de pedra do celeiro. Era preciso fazer a ordenha; ela daria um jeito. Depois pensaria no que fazer. Um maçarico soltou seu grito solitário, e a margem da floresta parecia observá-la. Foi buscar o casaco de ordenha, vestiu-o, lavou as mãos e cambaleou para dentro do celeiro. Tinha que se concentrar nas coisas comuns, como o farfalhar da palha, os olhos compassivos dos animais que a acariciavam, a boa sensação do balde nas mãos, ah, uma madeira tão macia. Enterrou os pés entre os detritos; o rabo de Maasi voava de um lado para a outro. Aliide coçou a cabeça da vaca entre os chifres. Talvez o homem não a tivesse reconhecido, ela abaixara a cabeça tão rápido. E tantas pessoas haviam sido interrogadas, continuamente, que nenhum daqueles homens se lembraria de todos os nomes e rostos. Era bom estar no celeiro. O olhar dos animais não precisava ser evitado, e suas mãos nunca tremiam quando estava com eles; ela nunca deixava Maasi nervosa com suas mãos trêmulas e podia sussurrar nos ouvidos de Maasi tudo o que quisesse. A língua de Maasi nunca se adequaria ao idioma das pessoas. E os pés grossos do banco de madeira a sustentavam, a vaca jorrava no balde, *chuá chuá*, o leite se espalhava, *chuá chuá*, a vida continuava. Os animais precisavam dela, ela não podia desistir. Tinha que pensar numa solução.

Fora do celeiro, seus pulmões voltaram a se contrair, e à noite ela não conseguiu dormir. E se o homem a tivesse reconhecido? Seu hálito ofegante parecia o de um rato numa armadilha. Martin estava acordado. Ela pediu que ele voltasse a dormir, mas não, ele ficou acordado, assistindo à luta dos pulmões dela por oxigênio. A noite se arrastava. Aliide não conseguia respirar; uma bota cromada pesava em seu peito e ela não conseguia tirá-la dali.

Não tinha coragem de dormir porque temia falar durante o sono, gritar, delirar, se expor de alguma forma, em pesadelos sufocantes, como naquele porão quando enfiaram sua cabeça dentro de um balde. E se o homem tivesse ouvido seu nome e lembrado? Mas não, ela era Aliide Truu agora, não mais Aliide Tamm.

Pela manhã, Martin parecia preocupado e hesitou à porta por um longo tempo, sem querer sair de casa. Aliide tentou expulsá-lo, forçou um riso, disse que o projeto de rádio do colcoz precisava dele mais do que ela, se não como as pessoas seriam informadas sobre a bomba atômica? Ela se recuperaria ali, em casa, não havia nada com que se preocupar. Quando conseguiu fazer com que ele partisse, o sorriso desapareceu, lavou as mãos, submergiu o rosto na água da pia e abalou-se até o celeiro. Teria preferido não ordenhar o dia inteiro, mas não podia, atirou o balde no tanque de refrigeração, sem sequer filtrá-lo — simplesmente se esqueceu de fazê-lo. Não tinha ânimo para levar o leite à leiteria nem para ir trabalhar no escritório do colcoz. Voltou para o quarto da frente, bebeu um frasco de xarope e passou a manhã chorando. Depois preparou um banho e lavou os cabelos, esquentando a água mesmo com tanto calor. Seus poros arfavam, ela ofegava. Aquele homem acabaria se lembrando dela, ela não podia mais trabalhar lá. Ela conseguiria um atestado de insanidade, qualquer coisa, Martin a ajudaria. O homem não conhecia Martin, ou conhecia? Moscas zumbiam e ela tentava acertá-las com o mata-moscas. O suor jorrava de seu corpo. Tentava acertar as moscas das lâmpadas, da cadeira, do barril de cerveja, da tesoura, da banheira, do serrote pendurado à parede.

Não podia voltar lá, nunca mais.

Hans não havia comido nada quente naquele dia.

Encontrou ovos de mosca embaixo do prato de carne na despensa.

Uma nota do comitê médico isentou Aliide de trabalhar por um ano, mesmo em coisas leves. Depois desse ano, a isenção podia ser renovada se a situação o exigisse.

Uma vez que estava em posse dos documentos de asmática, o ar retornou aos pulmões de Aliide com toda a força; o oxigênio intoxicante e o aroma de peônia e grama fresca, mesmo o cheiro mais débil de camomila infiltravam-se em seu peito. O trinado agudo dos passarinhos já não irritava seus ouvidos, nem o grasnido dos corvos sobre o monte de estrume. Ela vagava pelo jardim para ver as estrelas e lembrava-se de um sentimento de um tempo anterior, um sentimento de leveza. Se conseguisse se sentir assim o tempo todo. Pelmi sentava-se ao lado de seu prato em frente à porta do celeiro, esperando o refugo e a espuma do leite. O tempo estava melhorando. O leite de Pelmi sempre azedava quando o tempo estava ruim.

ANOS 1980
LÄÄNEMAA, REPÚBLICA SOCIALISTA
SOVIÉTICA DA ESTÔNIA

Diagnóstico

À medida que se aproximava o desfile de 1° de maio de 1986, Aliide tinha mais certeza de que as pernas de Martin não aguentariam o esforço, mas Martin discordava e se entusiasmava em participar do festival — de braços dados com Aliide. Lenin tremulava lindamente no tecido vermelho, com o olhar voltado para o futuro, e Martin tinha a mesma expressão imperturbável, decidida. O bom humor flutuava entre as bandeiras e as pessoas, e o ar estava cheio de flores e tambores.

Talvi ligou da Finlândia no dia seguinte.

— Mãe, fique em casa.

— O quê? Por quê? O que aconteceu?

— Você tem iodo?

— Não.

— Um reator nuclear explodiu na Ucrânia.

— Não, não explodiu.

— Explodiu sim. Há fortes ondas de radiação na Finlândia e na Suécia. Chernobyl. É claro que aí não falaram nada sobre isso.

— Não.

— Mantenha o papai em casa e consiga iodo. Não conte nada para ele. Ele não acreditaria de qualquer jeito. Não colha nem coma frutas vermelhas e cogumelos.

— Ainda não está na época.

— Estou falando sério, mãe. Não colha no outono também. Fique dentro de casa por alguns dias, até que acabe a primeira onda mais forte. Na Finlândia não estão deixando nem as vacas saírem, para que não comam pasto contaminado. Talvez não possam sair pelo resto do verão. Nós também tapamos a chaminé.

A ligação foi cortada.

Aliide colocou o fone de volta na base. Talvi parecia abalada, o que não era de seu feitio. A voz dela estava estranhamente fria, cada vez mais fria depois que se mudara com o marido para a Finlândia. E não ligava com muita frequência. Ligava muito raramente, o que era compreensível, já que era preciso fazer uma reserva para ligar e nem sempre era fácil conseguir, e quando conseguia era preciso esperar horas até arranjar uma conexão decente. Além disso, era repugnante saber que eles escutavam todas as ligações.

Martin gritou da sala:

— Quem era?

— Talvi.

— O que ela disse?

— Nada de mais. A ligação caiu.

Aliide foi ver as notícias. Não havia nada sobre Chernobyl, embora a explosão houvesse acontecido vários dias antes. Martin não parecia mais interessado na ligação de Talvi, se tinha interesse, não demonstrava. As coisas iam mal entre Martin e Talvi desde que ela deixara o país. Martin tinha planos para a filha, sua linda pioneirinha, planos para uma boa carreira no partido. Nunca aceitaria sua fuga para o Ocidente.

No dia seguinte os produtos chegaram ao mercado do vilarejo. Aliide foi de bicicleta até lá para ficar na fila, mas também passou na farmácia para comprar iodo, coisa que muitos estavam fazendo. Então era verdade. Quando voltou, Martin já soubera da notícia por meio de um amigo.

— Mais mentiras. Propaganda ocidental.

Aliide pegou o frasco de iodo e estava prestes a verter um pouco na comida de Martin, mas decidiu não fazê-lo.

No dia 9 de maio os homens do colcoz começaram a ser convocados pela comissão de guerra. Apenas um exercício, explicavam. Quatro motoristas de caminhão foram mandados para a Ucrânia, depois médicos e bombeiros. Ainda assim, nada oficial era dito sobre Chernobyl. Circulava todo tipo de rumores, alguns dizendo que os prisioneiros políticos estavam sendo mandados para lá. Aliide tinha medo.

— Estão chamando bastante gente — observou Martin. Não disse mais nada, mas parou de resmungar sobre a propaganda fascista dos ocidentais.

Os mais velhos tinham certeza de que a convocação prenunciava a guerra. O garoto dos Prik chegou a quebrar o pé de propósito, saltando de um telhado, só para conseguir uma licença médica e não ter que se juntar às tropas. E não foi o único a fazer algo assim. Para todos os que eram dispensados, outra pessoa era convocada no lugar.

Mesmo Aliide não tinha certeza de que tudo aquilo não significasse o início de uma guerra. A primavera havia sido peculiar em algum sentido? E o inverno? A primavera chegara um pouco cedo, isso sim. Ela deveria ter suspeitado de algo a partir disso? Enquanto separava as batatas que haviam brotado, deveria ter notado que o solo estava mais seco do que de costume para aquela época do ano? Que a neve derretera um pouco antes? Que as chuvas de primavera eram apenas um chuvisco e que ela só precisava usar uma blusa de manga curta? Devia ter sentido que algo estava errado? Estaria velha demais e o nariz falhava?

Um dia notou que Martin pegara uma folha de uma árvore e a examinava, virando-a, rasgando-a, cheirando a mão, cheirando a folha, depois foi checar o adubo, escumou o pólen da água da chuva, investigando-o.

— Não dá para ver, Martin.

Ele deu um salto como se tivesse sido pego fazendo algo que não devia.

— De que diabos você está falando?
— Na Finlândia não estão deixando nem que as vacas saiam.
— Isso é um absurdo.

Todo o cimento desapareceu da Estônia, porque era necessário na Ucrânia, e mais comida do que nunca começou a chegar vinda da Ucrânia ou da Bielorrússia. Talvi proibiu a mãe de comprá-la. Aliide disse sim, sim, mas o que mais poderia comprar? A comida pura da Estônia era necessária na Rússia, e a Estônia ficava com a comida que Moscou rejeitava.

Mais tarde Aliide ouviu histórias de campos cobertos de dolomita e trens cheios de crianças chorosas sendo evacuadas, soldados tirando as famílias de suas casas e estranhos flocos que caíam, estranhamente brilhantes, cobrindo os jardins. As crianças tentavam tocá-los ainda no ar, as menininhas queriam usá-los de enfeite nos cabelos, mas os flocos logo desapareciam, assim como os cabelos delas. Um dia a senhora Prik agarrou Aliide pelo braço no mercado e sussurrou-lhe ao ouvido: ainda bem que o meu filho quebrou a perna. Ainda bem que ele soube fazer isso. Disse que os amigos do filho, os que haviam sido convocados, tinham contado o que acontecera lá, e não estavam nem um pouco contentes com o alto pagamento que receberam em Chernobyl, temendo sofrer os efeitos da radiação. Tinham visto pessoas inchadas a ponto de ficarem irreconhecíveis. Pessoas lamentando a perda de seu lar, fazendeiros voltando secretamente para trabalhar nos campos na zona proibida. Casas esvaziadas e saqueadas, os bens vendidos no mercado da praça, motocicletas e casacos de lã da Crimeia. Haviam matado cães e gatos, e enchido intermináveis valas com seus corpos. O fedor de carne apodrecida, de casas, árvores e terra queimada, as camadas de terra varridas, cebolas, repolhos e arbustos transformados em caroços. As pessoas se perguntavam se era o fim do mundo, uma guerra, ou ambos? Contra quem estavam lutando, e quem venceria? Velhas senhoras se persignavam sem parar, tomando incontáveis litros de vodca ou aguardente caseira.

E, acima de tudo, a senhora Prik ressaltou que um rapaz dizia a quem estava partindo: nunca contem a ninguém sobre Chernobyl, porque qualquer mulher ou homem vai lhes dar um pé na bunda depois disso. Nunca contem a ninguém, porque ninguém vai querer ter filhos com vocês. A senhora Prik disse que o filho dela tinha um amigo cuja esposa terminara o casamento e fora embora com as crianças porque não queria que ele as tocasse e as contaminasse. Outro dos homens de Chernobyl foi deixado pela mulher depois que ela começou a ter pesadelos, sonhando com bezerros de três cabeças nascendo um após o outro, gatos com escamas em vez de pelos, porcos sem pernas. Não conseguia mais suportar aqueles pesadelos e não suportava ficar perto do marido, por isso partiu em busca de um homem mais saudável.

Ouvindo sobre aquelas mulheres que tinham se livrado dos maridos como se fossem lixo, Aliide ficou assustada, o susto se transformou em tremor, e ela começou a olhar com novos olhos os jovens que encontrava pelas ruas, procurando os que tinham retornado e reconhecendo neles algo familiar. Dava para ver neles um olhar sobre o qual pairava uma sombra, e ela tinha vontade de colocar as mãos nas bochechas deles, de tocá-los.

Martin Truu acabou desfalecendo no jardim enquanto examinava com uma lupa uma folha de bétula. Quando Aliide encontrou o marido e virou seu corpo para o céu, viu a última expressão que ele tinha no rosto. Era a primeira vez que ela o via surpreso.

Parte Três

Vocês têm que ser felizes, diziam as mães,
quando chegamos para olhá-los.

— Paul-Eerik Rummo

30 DE MAIO DE 1950

Para a Estônia Livre!

Liide largou o trabalho, aquele em que ela andava por aí atormentando os outros com taxas e cotas. Não me contou por quê. Talvez tenha absorvido o que eu disse, quando comentei que num emprego desses ela estaria trabalhando para os monstros. Ou talvez alguém tenha lhe dado uma surra. Sei que uma vez alguém furou os pneus da bicicleta dela. Ela levou a bicicleta para o celeiro e pediu que eu consertasse, mas eu me recusei, mandando que arranjasse algum idiota para fazer o trabalho sujo dela, alguém que já fosse escravo de um governo do Mal. Então Martin consertou a bicicleta naquela mesma noite.

Quando Liide me contou que tinha largado o trabalho, seus olhos brilhavam, como se ela esperasse que eu lhe agradecesse. Pensei em cuspir nela, mas preferi fazer um carinho em Pelmi. Conheço os truques dela.

E de repente ela quis saber se eu tinha encontrado algum conhecido quando estava na floresta.

Não respondi.

Também quis saber como era ficar escondido na floresta. E como era a Finlândia, e por que eu tinha ido para lá.

Não respondi.

Ficou me fazendo perguntas enxeridas por um longo tempo. Como por que eu não havia permanecido com os alemães quando me juntei a eles.

Não respondi.

Vi coisas lá que não se pode dizer a uma mulher.

Voltei para o meu quarto.

Liide não quer me deixar voltar para a floresta, não aceita isso. Sou a única pessoa com quem ela pode conversar que não recita a sabedoria comunista, e todo mundo precisa de alguém com quem possa falar com sinceridade. Por isso não quer que eu vá.

Os grãos crescem nos meus campos, e eu não posso nem mesmo ver.

Onde estão minhas duas garotas, Linda e Ingel? Estou morto de preocupação.

Hans Pekk, filho de Eerik, camponês estoniano

1992

LÄÄNEMAA, ESTÔNIA

A solidão de Aliide Truu

Aliide não conseguia entender como a foto dela e de Ingel aparecera nas mãos de Zara. A garota dissera algo sobre parede e armário, mas Aliide não se lembrava de ter escondido nada atrás do papel de parede. Destruíra todas as fotos dela, mas será que Ingel teria ocultado fotos pela casa quando ainda morava lá? Isso não fazia nenhum sentido. Por que faria algo assim, esconder uma foto das duas juntas? E era mesmo o crachá dos Jovens Fazendeiros no peito dela, mas tão pequeno — ninguém além da própria Ingel o teria visto ali.

Quando Zara foi para a cama, Aliide lavou as mãos e resolveu apalpar as paredes e os armários, puxando o papel de parede, vistoriando com uma faca cada frincha do armário e também atrás do rodapé. Não encontrou nada, apenas pratos no armário e cupons de bebida amontoados numa caixa.

A garota já dormia, respirando regularmente, o rádio rumorejando algo sobre eleições. Na foto, Ingel era eternamente bonita. Aliide se lembrava do dia em que foi tirada, no Moderno Estúdio Fotográfico B. Veidenbaum. Elas foram ao café Dietrich, Ingel tomou um café e Aliide, um chocolate quente, acompanhados de bolinhos de creme com aroma de jasmim que derretiam na boca. Ingel comprou alguns bolinhos para levar para casa, e Helene Dietrich fez um embrulho com papel branco e uma vara de madeira como alça. Essa era a especialidade deles, embalagens bonitas que fossem fáceis de carregar. O cheiro de cigarro, o barulho dos jornais. Isso foi quando elas ainda costumavam fazer tudo juntas.

Aliide ajustou um grampo no cabelo. Sua mão voltou úmida: a testa estava coberta de suor.

A brasa no forno fez a foto se enrolar, enquanto Aliide acrescentava alguns pedaços de madeira.

Sua orelha coçou, ela esfregou. Uma mosca voou para longe.

O sol matinal brilhou por entre as cortinas e nos olhos de Zara, despertando-a. A porta da cozinha estava aberta. Aliide estava sentada à mesa e, de lá, olhava para ela. Alguma coisa não estava certa. Pasha? A busca dela estaria sendo anunciada no rádio? O que seria? Ergueu-se e disse bom dia.

— A Talvi não vem, no final das contas.

— O quê?

— Ela ligou e disse que mudou de ideia. — Levou a mão aos olhos e repetiu que Talvi não viria.

Zara não sabia o que dizer, seus fantásticos planos estavam arruinados. O que era esperança converteu-se em detritos e se acumulou dentro dela, pressionando os globos oculares. Talvi não levaria nenhum carro até ali. Mãos abanavam diante do relógio e Pasha se aproximava, ela podia sentir as chamas lambendo seus calcanhares, seu olhar como binóculos queimando em sua nuca, o carro dele zunindo pela estrada, levantando o cascalho, mas não se moveu. A luz se moveu lá fora, mas ela permanecia onde estava. Zara não sabe mais nada sobre Aliide ou sobre o passado. Apenas permanecia ali, pequenina e fraca, sem qualquer resposta. A Raadio Kukku anunciava a hora, as notícias começavam, logo terminariam, o dia teria passado, Talvi e seu carro não viriam, mas Pasha sim.

Zara entrou na cozinha e notou que Aliide teve um ligeiro sobressalto. Parecia um soluço choroso, mas ela não fez ruído; as mãos jaziam no colo, e Zara pôde ver que seus olhos estavam secos.

— Lamento muito ouvir isso — disse Zara subitamente. — Que frustrante deve ser para você.

Aliide suspirou, Zara suspirou, produzindo uma expressão compreensiva, mas ao mesmo tempo colocou a cabeça para pensar. Não havia tempo para especular. Aliide ainda poderia ajudá-la? Ainda tinha cartas na manga? Caso tivesse, Zara tinha que ser simpática com ela, não podia mais fazer alusões à avó, o que deixara Aliide hostil. Ela não via a fotografia em parte alguma e não se atrevia a perguntar sobre isso. Ou deveria desistir de fugir e se resignar em esperar pelo que viesse?

A avó já teria recebido as fotos que Pasha mandara, com certeza, ele não teria perdido tempo em fazê-lo. Talvez Sasha tivesse recebido algumas. E também a mãe, e sabe-se lá quem mais. Pasha podia até ter feito mais que isso, estariam todos bem em casa? Não, não devia pensar nisso. Tinha que se concentrar em bolar um novo plano. Aliide se inclinou sobre a bengala, ainda sentada, e disse:

— Talvi disse que está ocupada demais, mas o que a deixa tão ocupada? Passa o dia inteiro sentada, como dona de casa, como sempre quis. O que você quer ser?

— Médica.

Aliide pareceu surpresa. Zara explicou que fora para o Ocidente para juntar dinheiro para a faculdade. Esperava voltar assim que tivesse economizado o suficiente, mas então surgiu Pasha e as coisas começaram a dar errado. Aliide franziu as sobrancelhas e pediu que Zara lhe contasse algo sobre Vladivostok. Zara se assustou. Seria esse o momento mais apropriado para recordações? Aliide parecia ter esquecido que Zara estava sendo perseguida. Talvez não quisesse demonstrar nenhuma emoção, talvez fosse mais esperta que Zara. Talvez não houvesse mais nada a fazer a não ser sentar e conversar. Talvez essa fosse a postura mais sensata, curtir o momento e se lembrar de Vladivostok. Zara forçou-se a ir até a mesa, sentar-se, segurar a xícara quando Aliide lhe ofereceu café descafeinado e provar um pedaço de torta de creme de leite azedo, a favorita de Talvi, aparentemente. Aliide preparara a torta na noite anterior, caso Talvi tivesse vindo hoje.

— Você não deve ter dormido nada.

— Que sentido tem dormir para uma pessoa mais velha?

Talvez isso explicasse o olhar distante de Aliide, parada ao lado da mesa com a cafeteira na mão, sem saber onde deixá-la. Aliide Truu parecia padecer de solidão. Zara limpou a garganta:

— Vladivostok.

Aliide assustou-se, pôs a cafeteira no chão e sentou-se na cadeira.

— Conte.

Zara começou contando sobre a estátua com a bandeira em homenagem aos que tinham lutado no fronte oriental, sobre os asilos, sobre como era possível sentir o cheiro do Mar do Japão no revestimento das paredes, sobre as casas decoradas com madeira, sobre a amiga da mãe dela que fazia os melhores quitutes armênios, *dolma*, picles, berinjela frita, todos deliciosos, e biscoitos *shakarishee* tão divinos que, depois de tocarem o céu da boca, faziam por uns dois dias a neve lá fora parecer açúcar. Eram de tirar o fôlego! E como elas costumavam ouvir Zara Doluhanova na vitrola, cantando músicas folclóricas armênias em armênio, e Puccini em italiano — todo tipo de idiomas. O nome de Zara era uma homenagem a ela. A mãe enlouquecera com a voz de Doluhanova; estava sempre procurando por notícias de Doluhanova em suas viagens ao Ocidente, todos os lugares aonde ia, todas as cidades e países. Com aquela voz incrível ela podia ir a qualquer lugar! Por alguma razão, a voz de Doluhanova era a única coisa com que a mãe se empolgava. Zara cansou de ter que fazer silêncio enquanto Doluhanova cantava, e preferia ir à casa de uma amiga para ouvir a fita da banda Mumi Troll, *Novaya luna aprelya*. Ilya Lagutenko, a vocalista, era maravilhosa e estudara na mesma escola que Zara. Algumas vezes a avó de Zara a levava para ver os navios que partiam para o Japão; era o único lugar, além dos jardins botânicos, que ela tinha permissão de frequentar, apenas para ver os navios e sentir a maresia batendo no rosto. Ficava a 9 mil quilômetros de distância de Moscou, de trem, mas elas nunca tinham ido, embora Zara tivesse vontade de conhecer a cidade algum dia. E o verão, o verão de Vladivostok, todos aqueles verões! Uma vez alguém descobriu que se você puser pó de alumínio no esmalte, as unhas brilham, e rapidamente todas as meninas da cidade tinham unhas reluzentes como o sol de verão.

Uma vez que tinha começado, Zara se empolgou com a história. As palavras tinham um sabor bom. Sentia até saudades de Zara Doluhanova e Mumi Troll.

Katia também queria saber de Vladivostok, mas, por mais que insistisse, Zara nunca havia sido capaz de contar a ela nada sobre o lugar. Apenas imagens ocasionais da cidade passavam por sua mente, e eram sempre as mesmas que lhe ocorriam quando Katia falava, mas ainda assim não queria mencioná-las: como a avó começara a fazer bolacha de água e sal na época de Chernobyl, para o caso de haver guerra, como depois do acidente elas assistiam televisão sem ter ideia do que havia acontecido, como as pessoas na televisão dançavam nas ruas de Kiev. Chernobyl era um assunto problemático, porque Katia era de lá, e por isso ela queria se casar com um estrangeiro e se interessava tanto por Vladivostok. Queria ter filhos. Se o homem certo aparecesse, ela planejava contar a ele que era de outro lugar, não de Chernobyl. Zara achava uma boa ideia. Teria gostado de perguntar mais a respeito: Katia não brilhava no escuro e não parecia em nada diferente de qualquer outra garota. No entanto, dizia que quanto menos as pessoas falassem de Chernobyl, quanto menos se escrevesse a respeito, quanto menos se soubesse, melhor. Estava certa. A própria Zara evitava abraçar Katia, até mesmo quando ela chorava de saudade da família ou depois de um mau cliente. Preferia confortá-la conversando com ela sobre outra coisa, qualquer outra coisa que não Vladivostok. As lembranças de sua terra natal pareciam estranhamente inadequadas. Como se ela não fosse digna de rememorar sua terra, como se todas as belas reminiscências fossem se manchar se Zara pensasse nelas naquele lugar, naquela situação — e ainda mais se ela falasse a respeito. Só de vez em quando tocava a fotografia escondida embaixo das roupas, através do tecido, para garantir que ainda estava lá. Pasha não sabia que Katia era de Chernobyl, é claro, porque a apanhara perto de Kiev, mas pedira que ela dissesse que era da Rússia a qualquer cliente que perguntasse, já que ninguém iria querer enfiar o pinto na morte.

Zara balançou a cabeça para parar de pensar em Katia. Não queria contar a Aliide sobre Katia, tinha que se ater a Vladivostok. Sua conversa quase fizera Aliide sorrir, e ela urgira para que Zara pegasse mais um pedaço de torta. Zara aceitou, mas se sentiu insolente: estava acostumada a pedir a permissão de Pasha para tudo. Sentiu-se insolente por comer mais um pedaço sem pedir a autorização de Pasha. Sentiu-se insolente por estar contando histórias a uma pessoa sem ter a permissão de Pasha para conversar com ela. Era insolente porque não devia estar ali, num lugar onde não precisava pedir a autorização de Pasha para ir ao banheiro. Se sua cabeça começasse a doer, era provável que Aliide lhe oferecesse algum remédio, sem nem perguntar. Se ela menstruasse, Aliide lhe daria algo, prepararia um banho para ela, lhe traria uma garrafa de água quente, e ela não ficaria devendo nada. A qualquer momento essa irrealidade podia desaparecer, e Zara voltaria à realidade, aos clientes, às dívidas. A qualquer momento Pasha e Lavrenti podiam encostar o carro no jardim — a qualquer momento —, e ela não poderia mais pensar em Vladivostok, para não manchar suas memórias com aquele mundo. Mas podia pensar sobre a cidade agora.

— Você era feliz lá — disse Aliide, soando surpresa.

— É claro.

— Como assim é claro? — Aliide parecia de súbito deliciada, como se tivesse acabado de pensar algo inteiramente novo. — Isso é fantástico!

Zara ajeitou os cabelos.

— É, é sim. E era divertido fazer parte dos Pioneiros.

Nunca fora designada para a primeira fila na marcha nem nada parecido, mas era bom sentar em volta da fogueira e cantar. E tinha orgulho do crachá de Pioneira. Adorava o fundo vermelho e costumava acariciar a testa reluzente de Lenin e suas orelhas douradas.

Contudo, enquanto Zara falava sobre Vladivostok, Katia não deixava de pensar em Zara. Agora ela não poderia mais contar sobre Vladivostok a Katia. Era tarde demais para Katia, embora Katia não pedisse muito. Zara pensara que chegaria o dia em que faria de Katia uma garota de Vladivostok, mas esse dia nunca chegou. Deveria arriscar-se e contar a Aliide esses segredos, mesmo que isso pudesse significar que Aliide não a ajudaria a se livrar de Pasha?

1991

BERLIM, ALEMANHA

Uma garota como um dia de primavera

Pasha ligou o videocassete. A primeira coisa que apareceu na tela foi um pinto, vermelho e ereto, depois a barriga peluda e caída de um homem de meia idade, depois os seios de uma garota. O homem ordenou que ela apertasse os próprios peitos, e a garota os apertou e massageou, recebendo entre eles o pinto do sujeito. Outro homem entrou no quadro e escancarou as pernas da garota, separou-as ao máximo, sacou uma gilete descartável e começou a raspar seus pelos.

Pasha sentou-se no sofá, deslizou para uma posição confortável e abriu a braguilha.

— Venha ver isso.

Zara não obedeceu rápido o bastante, de modo que Pasha foi até ela e a arrastou para a frente da tela, xingando, sentou-se de novo no sofá e mostrou o cacete. O vídeo continuou. Pasha se masturbava, fazendo ranger a jaqueta de couro. Lá fora era dia. As pessoas iam para o mercado, compravam salsicha e repolho, falavam alemão; uma mosca zumbia em volta da lâmpada.

— Assista!

Pasha bateu em sua nuca e sentou-se ao lado dela para garantir que ela assistisse ao filme. Rasgou o roupão dela e mandou que ficasse de quatro, com a bunda virada para ele e o rosto virado para a tela.

— Separe as pernas.

Ela separou.

— Mais.

Ela obedeceu.

Pasha se masturbava atrás dela.

O homem pançudo da tela empurrava o pinto para cima da garota, começou a gozar em seu rosto.

A garota tinha o rosto de Zara.

O rosto da garota foi coberto de esperma. O outro homem colocou o pinto dentro da garota e começou a gemer. Pasha relaxou, e um muco quente escorreu pela coxa de Zara. Pasha fechou o zíper e foi buscar uma cerveja. A lata chiou ao ser aberta. O som dos longos goles de Pasha ecoava no quarto quase vazio. Zara ainda estava apoiada nas mãos e nos joelhos em frente à televisão. Os joelhos doíam.

— Vire para cá.

Zara obedeceu.

— Esfregue a sua boceta. Abra as pernas direito.

Zara deitou de costas e esfregou, empurrando o esperma de Pasha para dentro de si.

Pasha sacou a câmera e começou a tirar fotos.

— Tenho certeza de que você sabe o que vai acontecer com as fotos e os vídeos se você tentar fazer alguma coisa.

Zara parou de esfregar.

— Vou mandar para a sua *babushka*. E depois vou mandar para Sasha, e para os seus pais. Temos os nomes e o endereço deles.

Oksanka teria contado sobre Sasha? Zara não queria mais pensar em Sasha, mas ele ainda aparecia em sua mente, uma voz dizendo o nome dela, Zara, às vezes era assim que ela acordava. Às vezes era a única razão para ela lembrar que era Zara, e não Natasha. Sobretudo à beira do sono, naquela zona porosa, bêbada ou drogada, de repente sentia Sasha envolvendo-a em seus braços, mas afugentava o sentimento de imediato. Nunca teria uma casa com Sasha, eles nunca tomariam champanhe na formatura, então era melhor não pensar nessas coisas; era melhor beber, tomar um comprimido, implorar para que Lavrenti lhe desse uma carreira, aguentar. E era melhor não pensar muito, era mais fácil assim. Só tinha que se lembrar de uma coisa: mesmo que Pasha tivesse um vídeo com o rosto de Zara, aquela não era a história de Zara, e sim a de Natasha; aquela nunca seria a história de Zara. A história de Natasha estava no vídeo. A de Zara estava em outro lugar.

1992
LÄÄNEMAA, ESTÔNIA

Nem mesmo um cachorro pode mastigar a corrente da hereditariedade

Quando a garota começou a falar sobre Vladivostok, sua sobrancelha agitada sossegou, ela se esqueceu de esfregar o lóbulo da orelha, e uma covinha surgiu na bochecha, desaparecendo e aparecendo seguidas vezes. A luz do sol iluminou a sala.

A garota tinha um nariz bonito, o tipo de nariz que teria sido um prazer ver desde o dia em que ela nascera. Aliide tentou imaginar Talvi no lugar de Zara, sentada à mesa conversando, piscando, falando sobre a vida, mas não conseguiu. Desde que partira de casa pela primeira vez, sempre que fazia uma visita Talvi se mostrava ávida por ir embora. Se Aliide tivesse sido uma mãe diferente, Talvi teria um destino diferente? Talvez ela não a ridicularizasse tanto ao telefone quando Aliide lhe perguntasse se ela plantara algo no jardim, dizendo que na Finlândia era possível comprar tudo o que se desejasse no mercado. Se Aliide tivesse sido diferente, Talvi iria ajudá-la na colheita das maçãs, em vez de apenas mandar fotos de sua nova cozinha lustrosa, sua nova sala, seu novo utensílio de múltiplas funções, e nunca fotos dela própria? Talvez quando Talvi era uma menininha não tivesse começado a admirar a tia da amiga que vivia na Suécia, tinha um carro e mandava para as meninas a revista *Burda*. Talvez não tivesse começado a brincar de banco imobiliário e não gostasse de música disco. Talvez não tivesse querido partir. Mas os outros queriam partir também, então talvez não fosse culpa de Aliide. Mas por que aquela garota surpreendentemente falante de Vladivostok não queria ir para o Ocidente? Queria apenas ganhar um pouco de dinheiro. Talvez tivesse sido simplesmente o fato de a Estônia estar cheia de gente dizendo que deveria ter ido para a Finlândia ou para a Suécia durante a guerra, algo repetido e assimilado pelas novas gerações por meio das canções infantis. Talvez Talvi tivesse pensado em arranjar um marido estrangeiro porque o casamento dos pais era modelo de algo que ela não queria para si mesma. Aquela garota queria ser médica e voltar para casa, mas desde adolescente Talvi só queria ir para o Ocidente e se casar com um ocidental. Começou com as bonecas de papel, que ela desenhava e depois cortava, vestindo-as como as mulheres que apareciam na *Burda*, e continuou quando ela passou um verão inteiro esfregando os jeans Sangar. Ela e as amigas esfregavam as calças com um tijolo para que parecessem gastas como os jeans usados no Ocidente. Nesse mesmo verão os meninos vizinhos inventaram um jogo chamado "Ir à Finlândia". Martin se desiludia mais a cada dia. Aliide não conseguia compartilhar a decepção dele, mas quando a restituição de terra se tornou o assunto do dia, ela teve que admitir que ficou decepcionada com Talvi, que não se mostrou nem um pouco interessada no processo de inscrição, pois envolvia muita burocracia. Se Aliide tivesse sido uma mãe diferente, Talvi estaria ali para ajudá-la com essas coisas?

Quando a garota apareceu, no dia anterior, Aino viera para falar mais uma vez sobre questões de terra, e Aliide repetira o mesmo conselho de sabe-se lá quantas vezes. Ela e os irmãos deviam fazer a papelada juntos, mesmo que os irmãos fossem uns bêbados. Assim, se algo acontecesse com algum deles, sempre haveria outra pessoa para cuidar das coisas. Aino queria esperar ao menos até que o exército se retirasse do país. Suspeitava que os russos voltariam com força total, e então o que aconteceria? Todos seriam levados à estação e enfiados em vagões de carga? Aliide teve que concordar que os soldados não pareciam muito propensos a partir; iam ao vilarejo de vez em quando apenas para roubar, sumindo com cabeças de gado e esvaziando as tabacarias. Era útil, entretanto, poder comprar deles a gasolina do exército.

Aliide arregalou os olhos; sentia cócegas na garganta. A garota russa sentada na cadeira bamba estava mais interessada no que acontecia naquela cozinha do que a própria filha de Aliide. Talvi nunca falava com tanto entusiasmo da infância quanto aquela garota, e nunca perguntava como se fazia creme de cravo. Aquela garota queria saber quais eram os ingredientes. Interessava-se por todos os truques que Maria Kreel lhe ensinara, que plantas colher pela manhã e que outras colher na lua cheia. Se fosse possível, tinha certeza de que a garota iria com ela colher erva-de-são-joão e mil-folhas quando chegasse a época. Talvi nunca faria isso.

1953-1956
Läänemaa, República Socialista Soviética da Estônia

Aliide quer dormir a noite toda em paz

Quando Aliide chegou à maternidade, mulheres russas gritavam "*Batyuška Lenin, pomogy mne!*", e ainda clamavam ao Pai Lenin por mais ajuda quando ela saiu com Talvi. Quando a criança chorosa chegou em casa, Martin agradeceu a Lenin. Fazia bastante tempo que Martin queria um filho; frustrara-se mais de uma vez e acabara se convencendo de que jamais seria pai. Aliide não lamentava: não tinha vontade de estar perto de crianças, e não queria criar uma criança que desse continuidade à linhagem familiar naquele novo mundo, tornando-se um tipo de pessoa daquele novo mundo. Contudo, no ano em que Stalin morreu, em meio à confusão que se seguiu à morte do grande pai, uma criança começou a crescer dentro dela. Martin conversava com a criança já durante a gestação, ao passo que Aliide não sabia como conversar com ela nem mesmo depois do nascimento. Deixava os balbucios para Martin e ia ferver garrafas que servissem de mamadeira, assistia a incontáveis mamilos escurecendo na chaleira e escaldava agulhas de costura para fazer buracos na ponta. Martin alimentava Talvi, até voltava para casa na hora do almoço para cuidar dessa importante tarefa. Às vezes Aliide tentava, mas não tinha sucesso: a criança não parava de chorar até que o pai estivesse em casa.

Aliide tinha outras formas de garantir que a filha tivesse uma infância pacífica.

Uma noite Martin voltou para casa com cheiro de bebida e começou a limpar as paredes, parando de tempos em tempos para fumar um Priima, e logo voltando a limpar. No rádio alguém discursava sobre o desperdício de mão de obra soviética, sobre quem estava transgredindo as normas e onde. Aliide preparou um suco de geleia de groselha Kosmo, espremendo um tubo de geleia num pote e acrescentando água fervente e ácido cítrico. A água se avermelhou, e Aliide deu o tubo meio vazio à menininha, que passou a chupar a groselha diretamente.

— Estão voltando.

Aliide soube de imediato de quem ele falava.

— Você não está falando sério.

Mas estava.

— Começaram a reabilitá-los.

— O que isso quer dizer?

— Quer dizer que Moscou vai deixar que eles voltem. Estão falando disso em Talim.

Aliide estava prestes a deixar escapar que Nikita estava louco, mas permaneceu em silêncio, porque ainda não sabia o que Martin pensava dele, a não ser o fato de parecer um operário. Aliide achava que ele parecia um porco e que a mulher dele parecia uma pastora de porcos. Muitos compartilhavam a opinião de Aliide, embora ela não a expressasse em voz alta. Mas deixar que voltassem? Justo quando a vida começava a entrar numa rotina, Nikita tinha a ideia mais maluca possível. Em que estava pensando? Onde imaginava que todos os outros seriam colocados?

— Não podem voltar para cá. Faça alguma coisa.

— O quê?

Não sei! Alguma coisa para que não voltem para cá! Para que não cheguem perto da Estônia. Não podem voltar para cá!

— Calma! Todos assinaram o artigo dois-zero-seis do voto de silêncio.

— O que isso quer dizer?

— Que não podem falar nada ligado ao caso deles. E imagino que terão que assinar outro para poder sair, relativo ao tempo nos campos.

— Então não podem falar nada sobre essas coisas?

— Não se não quiserem voltar direto para o lugar de onde vieram.

A voz tensa fez Talvi chorar. Martin a tomou nos braços e tentou acalmá-la. Aliide tateava o armário à procura do frasco de valeriana. O chão parecia mole.

— Vou cuidar disso — disse Martin.

Aliide acreditou no marido, porque ele sempre mantinha a palavra. E manteve a palavra dessa vez também.

Não voltaram.

Ficaram onde estavam.

Eles não teriam deixado que ocupassem a mesma casa, ou qualquer casa próxima. Mas não importava onde estivessem na Estônia, Aliide não poderia...

Queria dormir a noite toda em paz. Queria sair de bicicleta depois de escurecer e pedalar à luz do luar, andar pelos campos depois do pôr do sol, levantar de manhã sem se preocupar com a possibilidade de Talvi ou ela própria serem queimadas vivas dentro da casa. Queria buscar água no poço e ver o ônibus do colcoz trazendo Talvi da escola, e queria que Talvi estivesse segura quando ela não estivesse de olho. Queria viver sem nunca mais ter de encontrá-las. Era pedir muito? Com certeza ela podia ter isso, nem que fosse pelo bem da menina.

Quando os que tinham estado nos campos voltaram e começaram novas vidas, ela era capaz de identificá-los entre os outros. Reconhecia o olhar sombrio, igual em todos, jovens ou velhos. Abria passagem para eles pelas ruas, já a uma longa distância, e sentia medo antes mesmo de dar passagem. Medo antes de virar a cabeça. Medo antes de ter tempo de perceber que reconhecia o cheiro dos campos, a lembrança dos campos nos olhos deles. Aquela lembrança dos campos estava sempre ali, em seus olhares.

Qualquer um podia ser Ingel. Ou Linda. O pensamento causava-lhe um aperto no peito. Linda devia estar tão crescida agora que ela não a reconheceria. E qualquer um podia ter estado no mesmo campo que Ingel, no mesmo barracão, ter conversado com Ingel, ter ouvido sobre a irmã dela. Talvez tivesse levado fotos, Aliide não tinha certeza. Talvez Ingel tivesse mostrado a foto da irmã a alguém, e agora essa pessoa viria pela rua na direção de Aliide e seria capaz de reconhecê-la. Talvez soubessem algo sobre os feitos malignos de Aliide Truu, porque a história teria corrido pelo campo. Talvez a seguissem e queimassem sua casa à noite. Ou apenas jogassem uma pedra em sua nuca quando ela estivesse voltando para casa. Talvez fizessem com que ela caísse na estrada enquanto atravessava os campos, essas coisas acontecem. Acidentes estranhos, pessoas correndo sem cuidado. Martin disse que eles não podiam ler seus documentos nos campos, que não sabiam de nada, mas todo barracão tinha paredes. E onde há paredes, há ouvidos.

Os que voltaram dos campos nunca reclamavam, nunca discordavam, nunca lamentavam nada. Era insuportável. Aliide sentia uma enorme urgência de rasgar as rugas de suas sobrancelhas, os vincos de suas bochechas, de amontoá-los e mandá-los de volta. De volta no trem em que haviam atravessado a fronteira de Narva.

1960
LÄÄNEMAA, REPÚBLICA SOCIALISTA
SOVIÉTICA DA ESTÔNIA

Martin se orgulha da filha

Martin só ficou bravo com Talvi uma vez durante a infância dela. Ela voltou correndo para casa algumas semanas antes do ano-novo. Aliide estava sozinha, de modo que Talvi precisou dela para obter uma resposta, sem paciência para esperar que o pai chegasse.

— Mãe! Mãe, o que é Natal?

Calma, Aliide continuou no fogão mexendo o molho.

— Você vai ter que perguntar ao seu pai, querida.

Talvi foi até o vestíbulo esperar por ele, sentou-se e apoiou-se contra a parede de madeira, chutando o batente da porta.

Quando Martin chegou, teve um ataque de fúria. Não por causa do Natal, com certeza ele teria uma explicação pronta para isso. Mas conseguiu ficar bravo antes que se tocasse no assunto do Natal, porque a primeira coisa que Talvi quis saber foi o que havia sido a Guerra de Independência sobre a qual ela havia lido num livro.

— Que livro?

— Este. — E o entregou ao pai.

— Onde você conseguiu isso?

— A titia me deu.

— Que titia? Aliide!

— Não estou sabendo nada sobre isso — gritou Aliide da cozinha.

— E então, Talvi?

— A mãe da Milvi. Eu estava brincando na casa dela.

Martin saiu de imediato, sem nem mesmo pegar o casaco. Levou Talvi junto, para que lhe mostrasse onde Milvi morava.

Talvi voltou correndo antes, chorando. Mais tarde, na mesma noite, aproximou-se do pai para pedir perdão. A fumaça do cigarro invadia a cozinha, e logo se ouviu o riso de Talvi. Aliide sentou-se ao lado das batatas que esfriavam. O ensopado de frango estava pronto, e o molho sobre a mesa já se tornava um gel, com uma fria camada que se formava na superfície, perdendo o brilho. As meias de Martin esperavam sobre a cadeira para serem costuradas; embaixo da cadeira havia um cesto de lã esperando para ser cardado. No dia seguinte, na aula, Talvi provocaria as crianças cujas famílias celebravam o Natal, isso era certo. Na noite seguinte contaria ao pai que havia arremessado uma bola de neve no filho dos Prik e perguntado a outro menino algo que o pai naquele exato instante poderia estar mandando que ela perguntasse a qualquer menino de uma dessas famílias: "Jesus já apareceu? Sua mãe se sente atraída por ele?" E o pai enalteceria a atitude da filha, e ela riria de orgulho e se aborreceria com Aliide, sentindo que, como sempre, faltava algo no apreço da mãe. Sempre faltava sinceridade àquele apreço. A filha seria criada com base no louvor de Martin, com as histórias que ele contava, histórias que nunca tinham nada de estoniano. Seria criada com histórias que não tinham nada de verdadeiro. Aliide nunca poderia contar a Talvi suas próprias histórias de família, as que aprendera com a avó, as que ouvira ao cair no sono na noite de Natal. Não poderia contar nenhuma das histórias com que ela própria crescera ouvindo, ela e a mãe e a avó e a bisavó. Não queria contar sua própria história, mas sim as outras, aquelas com as quais crescera. Que tipo de pessoa se tornaria uma criança se não tinha nenhuma história em comum com a mãe, nenhuma narrativa que as unisse, nenhuma piada? E como ela podia ser uma boa mãe se não havia ninguém a quem pedir conselhos, a quem perguntar o que fazer numa situação dessas?

Depois disso, Talvi não brincou mais com Milvi.

Martin tinha orgulho de Talvi, achava-a maravilhosa. Mostrava-se particularmente maravilhosa quando dizia que, quando crescesse, queria ter o filho de Lenin. Martin não se preocupava nem um pouco que ela não soubesse diferenciar os tipos de arbusto, ou distinguir os cogumelos, reconhecer um agário-das-moscas, embora para Aliide isso parecesse impossível em uma criança com os mesmos genes que ela e Ingel.

Anos 1960
Läänemaa, República Socialista Soviética da Estônia

O sofrimento enraíza-se na memória

Enquanto Martin cuidava de outros aspectos da educação da filha, Aliide era responsável por tudo que envolvesse ficar em filas. À medida que os anos passavam e Martin não era chamado a Talim, a noção do potencial de sua carreira diminuía, e Aliide já não esperava que ele conseguisse com o partido aquilo de que eles precisavam: ela ficava na fila para entrar na fila, de braços dados com Talvi, e isso ensinava à menina como era a vida de uma verdadeira soviética. Conseguia evitar a fila da carne, isso sim, porque tinha uma amiga, Siiri, no açougue. Quando Siiri avisava que havia chegado um novo estoque, Aliide abria caminho entre as lixeiras cheias e chegava à porta dos fundos da loja, puxando Talvi pelo braço. Nunca aprendeu a andar devagar o bastante para que a criança a acompanhasse, apesar das boas intenções, e sempre a obrigava a correr para acompanhá-la. Aliide sabia que se comportava como se quisesse escapar da menina, mas não conseguia se sentir culpada por isso, e quando tentava parecer uma boa mãe só se sentia mais grotesca. Era melhor se concentrar em alardear para as outras mulheres as habilidades paternais de Martin, anulando completamente seu papel de mãe no processo. Como Martin era um pai exemplar, elas podiam considerar Aliide a mais afortunada das mulheres.

Por sorte a menina cresceu e começou a acompanhar a mãe mais de perto por entre os enxames de moscas atrás do açougue. Às vezes as moscas entravam pelo nariz ou pela orelha, às vezes era possível encontrá-las nos cabelos mais tarde, ou pelo menos a cabeça de Aliide coçava tanto que ela tinha certeza de que as moscas haviam depositado ovos em seu couro cabeludo. As moscas pareciam não incomodar Talvi, que nem se abanava para livrar-se delas, deixando que pousassem em seus braços e em suas pernas, o que enojava Aliide. Quando saíam da loja de Siiri, Aliide desfazia as tranças de Talvi e sacudia seu cabelo. Sabia que era tolice, mas não conseguia se conter.

No dia em que Talvi tinha exame dental na escola, Aliide foi até a entrada dos fundos do açougue. Siiri estava com uma escova na mão, acabando de lavar em água salgada uma linguiça de Semipalatinsk. Havia uma pilha de linguiças de Talim e Moscou esperando atrás dela, cheias de vermes.

— Não se preocupe. Essas aí vão para o balcão da frente. Uma carga de linguiças novas deve chegar logo.

Quando a carga chegou, Aliide conseguiu juntar um belo arsenal em sua sacola: algumas linguiças enroladas polonesas, um pedaço de carne da Cracóvia e algumas salsichas. Estava mostrando os produtos para Martin quando Talvi interrompeu o inventário com uma notícia surpreendente:

— Duas cáries enormes.

— O que isso significa? — Aliide perguntou, surpresa com o som da própria voz, como o gemido de um cão fustigado. Talvi já franzia as sobrancelhas. O pacote de salsichas despencou sobre a mesa. Aliide pressionou as mãos contra a toalha, para impedir que tremessem. Sentiu as marcas de faca na superfície emborrachada do tecido, as migalhas de pão e a sujeira espalhada. Algo se desprendeu do lustre alaranjado: detritos de uma mosca caindo da superfície da lâmpada direto no pescoço dela. O frasco de valeriana estava sobre o armário, conseguiria pegá-lo e colocar algumas gotas no copo sem que Martin percebesse?

— O que isso significa? Significa que você vai ver o camarada Boris! — Martin riu. — Você se lembra do tio Boris, Talvi?

Talvi fez que sim com a cabeça. Havia um pouco de gordura no canto da boca de Martin. Ele deu mais uma mordida. Os pedaços de gordura da salsicha brilhavam. Os olhos de Martin se arregalavam assim?

— Eles têm certeza? — Aliide perguntou. — Quero dizer, as pessoas que olharam os seus dentes, têm certeza sobre as duas cáries? Talvez não seja necessário fazer nada.

— Não, eu quero ir à cidade.

— Você ouviu a menina — Martin riu.

— Então o seu pai compra um sorvete para você por lá — Aliide acrescentou.

— O quê? — perguntou Martin, surpreso. — Talvi já é grande o bastante para pegar o ônibus sozinha.

Talvi começou a pular de empolgação.

— Sim! Sim! Sim!

Agora Aliide não conseguia pensar em outra coisa, nada além de que Martin devia ir com Talvi ao dentista. Com Martin ela estaria segura. Algo zumbia nos ouvidos de Aliide. Guardou as salsichas e as linguiças na geladeira e começou a tirar ruidosamente os pratos ao mesmo tempo em que vertia algumas gotas de valeriana no copo sem que percebessem. Misturou com água e comeu um pouco de pão, para que não desse para sentir o remédio no hálito.

— Você poderia conversar com o Boris enquanto estivesse lá — disse Aliide. — Não seria bom?

— Seria, mas o meu trabalho...

— Sim! Sim! Sim! — Talvi gritou, interrompendo-o.

— Está certo, então. Vamos pensar em alguma coisa. Vai ser bom o passeio até o dentista.

Os olhos de Talvi eram tão parecidos com os de Linda. Tinha o rosto de Martin e os olhos de Linda.

1952
Läänemaa, República Socialista Soviética da Estônia

O cheiro de fígado de bacalhau, a luz amarela de uma lâmpada

O cheiro de clorofórmio infiltrava-se pela porta e vinha ao encontro dela. Na sala de espera, Aliide se fechara num exemplar da revista *Mulher Soviética*, na qual Lenin expressava a opinião de que no sistema capitalista a mulher era indubitavelmente oprimida, sendo escrava do capital, do trabalho regular e do trabalho doméstico. A bochecha de Aliide estava muito inchada: a cárie era tão profunda que deixava o nervo exposto. Devia ter cuidado do dente antes, mas quem tinha coragem de se sentar voluntariamente numa daquelas cadeiras de cirurgião-barbeiro? Os médicos verdadeiros tinham fugido para o Ocidente, os judeus para a União Soviética. Alguns haviam voltado, mas ainda eram poucos.

Aliide recitava as palavras, tentando se concentrar em outra coisa que não a dor aguda. *Só na União Soviética e nas democracias populares as mulheres podem trabalhar como companheiras, lado a lado com os homens, nos campos, na agricultura e no transporte, assim como nas profissões de ensino e culturais, tomando parte ativa da vida política e social.* Quando chegou a vez de Aliide, ela desviou o olhar da revista e ficou olhando para o tapete marrom de plástico até chegar à cadeira, onde se segurou nos encostos para os braços. A enfermeira fervia agulhas e pedaços de broca. Deixou-os de lado para aplicar uma injeção em Aliide, depois voltou a preparar o material. A panela borbulhava sobre o aquecedor elétrico. Aliide fechou os olhos, e a dormência se espalhou pelo queixo e pelas bochechas.

As mãos do homem tinham cheiro de cebola, picles e suor. Aliide ouvira que a mão do novo dentista era tão peluda que era bom que não desse para sentir nada, para não se incomodar com tantos pelos. E ouvira que era melhor fechar os olhos para não ver o bosque grosso e negro de pelos. Não era um médico de verdade, longe disso; durante a guerra um prisioneiro alemão que era dentista ensinara a ele o que podia.

Ele começou a acionar a broca pensando em uma alavanca. A broca raspava e arranhava, doía nos ouvidos, o som de um osso partindo, e ela tentou não pensar sobre as mãos peludas. Um avião de guerra em manobra voou tão baixo que as janelas tremeram. Aliide abriu os olhos.

Era o mesmo homem.

Na mesma sala.

As mesmas mãos peludas.

Ali no porão da prefeitura, onde Aliide desaparecera, de onde só quisera sair viva. Mas a única coisa que ficou viva foi a vergonha.

Quando saiu, não levantou os olhos, continuou encarando o chão, as escadas, a rua. Um caminhão do exército passou chacoalhando em alta velocidade e a cobriu de uma poeira que grudou nas gengivas, nos olhos, e transformou sua pele que queimava em cinzas.

Pela janela aberta da casa de cultura ela podia ouvir um coro ensaiando.

Em minha canção e em meu trabalho.

Outro caminhão passou, ruidoso, lançando pedrinhas contra as pernas de Aliide.

Você está comigo, grande Stalin.

* * *

Martin foi recebê-la na porta e acenou para que fosse até a mesa. Havia uma lata de fígado de bacalhau, um presentinho para sua pequena, para quando ela pudesse voltar a comer. Metade de uma cebola murchava sobre a tábua de cortar, deixada ali depois da preparação de um sanduíche. Fedia, assim como o fígado. Outra lata de fígado vazia jazia aberta perto da tábua, a tampa metálica retorcida. Aliide sentiu náuseas.

— Já comi, mas vou preparar um sanduíche para a minha pequena assim que ela estiver pronta para comer. Doeu?

— Não.

— Dói agora?

— Nem um pouco. Não consigo sentir nada. Estou anestesiada. Só sinto a anestesia.

O pedaço de dente ainda preso à gengiva machucava. Aliide viu a metade restante do sanduíche de Martin ainda sobre a mesa e não conseguiu dizer nada, embora soubesse que Martin esperava que ela lhe agradecesse pelo fígado. Se ao menos tivesse omitido a cebola.

— O Boris é um bom sujeito.

— Está falando do dentista?

— De quem mais estaria falando? Tenho certeza de que já lhe falei sobre o Boris antes.

— Talvez tenha falado, mas não disse que ele era dentista.

— Ele acaba de ser transferido para lá.

— O que fazia antes?

— O mesmo tipo de trabalho, é claro.

— E você já o conhecia?

— Nós fizemos juntos alguns serviços para o partido. Ele não me mandou um abraço ou algo assim?

— Por que mandaria lembranças por mim?

— Porque sabe que somos casados, é claro.

— Ah.

— Qual é o problema?

— Preciso fazer a ordenha.

Aliide foi direto para o quarto e tirou o vestido de rayon. Parecera muito bonito de manhã, com bolinhas vermelhas, mas agora era nojento, porque talvez fosse bonito demais e ficava bem-ajustado no busto. Os protetores de flanela que ela usava por baixo estavam molhados de suor. A parte inferior do rosto ainda estava dormente, e ela não conseguia sentir os ganchos dos brincos pendurados na orelha. Pôs o casaco de ordenha, protegeu o pescoço com um cachecol e foi lavar as mãos.

No celeiro, encostada à coluna de pedra, Aliide conseguiu deixar o cheiro de cebola para trás. Suas mãos foram se avermelhando à medida que ela as esfregava com a escova debaixo de água fria. Estava cansada. A terra sob seus pés estava cansada — subia e descia como o peito de alguém próximo da morte. Ouvia os barulhos dos animais atrás dela, esperando por ela. Foi até os animais e percebeu que ela também estivera esperando. Esperando por alguém, como ela tivera alguém naquele celeiro, como um rato encolhido num canto, como uma mosca na lâmpada. E depois de sair do celeiro ainda esperava por alguém. Alguém que fizesse algo para ajudar ou que ao menos levasse embora parte do que acontecera naquele celeiro. Que passasse a mão por seus cabelos e dissesse que não tinha sido culpa dela. E dissesse que não voltaria a acontecer. Prometesse que nunca mais aconteceria, em hipótese alguma.

E quando se deu conta de que estava esperando, entendeu que essa pessoa nunca viria. Ninguém jamais viria dizer-lhe essas palavras, acreditando nelas, e ninguém jamais garantiria que não aconteceria de novo. Ninguém faria isso por ela, nem mesmo Martin, embora ele quisesse sinceramente o melhor para ela.

O fígado de bacalhau secava na cozinha, escurecendo nas bordas do sanduíche. Martin serviu-se de uma bebida e esperou que a mulher voltasse do celeiro, serviu-se de outro copo, e mais um, limpou a boca na manga ao modo russo, serviu-se de um quarto copo, não tocou o sanduíche de fígado — estava à espera da mulher —, e a estrela vermelha de seu glorioso futuro reluziu acima dele, a luz amarela de uma lâmpada, uma família feliz.

Aliide o observava pela janela e não conseguia entrar.

1992

LÄÄNEMAA, ESTÔNIA

Zara encontra uma roda de fiar e fermento

Zara respirou fundo. De vez em quando, ao falar de Vladivostok, esquecia-se do tempo e do lugar, animava-se como costumava animar-se muito tempo atrás. A movimentação de Aliide no fogão a trouxe de volta ao presente, fazendo-a perceber que um copo havia sido colocado em sua mão. O kefir já estava lavado, e o leite servido era fresco. Obediente, ela deu um gole, mas era tão azedo que suas pálpebras se franziram, e quando Aliide saiu para o jardim para colher rábano, ela escondeu o copo atrás dos pratos que estavam em cima da mesa. Um aroma familiar de tomates cozidos vinha de uma das bocas do fogão, e Zara inspirou fundo, ajudando Aliide a cortar mais tomates. Era bom. A cozinha era aconchegante, com as panelas fumegantes, as fileiras de potes que esfriavam. A avó sempre ficava de bom humor quando preparava enlatados, quando queria estocar coisas para o inverno. Era a única tarefa doméstica da qual participava, assumindo até mesmo o comando, pedindo apenas de vez em quando que a mãe de Zara picasse o repolho. Mas agora Zara estava sentada à mesa com Aliide Truu, que odiava sua avó. Ela devia puxar assunto de novo, sem esperar um momento apropriado que nunca chegaria. Aliide estava concentrada em esmagar o rábano.

— Isso é tempero para o inverno. Trezentos gramas, e a mesma quantidade de alho, maçã e pimenta. Um quilo de tomate, sal, açúcar e vinagre. É só colocar tudo num jarro, não precisa nem esquentar. Assim se preservam as vitaminas.

As mãos de Zara se moviam com agilidade para fatiar os tomates, mas a língua não se soltava. Aliide podia ficar brava com ela se soubesse quem era. Podia se recusar a ajudar, e então para onde ela iria? Como romper o clima descontraído que as lembranças de Vladivostok haviam criado? A avó e Aliide não podiam ter se desentendido apenas por um punhado de grãos, era impossível, por mais que Aliide insistisse nisso. O que teria acontecido de verdade?

Zara observava Aliide sempre que ela se distraía com outra coisa ou se compenetrava em tarefa doméstica: a fragilidade, o negrume das unhas, a pele calejada, com tênues veias azuis. Procurava algo familiar nela, mas a mulher que andava pela cozinha não se parecia nem um pouco com a garota da foto, muito menos com sua avó, de modo que era levada a deslocar suas observações para a casa. Quando Aliide não estava por perto, Zara tocava a podadeira e a chave grande, rústica, pendurada na parede. Seria a chave do galpão? Costumava ficar pendurada na parede, perto do fogão, quando a avó morava ali. Encontrou um dente de ancinho, de madeira, na padieira em cima da porta: teria sido feito pelo pai de sua avó? Um lavatório. Um porta-chapéus no qual o casaco de Aliide estava pendurado. Seria esse o armário no qual a avó guardava o enxoval? Ali estava o forno com o qual ela se aquecia, e uma roda de fiar escondida atrás do armário. Seria a roda na qual a avó fiava, pisando no pedal? Ali estavam o volante, a bobina e o carretel da avó.

Quando Zara foi buscar jarros vazios na despensa, encontrou um barril atrás do refrigerador de leite. Tocou, sentiu o cheiro e percebeu algo seco na superfície: fermento? Seria o mesmo fermento com o qual a avó fazia pão? Dois dias e meio, era o que ela dizia, a massa tinha que ser reservada por dois dias e meio no quarto dos fundos, coberta com um pano, antes de ser trabalhada. O cheiro de pão se espalhava pelo quarto enquanto a massa crescia, e no terceiro dia já dava para trabalhá-la. Ela suava ao moldá-la, batendo e amassando a massa seca, coberta de poeira, o mesmo fermento que as mãos jovens da avó amassavam quando ela ainda era feliz, vivendo com o avô. E era preciso levar um pouco de água para a padeira para que ela pudesse limpar a massa das mãos. O forno era alimentado com lenha, e mais tarde um pedaço de porco salgado era colocado em uma assadeira dentro do forno, para que a gordura que derretesse se desprendesse da carne e fosse pincelada no pão fresco. Que sabor! Que cheiro! Centeio de suas próprias terras! Tudo parecia incrível e triste, e Zara sentia como se de repente o barril estivesse muito perto dela, como se ela pudesse tocar através dele as mãos da avó quando jovem. Como seriam as mãos da avó quando jovem? Ela passava gordura de ganso nas mãos todas as noites? Zara teria gostado de explorar o jardim também. Já se oferecera a buscar água no poço para Aliide, mas ela respondera que era melhor que permanecesse dentro de casa. Aliide estava certa, mas ainda assim Zara queria sair para o jardim. Queria andar em volta da casa, ver tudo, sentir o cheiro da grama e das plantas. Queria espiar o que havia dentro do galpão. A avó tinha medo daquele lugar quando pequena, imaginava que havia almas mortas perambulando ali, que essas almas a puxariam para baixo do galpão e que ela nunca mais conseguiria sair, que veria todos indo atrás dela, procurando, a mãe em pânico, o pai correndo, chamando seu nome, e ela não poderia fazer nada porque as almas mortas tapariam sua boca, almas com gosto de grãos mofados. Zara queria ver se a macieira da avó ainda estava lá, uma macieira branca, quase transparente, uma árvore de maçãs quase douradas que ficava ao lado do galpão. Do lado tinha que haver outra macieira, de um tipo de maçã que ela nunca comera, mas que decerto reconheceria. E queria ver a ameixeira, e a outra ameixeira no chão de pedras, no campo de trás, onde havia cobras assustadoras, mas onde também havia amoras, então sempre era preciso ir lá. E o cominho, Aliide ainda plantava no mesmo lugar?

1991

BERLIM, ALEMANHA

O preço dos sonhos amargos

Desde o começo Pasha deixara claro que Zara estava em dívida com ele. Poderia ir embora assim que lhe pagasse de volta, mas não antes! E a única forma de pagar era trabalhando para ele, trabalhando com eficiência, fazendo serviços bem pagos.

Zara não entendia de onde vinha a dívida, mas começou a calcular quanto do empréstimo já pagara, quanto ainda faltava, quantos meses, quantas semanas, quantos dias, quantas horas, quantas manhãs, quantas noites, quantos banhos, boquetes, clientes. Quantas garotas ela via. De quantos países. Quantas vezes tinha que pintar os lábios e quantos pontos Nina tinha que lhe dar. Quantas doenças pegava, quantos hematomas apareciam. Quantas vezes sua cabeça era enfiada na privada e quantas vezes ela se afogava na pia com as mãos de aço de Pasha em volta de seu pescoço. Dava para contar o tempo sem a ajuda do relógio, e o calendário dela era sempre renovado, porque todo dia era multada por alguma coisa. Dançava mal mesmo depois de uma semana de treino.

— São 100 dólares — dizia Pasha. — E mais cem pelo filme.

— Que filme?

— E mais cem por burrice. Ou você achou que podia assistir de graça, garota? Nós trouxemos o filme aqui para ensinar você a dançar, boneca. Se não, podia ter sido vendido, entende?

Ela entendia, não queria mais multas, mas acabava levando de qualquer forma: multa por aprender devagar, multa por reclamar sobre os clientes, por ter no rosto a expressão errada. A conta voltava ao começo. Quantos dias, quantas manhãs, quantos olhos azuis.

E, é claro, precisava trabalhar para comer.

— O meu avô esteve em Perm em 1936. Lá você não comia se não trabalhasse.

Pasha também elogiava Zara e dizia que ela de fato estava pagando a dívida corretamente. Ela queria acreditar no caderno dele, com a capa de plástico azul-marinho e o adesivo soviético. As colunas meticulosas e retas cheias de números tornavam as promessas de Pasha críveis o bastante para que fosse possível confiar nelas — se assim desejasse, claro. E a única forma de suportar era confiar nas contas. Era preciso confiar em algo para sobreviver, e Zara decidiu acreditar que o caderno de Pasha a tiraria dali. Uma vez quitada a dívida, ela estaria livre, ganharia um novo passaporte, uma nova identidade, uma nova história própria. Algum dia tudo aquilo aconteceria. Algum dia ela se reconstruiria.

Pasha fazia as anotações no caderno com uma caneta-tinteiro alemã na qual havia o desenho de uma mulher. As roupas da mulher caíam quando ele inclinava a caneta para um lado, e ela voltava a ficar vestida quando a caneta era inclinada para o outro. Pasha achava essa invenção tão maravilhosa que havia organizado um esquema de exportação de canetas com amigos de Moscou, mas então uma das garotas pegou a caneta e tentou arrancar os olhos dele com ela, e na luta a caneta quebrou. Depois disso a garota, talvez ucraniana, desapareceu, e todas as outras foram multadas pelo dano causado.

Ele não encontrou nenhuma outra caneta favorita até que um cliente finlandês lhe deu de presente uma caneta da loto. O finlandês falava algumas palavras de estoniano, e uma garota estoniana chamada Kadri teve que traduzir para Pasha o que ele estava tentando dizer sobre a loto na Finlândia.

— Muito importante. Para nós, a loto é como o futuro. Na loto todos os homens são iguais. Todo mundo é igual na loteria finlandesa, é uma coisa maravilhosa. É a democracia finlandesa em seu auge!

O homem riu — *Futuro!* — e deu um tapa no ombro de Pasha, e Pasha riu e pediu a Kadri que dissesse ao sujeito que aquela agora era a caneta favorita dele.

— Pergunte a ele quanto dá para ganhar.

— *Kui palju siin võib võita?*

— Um milhão de marcos! Ou muitos milhões! Dá para ficar milionário.

Zara estava prestes a dizer que também havia loto na Rússia, loterias de tipos muito diferentes, mas percebeu que para Pasha não eram a mesma coisa. Ele podia ganhar no cassino, e ganhava muito dinheiro com as garotas — muito mais do que uma pessoa comum podia ganhar na loteria —, mas tudo isso dava trabalho, e Pasha reclamava disso o tempo todo, reclamava constantemente de como tinha que trabalhar. Na Finlândia qualquer pessoa podia se tornar milionária, qualquer um podia ganhar um milhão sem trabalhar nada e sem herdar. Não dá para ganhar um milhão nas loterias da Rússia. Não dá nem para entrar no cassino se você não tem algum dinheiro ou contatos. Qualquer um que não tenha pelo menos uma dessas coisas nem se atreve a tentar. Na Finlândia é só ficar deitado no sofá, na frente da televisão num sábado à noite, e esperar que apareça o número certo na tela para que milhões de dólares caia no seu colo.

— Pense nisso, até uma fedelha como você podia ganhar um milhão! — Pasha riu.

A ideia era tão divertida que Zara também começou a rir. Todos choraram de rir.

1991

BERLIM, ALEMANHA

Zara olha pela janela e sente um ardor, o chamado da estrada

O cliente tinha um anel dentado em volta do pinto e algo mais também. Zara não conseguia lembrar o que era. Só lembrava que tinham amarrado um pinto de borracha em Katia e outro nela, e ela tinha que foder Katia ao mesmo tempo que Katia a fodia, e depois Katia teve que abrir a boceta de Zara e o homem começou a estocar com seus punhos cerrados, e Zara não se lembrava de nada depois disso.

De manhã não conseguia sentar nem andar; ficou deitada na cama, fumando. Não viu Katia, mas também não poderia perguntar nada a ela; Pasha ficaria bravo. Podia ouvir Lavrenti do outro lado da porta, dizendo a Pasha que naquele dia Zara só deveria fazer boquetes. Pasha discordou. Então a porta se abriu, Pasha entrou no quarto e mandou que ela tirasse a saia e abrisse as pernas.

— Isso parece uma boceta saudável para você?

— Porra, isto é terrível para os negócios. Diga para Nina vir aqui dar alguns pontos.

Nina foi até lá, deu os pontos, deu alguns comprimidos para Zara e saiu, levando consigo o sorriso de batom cor-de-rosa perolado. Os dois homens voltaram a seu posto do outro lado da porta, e Lavrenti pensou em mandar flores para a mulher, Verochka. O aniversário deles estava chegando, vinte anos de casados, e eles iam para Helsinki.

— Convide Verochka para ir a Talim também — disse Pasha. — Nós estaremos lá, de qualquer forma.

Talim? Zara colou os ouvidos na porta. Pasha disse que iam para Talim? Quando? Talvez ela só tivesse pensado ter ouvido isso. Talvez tivesse entendido errado. Não, não era o tipo de coisa que alguém entenderia errado. Eles estavam falando sobre Talim, dizendo que ambos iriam para lá, e deviam ir logo, porque falavam sobre o aniversário de casamento de Lavrenti e sobre o presente para Verochka e faltava pouco para o aniversário.

A placa iluminada do prédio da frente brilhava como uma azedinha de flor amarela, o cigarro se acendia como uma lanterna, tudo parecia transparente. Zara apalpou o sutiã e sentiu a foto escondida no bolso secreto.

Quando Lavrenti ficou sozinho, sentado do outro lado da porta, Zara bateu e chamou seu nome. Lavrenti abriu a porta e ficou parado na soleira com as pernas abertas, uma faca em uma das mãos e um pedaço de madeira na outra.

— O que você quer?

— Lavruusha. — As pessoas são mais agradáveis quando você as chama pelo primeiro nome, de modo que Zara usou o dele, acrescentando ao vocativo um termo carinhoso. — Lavruusha *dorogoy*, você está indo a Talim?

— Por que isso interessa a você?

— Eu falo estoniano.

Lavrenti não disse nada.

— O estoniano é um pouco parecido com o finlandês. E vai haver muitos clientes finlandeses lá. Como as línguas são parecidas, eu poderia cuidar dos clientes estonianos, além dos russos e alemães, como faço aqui, e também dos finlandeses.

Lavrenti não disse nada.

— Lavruusha, as garotas me contaram que um monte de finlandeses vai para lá. E um finlandês que veio aqui disse que as mulheres eram melhores em Talim, que ele preferia ir lá. Eu falei em estoniano com ele, e ele me entendeu.

Na verdade, o velho falava uma mistura de finlandês, alemão e inglês, mas Lavrenti não precisava saber disso. O cliente ficara parado à janela só de meias e dissera numa pose arrogante: "Garotas de Talina são fogosas. Natasha, garotas de Talina. Garotas da Rússia também são fogosas. Mas garotas de Talina, Natashas de Talina. Você devia estar em Talina, você também é fogosa. Finlandeses gostam de Natashas de Talina. Venha para Talina, Natasha."

Lavrenti saiu sem dizer nada.

Alguns dias depois a porta se abriu. Pasha chutou Zara nas costelas.

— Levante-se, vamos.

Zara estava encolhida num canto da cama. Pasha puxou a perna dela, derrubando-a no chão.

— Vá se vestir.

Zara se levantou e começou a se vestir depressa: tinha que ser rápida, tinha que ser rápida quando lhe pediam para fazer alguma coisa. Pasha saiu, gritou algo, uma garota berrou, Zara não reconheceu a voz, ouviu Pasha batendo nela, a garota berrou mais alto, Pasha bateu de novo, e ela fez silêncio. Zara vestiu uma blusa extra, apalpou o peito para se certificar de que a foto estava no sutiã, enfiou um lenço e uma saia no bolso do casaco e encheu o bolso da blusa de cigarros, comprimidos e analgésicos — não era sempre que lhe davam essas coisas, mesmo que ela precisasse. Guardou a maquiagem em outro bolso, e num terceiro colocou alguns cubos de açúcar, porque também não era sempre que lhe davam comida. E levou o crachá de Pioneira. Carregava o crachá com ela desde Vladivostok porque tinha orgulho dele, que a acompanhara em todas as noites e com todos os clientes. Uma vez Pasha a flagrou com o crachá, arrancou-o da mão dela, riu e jogou-o de volta.

— Pode ficar com isso, acho. — E riu ainda mais. — Mas antes você tem que me agradecer.

Zara se despiu e agradeceu.

Pasha havia deixado a porta aberta. As novas garotas se amontoavam como vacas e Lavrenti as tocava para fora. Um caminhão estava à espera delas. Ouviu-se um choro no meio do rebanho. O vento era forte mesmo no pátio e assobiava em torno do corpo de Zara, um vento delicioso, que ela respirava com exaustão. Não saía desde o dia em que chegara.

Lavrenti acenou e mandou que ela entrasse no Ford estacionado atrás do caminhão.

— Estamos indo para Talim.

Zara sorriu e entrou no carro, vendo de relance a expressão de Lavrenti. Estava surpreso; Zara nunca sorria para ele.

Dessa vez ela teve permissão para ir sem algemas. Eles sabiam que ela não iria a lugar nenhum.

Havia filas em cada fronteira. Pasha passava os olhos pela fila com repugnância e saía para resolver a situação. Quando voltava ao carro onde Lavrenti e Zara esperavam, pisava no acelerador e ultrapassava a fila inteira, atravessando a fronteira sem mais empecilhos. Eles seguiam, de Varsóvia e Kuźnica a Hrodna e Vilnius e Daugavpils, sempre a toda velocidade. Zara virava o rosto para a janela. A Estônia se aproximava: havia pinheiros por toda parte, leiterias, fábricas, telefones públicos e pontos de ônibus, campos e jardins de macieiras pontilhados de vacas. De vez em quando faziam breves paradas, e Lavrenti se lembrava de comprar comida para Zara em alguma barraca. Foram de Daugavpils a Sigulda, onde tiveram que parar porque Lavrenti queria mandar um postal e tirar uma foto para Verochka. As amigas dela haviam estado lá anos antes e tinham dado a ela de presente bengalas, bastões com o nome *Sigulda* gravado. Verochka estava grávida na época e por isso não foi com elas, mas as amigas contaram que os sanatórios de lá eram muito charmosos. E o vale do rio Gauja! Lavrenti perguntou o caminho e pediu para Pasha fazer uma parada no funicular do Gauja.

Pararam o carro longe da bilheteria, debaixo de umas árvores.

— Deixe a garota vir com a gente.

Zara sobressaltou-se.

— Você está louco? Vá logo! E não demore muito!

— Ela não vai tentar nada.

— Vá!

Lavrenti ergueu os ombros para Zara como se dissesse que talvez na próxima vez e foi até a bilheteria. Zara observou enquanto ele se afastava e sorveu o cheiro da Letônia. Havia embalagens brancas de sorvete no chão, e ela podia sentir as férias infantis, as famílias compartilhando momentos marcantes, o peito das mulheres dos líderes do partido, o zelo dos Pioneiros, o suor dos atletas soviéticos, tudo pairando no ar. Lavrenti dissera que o filho dele ia ali para treinar, como sempre faziam os orgulhos da União Soviética. O filho dele era corredor? Zara tinha que prestar mais atenção ao que Lavrenti contava, podia ser útil. Tinha que fazer com que Lavrenti confiasse nela, fizesse dela sua favorita.

Pasha ficou com Zara no carro, tamborilando com os dedos sobre o volante: bate, bate, bate. As três cúpulas de igreja tatuadas em seu dedo médio saltavam. O ano de 1970 ondulava ao mesmo ritmo, um número azul meio desbotado em cada dedo. Um aniversário? Zara não perguntou. De vez em quando Pasha limpava o ouvido com um dedo; tinha lóbulos tão pequenos que eram quase inexistentes. Zara olhou para a estrada: não conseguiria correr tanto.

— Os rapazes de Perm estão nos esperando em Talim!

Bate, bate, bate. Pasha estava nervoso.

— Porra, por que ele está demorando tanto?

Bate, bate, bate.

Sacou duas garrafas quentes de cerveja, abriu uma e deu para Zara, que bebeu com avidez. Sentia um ardor, uma vontade de sair pela estrada, mas a Estônia já estava perto. Pasha saltou do carro, deixou a porta aberta e acendeu um Marlboro. O suor deles secava à brisa. Uma família passou andando, a criança cantando "*Turaida pils*", um murmúrio letão, "*frizetava*", a mulher afagando os próprios cabelos, o homem cumprimentando com a cabeça, "*partikas veikals*", a mulher cumprimentou, "*cukurs*", a voz se ergueu, "*piens, maize, apelsinu sula,*" a voz do homem se enervou, os olhos da mulher recaíram em Zara, que baixou o olhar de imediato e se encolheu contra o banco, o olhar da mulher afastou-se sem reparar nela, "*es nesprotu*", as pregas apertadas de sua saia voando suavemente, "*siers, degvins*", os dedos dos pés aparecendo através das tiras da sandália de salto alto e tocando o chão, os quadris balançando, uma água de colônia flutuando em direção ao carro. A família normal desaparecia no teleférico e Zara ainda estava sentada no carro que tinha cheiro de gasolina. Não, ela não podia ter gritado, não podia ter feito nada.

A estrada estava deserta. O sol brilhava nos arbustos. Uma moto com carretinha passou com dificuldade, e a estrada voltou a ficar deserta. Zara remexia o sutiã à procura de um Valium. Se saísse correndo, eles atirariam nela em plena luz do dia ou a capturariam de outro jeito? Porque a capturariam, com certeza. Uma menina andando numa bicicleta grande demais surgiu à vista. Trajava sandálias e meias compridas; havia uma cesta de plástico pendurada de um dos lados do guidão e uma lata de leite do outro. Zara observou a garota, que olhou para Zara e sorriu. Zara fechou os olhos, não conseguia livrar-se daquilo. Ouviu um barulho na porta e voltou a abrir os olhos: Lavrenti. A viagem continuava. Pasha dirigia. Lavrenti pegou uma garrafa de vodca e um pão, que engolia aos pedaços, intercalando com a bebida e limpando a boca na manga. Um gole de vodca, manga, gole, manga, gole, manga.

— Fui até Turaida.

— Até onde?

— Turaida. Dá para ver daquele aterro ali.

— Que aterro?

— De onde começa o funicular. Uma vista linda. Dá para ver o outro lado do vale. Tem uma casa grande e o castelo de Turaida.

— O quê? Foi por isso que você demorou tanto?

— O motorista de táxi falou sobre a Rosa de Turaida.

Pasha pisou no acelerador. A voz de Lavrenti tremia pela vodca e pela emoção. Pasha aumentou ainda mais o volume da música, provavelmente para não ouvir mais nada de Lavrenti, que se escorava no ombro de Zara. O álcool em seu hálito tinha um cheiro frio, mas a voz que o seguia estava cheia de melancolia e saudade, e de repente Zara se envergonhou por ter reconhecido isso. Não era a voz de uma pessoa, era a voz do inimigo.

— Havia uma tumba lá, a tumba da Rosa de Turaida. A tumba da amante fiel. Um casal acabava de sair. Tinha deixado flores. A noiva estava de vestido branco... Tinham levado cravos vermelhos também.

A voz de Lavrenti se interrompeu. Ele ofereceu a garrafa de vodca e Zara deu um gole. Depois tirou o pão de algum lugar incerto e ofereceu a ela. Zara pegou um pedaço. Ele a tratava com mais suavidade. As pessoas prestam menos atenção quando estão ternas: talvez ela pudesse escapar das mãos de Lavrenti. Mas se tentasse fugir agora, teria que ir para outro lugar, não para o lugar aonde iam Pasha e Lavrenti. E ela não conseguiria chegar lá de nenhum outro jeito.

Pasha riu:

— A Rosa de Turaida tinha olhos azuis? Ela fazia o melhor *sashliki* do mundo?

A garrafa de Lavrenti atingiu Pasha na testa. O carro passou por cima da vala e foi parar do outro lado da estrada, mas logo voltou à pista original.

— Seu louco!

Pasha recuperou o controle do carro e deu continuidade à viagem, falando sem parar sobre os planos para Talim.

— E cassinos como os de Las Vegas. Você só tem que ser rápido, tem que ser o primeiro: a loteria de Talim, os cassinos de Talim. Tudo é possível!

Lavrenti bebeu vodca, mordeu o pão, ofereceu um pouco para Zara. Os graves que tocavam no som faziam o carro tremer mais que os buracos da estrada. Pasha continuava falando sobre seu próprio Ocidente selvagem — era isso que Talim representava para ele.

— Vocês, idiotas, não entendem.

Lavrenti franziu a testa.

— O coração de Pasha sente falta da Rússia — disse.

— O quê? Você está louco!

Pasha deu um tapa em Lavrenti, que lhe devolveu o tapa, o carro voltou a se aproximar da vala e Zara tentou encolher-se no chão. O carro oscilou, as árvores ficaram para trás, pinheiros escuros, Zara sentia medo, o barulho de um cuspe de saliva embebida em álcool, o cheiro do casaco de couro de Pasha, o couro falso dos bancos do Ford, os pinheiros perfumando o ar, o carro balançando, a discussão persistindo até que eles se tranquilizassem, e então Zara pôde se acalmar. Cochilou um pouco e acordou quando Pasha estacionou no jardim de um parceiro de negócios. Lavrenti ordenou que Zara o acompanhasse até um quarto e montou nela, repetindo o nome de Verochka.

À noite, com muito cuidado, Zara removeu a mão de Lavrenti de seu seio, rastejou para fora da cama e inclinou-se sobre o trinco da janela. Parecia fácil de abrir. A estrada visível atrás das cortinas era uma língua grossa e tentadora. Em Talim, ela poderia acabar de novo trancada no quarto. Mas as coisas teriam que mudar algum dia.

No dia seguinte chegaram a Valmiera, onde Lavrenti comprou para ela bolinhos *prianiki*, e de Valmiera partiram para Valga. Pasha e Lavrenti não falavam nada além do absolutamente necessário. A Estônia se aproximava. A estrada ardia e a chamava, mas a Estônia já estava perto. E ela não fugiria. É claro que não. Não seria capaz.

Quando chegaram à fronteira em Valga, Pasha tirou do bolso um mapa amassado. Lavrenti arrancou-o de suas mãos.

— Não passe pelo posto de controle, dê a volta.

O carro chacoalhou pela estradinha paralela, deixando para trás o pilar que representava a fronteira, e então eles estavam na Estônia. A mão de Lavrenti apoiou-se na coxa de Zara e de repente ela sentiu uma poderosa vontade de se encolher nos braços dele e dormir. A dívida dela era tão grande que ela nem conseguia calcular. *Algum dia.*

Na noite anterior, Lavrenti lhe prometera que assim que Pasha montasse o cassino, Zara poderia trabalhar lá e ganhar muito mais do que agora. Assim terminaria de pagar a dívida.

Algum dia.

1992

TALIM, ESTÔNIA

Por que Zara não se matou?

Foi um acidente, na verdade.

Ela havia feito alguns bons filmes. Pelo menos bons o bastante para que Lavrenti os assistisse quando Pasha saía. Lavrenti dizia que Zara tinha olhos iguais aos de Verochka, tão azuis quanto os dela. Pasha suspeitava que ele estivesse apaixonado por Zara e zombava dele por isso. Lavrenti corava. Pasha quase morria de rir.

Alguns dos filmes eram tão bons que Pasha os mostrou ao chefe. O chefe ficou excitado com Zara e quis conhecê-la.

O chefe usava dois enormes anéis e cheirava a colônia Kouros. Ao que parecia, não lavava os genitais fazia vários dias, porque havia bolotas brancas nos pelos púbicos.

Os sapatos de Zara tinham saltos dourados e um laço dourado no calcanhar. As pontas finas apertavam os dedos. Borboletas prateadas reluziam nas meias à altura dos tornozelos.

O chefe ligou o vídeo e mandou que ela fizesse o que via na tela.

— Imagino que você saiba que é uma vagabunda.

— Eu sei.

— Então diga.

— Sou uma vagabunda e nunca vou mudar. Sempre fui uma vagabunda e sempre vou ser.

— E onde fica a casa dessa vagabunda?

— Em Vladivostok.

— O quê?

— Em Vladivostok.

— Você está errada. Esta é a sua casa. Este é o seu mestre e este é o pinto do seu mestre. Uma vagabunda não tem outra casa, nunca vai ter. Diga.

— Como eu sou uma vagabunda, a minha casa é aqui, com o pinto do meu mestre.

— Bom. Você quase acertou, mas tem que dizer tudo.

— Nunca vou ter outra casa.

— Por que essa vagabunda ainda está vestida?

Ela ouviu um estalo. Talvez viesse de fora. Ou de dentro. O chefe não percebeu, um pequeno estalo, como o som da coluna de um rato se quebrando, ou uma espinha de peixe. Soava um pouco como a cartilagem de uma orelha de porco cravada entre dentes. Começou a se despir, com as coxas arrepiadas, tremendo. A calcinha alemã foi ao chão, a renda delicada pousando na pilha de roupas como um balão vazio.

Foi fácil, ela nem teve tempo de pensar em nada. De repente o cinto estava em volta do pescoço dele, e ela o apertava com toda força.

Foi a mais fácil de todas as trepadas.

Não tinha certeza se ele estava morto, então pegou um travesseiro e segurou-o em cima do rosto dele por uns dez minutos. Assistiu ao deslocamento pesado dos ponteiros sobre a face dourada do relógio. Havia relógios como aquele em Vladivostok, deviam ter sido feitos em Leningrado. O homem não se movia. Nada mal para uma principiante. Muito bem-feito, talvez ela tivesse um talento natural para isso. A ideia a fez rir. Dez minutos era tempo suficiente para pensar em todo tipo de coisas: fora lenta na alfabetização, nunca fora capaz de acompanhar o ritmo na educação física, nunca tivera a postura que o professor exigia, sua saudação dos Pioneiros nunca fora ágil como a dos demais, seu uniforme escolar estava sempre desarrumado por alguma razão, mesmo que ela o ajeitasse constantemente. Nunca fizera nada direito desde a primeira vez, exceto agora. Olhava o próprio corpo refletido na janela escura, seu próprio torso em cima do homem gordo, pressionando o travesseiro, achatando o rosto dele. Tanto a haviam obrigado a se olhar que agora seu corpo lhe parecia estranho. Talvez um corpo estranho trabalhasse melhor do que seu próprio corpo em algumas situações. Talvez por isso tivesse se saído tão bem. Ou talvez apenas tivesse se tornado um deles, o tipo de pessoa que aquele homem era.

Foi ao banheiro e lavou as mãos. Vestiu o sutiã, a calcinha, as meias, o vestido, verificou se a foto ainda estava no bolso oculto e certificou-se de que levava os sedativos. Foi até a porta. Dava para ouvir os homens jogando cartas, o filme ainda correndo, nada que sugerisse que haviam percebido alguma coisa. Não demorariam para ver e ouvir tudo — o chefe tinha microfones e câmeras, mas eles não tinham permissão para ver quando ele estava acompanhado de mulheres.

Tomou um pouco mais de champanhe numa taça de cristal e percebeu, ao observar as flores gravadas na taça, que todo aquele tempo tivera taças e copos a sua volta, centenas, e que teria bastado estilhaçar um e cortar a própria garganta com um caco. Podia ter ido embora bem antes, se realmente desejasse. Queria ficar? Será que ela realmente queria fazer programas e ficar usando drogas? Pasha a teria simplesmente conduzido a uma profissão que lhe era apropriada? Ela estaria apenas imaginando que queria fugir, que tudo era horrível? Gostava daquilo? Tinha coração de puta, natureza de puta? Talvez fosse um erro lutar contra o destino de puta, mas de nada adiantava pensar nisso agora.

Pegou alguns maços de cigarro e fósforos e vasculhou os bolsos do chefe, mas não achou dinheiro e não tinha tempo de procurar melhor.

O apartamento ficava no último andar do prédio. Ela desceu pela instável escada de incêndio até chegar a um telhado, e de lá passou a outra escada para evitar os homens uniformizados que guardavam a porta. Um cheiro de urina e uma descida escura. Tropeçou nos degraus lascados e bateu contra uma parede, mas o revestimento de couro artificial suavizou o barulho. Do lado de dentro uma criança ria e dizia "*babushka, babushka*". Quando chegou ao térreo cruzou com um gato e uma fileira de caixas de correio. A porta externa estalou e rangeu. Havia um reluzente carro preto na frente, que brilhava mesmo no breu. O homem dentro do carro fumava, a jaqueta de couro reluzindo atrás do vidro, ao som alto de uma música ritmada. Não olhou para o carro ao passar, como se isso garantisse que o homem não a notaria, e talvez tenha dado certo, pois o homem continuou balançando a cabeça, absorvido na música.

Deteve-se ao chegar à esquina, pensando com clareza. Estava em boas condições, se não se levasse em conta o vestido rasgado, os buracos nas meias ou o fato de estar descalça. Uma mulher descalça correndo pela rua podia se fixar na memória de alguém, e ela não queria chamar atenção. Mas tinha que correr, não podia perder tempo. Alguns postes com luz fraca, algumas pessoas voltando para casa. A escuridão ocultava os rostos. A área era completamente desconhecida para ela, talvez já tivesse ido lá encontrar um cliente, talvez não. O concreto parecia o mesmo por toda parte. Foi dar perto da estrada principal, que era possível cruzar por uma ponte. Um ônibus passou também com música alta, mas mesmo seus faróis eram tão fracos que ninguém podia vê-la — e, mesmo que a visse, ninguém se interessaria, não antes que Pasha começasse a fazer perguntas, antes que o medo e o dinheiro refrescassem a memória das pessoas, fazendo-as lembrar coisas de que na verdade não se lembravam. Mas sempre haveria alguém que se lembrava das coisas direito. Não há escuridão tão profunda que impeça todos de ver.

O ônibus foi seguido por um sedã Moskvitch com um farol só; depois passou um Zhiguli, nada além de um barulho.

Um ponto de ônibus emergiu na escuridão tão subitamente que ela não teve tempo de dar a volta ou trocar de direção, de modo que precisou cruzar entre as pessoas que esperavam, mães jovens de saia curta e meias brancas, seu perfume delicado misturando inocência e aborto, as unhas vermelhas arranhando a escuridão, o futuro, daquele modo familiar. O grupo se dispersou atordoado quando ela se precipitou no meio, as avós com seus brincos pendentes, os lóbulos balançando, e antes que os rapazes tivessem tempo de envolver suas mulheres nos braços para protegê-las, ela já estava do outro lado, cruzando com um bêbado que tinha cheiro de colônia, deixando para trás o bulício das sacolas plásticas, veleiros de felicidade atracados junto às garotas, prontos para carregá-las para seus futuros maravilhosos.

Voltou à zona dos prédios. Não podia entrar só de meias num ônibus iluminado. Alguém se lembraria de uma mulher sem fôlego e sem sapatos. Correu na frente dos prédios, diante das janelas trancadas com vigas desde os tempos de Stalin, diante de sacadas fechadas, deixando para trás as ruas desertas, esburacadas, as latas de lixo superlotadas, os sacos de pão jogados no chão, as lojas. Pisou numa caixa meio vazia de cogumelos, continuou correndo, passou por uma senhora que carregava cebolas numa rede, pelo trepa-trepa de um parquinho e por uma caixa de areia com cheiro de gato, por garotas que se aninhavam no concreto como lixo, com a pele estragada pela heroína e cobertas de maquiagem, por menininhos e tubos de cola, um cheiro mesclado de muco e cola de sapateiro. Trombou com um quiosque aberto e parou. Pacotes de cigarro estavam expostos na vitrine, um grupo de clientes em frente à janela brincava com o vendedor, fazendo-o rir. Preferiu mudar de direção — ainda não fora vista —, deu uma volta completa, procurou uma rota diferente, deixou as pessoas de gola rulê para trás, livrou-se do burburinho, dos hálitos úmidos que emanavam dos apartamentos, livrou-se dos prédios de muitos andares, da favela de baratas, do torvelinho de agulhas, e foi dar numa longa estrada. Para onde agora? O suor escorria pelo pescoço, ela sentia a etiqueta Seppälä do vestido como uma almofada molhada atravessando o tecido, a escuridão rugia à sua volta e seu suor ficava frio. Em algum lugar de Talim havia um espaço chamado Taksopark, ela se lembrava de ter ouvido, que ficava aberto dia e noite, e era para lá que os táxis iam, mas e daí? Que bem isso lhe faria? Os taxistas seriam os primeiros a serem questionados. E ela nem sabia dirigir, muito menos roubar um carro. Haveria alternativa? Um posto de gasolina, do tipo em que param os caminhoneiros? Eles iriam para algum lugar, e ela queria ir para algum lugar, de algum jeito que ninguém notasse, e rápido. Foi quando viu um caminhão parado à beira da estrada. Estava ligado e não havia ninguém na cabine — era um caminhão verde escuro que se camuflava na paisagem. Com dificuldade subiu na caçamba. Instantes mais tarde, um motorista saiu do meio dos arbustos, entrou na cabine e voltou para a estrada.

Ela se arrastou em meio às caixas.

Quase não se via nada com a iluminação parca dos postes, até que a luz sumiu de vez. Uma neblina começava a surgir. À margem da estrada, uma guarita de inspeção ficou para trás, tal como as varas brancas que demarcavam o trajeto. Várias BMWs ultrapassavam, sempre com o som ligado no volume máximo, mas em geral não havia tráfego. Uma única vez o motorista parou no meio do campo desolado e saltou do caminhão. Zara examinou os arredores e conseguiu decifrar na penumbra a palavra *Peoleo*. O motorista voltou soltando um arroto e a viagem prosseguiu.

De quando em quando os faróis iluminavam placas minúsculas, mas Zara não conseguia decifrar o que diziam. Afastou a tela que revestia o caminhão o bastante para espiar e ver que não tinha retrovisores, o que a encorajou a manter a cabeça para fora quase o trajeto todo. O caminhão tinha que estar indo para algum lugar. Para a Rússia, quem sabe. Seria mais inteligente saltar se o caminhão se afastasse demais de Talim. Provavelmente o motorista pararia em algum lugar para fazer xixi ou comprar algo para beber. E então o quê? Ela teria que conseguir outra carona. Podia pedir diretamente na estrada. Os carros que saíssem de Talim provavelmente não dariam a volta e estariam fora do alcance de Pasha ao menos por um tempo. Ou ela estava sendo otimista demais? Pasha tinha ouvidos por toda parte, e seria fácil identificar Zara. E se ela conseguisse um carro, mas que estivesse saindo da Estônia? Se assim fosse, teria que cruzar a fronteira em algum momento, e na fronteira Pasha decerto teria algum escudeiro, à espreita, fazendo perguntas. Então seria melhor conseguir um carro que fosse na direção que ela queria ir, com alguém que fosse o tipo de pessoa que Pasha nunca seria capaz de encontrar. Que tipo seria? E quem lhe daria uma carona numa estrada escura no meio da noite? Ninguém respeitável estaria fora numa hora daquelas, apenas ladrões e negociantes como Pasha. Zara apalpou o bolso secreto do sutiã: a foto ainda estava lá — a foto e os nomes da casa e do vilarejo.

O caminhão reduziu a velocidade. O motorista parou, saltou da cabine e dirigiu-se aos arbustos. Zara desceu da caçamba e atravessou a estrada para se abrigar entre as árvores. O motorista retornou e seguiu caminho. Quando as luzes do caminhão desapareceram, a escuridão foi total. A floresta farfalhava. A grama era viva. Uma coruja piava. Zara chegou mais perto da estrada.

Logo amanheceria. Os únicos carros que passavam eram alguns Audis com o som em volume máximo. De um deles, alguém jogou pela janela uma garrafa de cerveja, que foi parar perto de Zara. Ela não entraria num carro ocidental: todos pertenciam a eles. A que distância de Talim estaria agora? Perdera a noção de tempo enquanto estava na caçamba do caminhão. O orvalho frio endurecia seus braços e suas pernas e tinha que esfregá-los com a mão, mexendo também os dedos e girando os tornozelos, um de cada vez. Ficava com frio quando sentada, e cansada quando em pé. Tinha que entrar em algum lugar antes que amanhecesse, tinha que fugir da civilização. Seria melhor que ela chegasse ao lugar para onde estava indo antes que rompesse a manhã: ao vilarejo, ao vilarejo da avó. Tinha que conter o pânico e tentar manter a mesma calma que se espalhara por seu corpo quando ela estava no caminhão, encolhida num canto e sabendo que, mesmo que não estivesse indo naquele momento para o vilarejo da avó, ainda assim acabaria chegando lá.

Ouviu um carro a distância, aproximando-se com mais lentidão que os carros ocidentais. Apenas um dos faróis funcionava e embora Zara não pudesse ver o carro nem o motorista, correu sem pensar e postou-se no meio da estrada. A luz fraca iluminou suas pernas sujas. Zara não recuou; tinha certeza de que o Zhiguli que se aproximava aceleraria e passaria por ela se ela não ficasse parada na frente. O motorista colocou a cabeça para fora da janela. Um velho. Um cigarro queimava na ponta de uma piteira pendendo do canto de sua boca.

— O senhor pode me dar uma carona? — Zara perguntou em um estoniano rígido. O homem não respondeu, e Zara se encheu de angústia, disse que havia brigado com o marido, que ele a empurrara para fora do carro, que era por isso que ela estava no meio do nada. O marido não era um bom homem, ela sabia que ele não voltaria, nem queria que voltasse, porque não era um bom homem.

O velho tirou a piteira da boca, tirou o cigarro e jogou-o na estrada. Disse que estava a caminho de Risti e se esticou para abrir a porta do carona, por onde Zara entrou. O homem pôs um novo cigarro na piteira. Zara cruzou os braços sobre o peito e apertou as pernas uma contra a outra. O carro partiu, e de vez em quando ela podia ler as placas: Turba, Ellamaa.

— Por que você está indo para Risti? — perguntou o homem.

Zara ficou confusa e inventou um motivo, dizendo que estava indo para a casa dos pais. O homem não fez mais perguntas, mas Zara acrescentou que o marido não iria à casa dos pais dela, e que ela não queria vê-lo. O homem estendeu a mão direita para pegar uma sacola do lado do câmbio e a ofereceu para Zara. Ela aceitou e logo sentiu o sabor familiar de chocolate Arahiiz com amendoim.

— Você deve ter tido que esperar a noite inteira para conseguir uma carona ali — disse. Ele tinha ido visitar a filha que estava doente e acabara levando-a ao hospital no meio da noite. Tinha que voltar para casa a tempo da ordenha matinal. — Você é filha de quem?

— Dos Rüütel.

— Rüütel? De onde?

Zara ficou aterrorizada. Como responder? O velho parecia conhecer todo mundo por toda parte e, se Zara inventasse algo ele começaria a falar pelo vilarejo sobre uma prostituta com sotaque russo que aparecera falando absurdos. Zara começou a chorar. O homem lhe estendeu um lenço antes mesmo que as lágrimas aparecessem, e não fez mais perguntas.

— Talvez seja melhor você vir para a minha casa antes. Os seus pais vão ficar muito preocupados se você aparecer nesse estado, a essa hora da noite.

O homem dirigiu até sua casa, em Risti. Zara desceu do Zhiguli apertando com firmeza debaixo do braço um mapa que ela vira no carro. Podia ter perguntado ao homem se ele conhecia Aliide Truu, mas tinha medo de puxar assunto. O homem retomaria as perguntas, o que acabaria levando-os a falar sobre Aliide Truu e, por fim, sobre Zara. Quando entraram, ele lhe serviu um copo de leite, colocando também um pouco de pão e salsichas sobre a mesa, e recomendou que depois de comer ela fosse dormir.

— De manhã, quando eu tiver terminado a ordenha, levo você para casa. Vai levar apenas algumas horas.

Deixou algumas peles de carneiro para ela se cobrir e saiu da sala. Quando ele começou a roncar, Zara se levantou, tateou o caminho até a geladeira e pegou uma lanterna que notara ali em cima enquanto cortava a salsicha. A lanterna funcionava. Abriu o mapa no chão da cozinha e descobriu que Risti não era longe do lugar para onde ela ia. Era no caminho de Koluvere, mas dava para ir andando. O relógio em cima da geladeira marcava as três da madrugada. Encontrou um par de galochas masculinas, grandes demais, e um par de sandálias femininas junto à porta da frente. Vestiu as sandálias. Haveria um casaco em algum lugar? Onde o homem manteria suas roupas de sair? Ouviu ruídos no quarto interno, tinha que partir. Abriu a janela da cozinha, pois não tinha a chave da porta da frente, e pulou para fora. Ainda sentia um gosto estranho na boca. Seu maxilar congelara por um momento quando ela dera a primeira mordida no pão, e o homem, rindo, dissera que ela devia ser uma dessas pessoas que não gostam de cominho. Os netos dele também não gostavam. Oferecera um tipo diferente de pão, mas ela queria o que tinha cominho. Logo ele acordaria e perceberia que a prostituta roubara o mapa, a lanterna, e além disso, as sandálias. Zara se sentia uma má pessoa.

1992
LÄÄNEMAA, ESTÔNIA

Zara procura uma estrada com uma quantidade incomum de salgueiros no fim

O mapa não era claro, mas Zara não teve dificuldades para achar a estação ferroviária de Risti. De lá seguiu para a estrada que devia levar a Koluvere. De início correu, queria se afastar das casas próximas o mais rápido possível, embora as janelas ainda estivessem escuras. Cães latiam de uma casa a outra, e o barulho a seguiu até ela chegar à estrada de Koluvere. Diminuiu o passo para guardar forças e chegar ao seu destino, mas ainda sentia um fogo sob os pés. A julgar pelo mapa, seria uma viagem de mais ou menos 10 quilômetros. Parava de quando em quando para acender um cigarro, tendo roubado do homem mais uma caixa de fósforos. Da embalagem, o desenho de um velho sorria para ela. Parecia usar um gorro, mas ela não conseguia ter certeza na escuridão. A floresta respirava e tossia ao redor, o suor se enregelava e voltava a se aquecer e toda vez que ela parava sentia a princesa morta de Koluvere respirando em seu pescoço. Augusta era o nome dela. A avó contara a Zara sobre a princesa Augusta, que partira de Risti para ir para o Castelo de Koluvere, os olhos inchados de tantas lágrimas, para então se matar. Fazia sempre mais frio no quarto onde ela se matara do que nos outros, e as lágrimas de Augusta escorriam pelas paredes. Nuvens negras flutuavam pelo céu como navios de guerra, e o luar cegava. A umidade penetrava pelas sandálias; de vez em quando Zara imaginava ouvir um carro e se escondia entre as árvores. Afundou uma das sandálias no canal paralelo e sentiu que insetos faziam sua pele coçar. Não havia cruzamentos na estrada, que se alongava sem interrupções, mas seus pensamentos se bifurcavam e voltavam a reunir-se, iluminados, depois novamente obscurecidos. Tentou sentir o cheiro de pântano no ar, devia haver um pântano em algum lugar próximo. Como seriam os pântanos estonianos? Ela conseguiria encontrar a casa certa? Quem estaria morando lá? A casa ainda existiria? Se não existisse, o que ela faria? A avó lhe contara que quando Augusta morreu, muitos rumores se iniciaram. Talvez não fosse um suicídio. Talvez a princesa tivesse sido morta. Um médico disse que ela morrera de uma doença hemorrágica hereditária, mas ninguém acreditou porque, antes de morrer, ouviram-se terríveis gritos vindos do castelo, os camponeses petrificaram de medo, as vacas secaram e as galinhas não botaram ovos por uma semana. Zara acelerou o passo. As solas dos pés doíam, os pulmões pareciam prestes a explodir. Alguns diziam que a czarina tinha ciúme da bela princesa e a mandara para aquele lugar como prisioneira. Outros pensavam que ela fora levada para lá para seu próprio bem, para proteger-se de um marido louco. Em todo caso, morrera como prisioneira, berrando seu infortúnio. O mapa já se esvaíra da mente de Zara, embora fosse simples e ela tivesse tentado memorizá-lo. Talvez fosse tão simples que não houvesse nada a lembrar, mas de qualquer forma ela o perdera. Por que ninguém ajudara a princesa? Por que ninguém a ajudara a sair do castelo, se todos ouviam seu pranto? Ajude-me, Augusta, ajude-me a encontrar o caminho. Ajude-me, Augusta, o estribilho ecoava na cabeça de Zara, e os rostos de Augusta, de Aliide e da avó se misturavam em sua mente, convertendo-se num só. Ela não se atrevia a olhar para os lados porque as árvores na floresta se moviam, seus galhos se estendiam para agarrá-la. Augusta estaria querendo que Zara fosse com ela para o pântano, que a seguisse por onde ela vagasse? A primeira névoa da manhã começou a apegar-se ao rosto de Zara — ela devia estar correndo, indo mais rápido, tinha que chegar antes que amanhecesse para garantir que ninguém a visse. Teria que inventar alguma história para contar à pessoa que morava na casa da avó. E depois iria atrás de Aliide Truu. Talvez a pessoa que morasse na casa pudesse ajudá-la. Tinha que pensar em alguma história para contar a Aliide também, mas a única história que vinha plenamente a sua cabeça era a de Augusta, a princesa louca que chorava. Talvez Zara estivesse louca também, porque quem mais além de uma louca correria por uma estrada desconhecida em direção a uma casa de que só ouvira falar, uma casa de cuja existência ela nem tinha certeza? Uma trilha de terra. Uma casa. Ela seguiu em frente. Outra casa. Um vilarejo. Um cachorro latindo de uma casa a outra. Casas, galpões e celeiros ditavam o ritmo das pulsações na parte de trás de seus olhos. De vez em quando ela tentava andar dentro da vala, mas acabava ficando presa no arame farpado e nas amoreiras, livrando-se das garras e voltando à estrada, sentindo o cheiro úmido do calcário, das poças, dos buracos. Tentou ser mais rápida que os cães que latiam. A névoa da manhã pressionava sua pele, a neblina pressionava seus olhos, a noite abria as cortinas e os limites do vilarejo irreal respiravam em volta dela. A estrada para a casa terminava num agrupamento de salgueiros, uma quantidade incomum de salgueiros. E havia um grande bloco de pedra onde a estrada começava. A história de Zara começaria no portão daquela casa, uma nova história, sua própria história?

Parte Quatro

Liberada, enquanto isso, para nascer em outro mundo.

— Paul-Eerik Rummo

Outubro de 1949

Para a Estônia Livre!

Estou lendo de novo as cartas de Ingel. Sinto falta das minhas meninas. Sinto um certo alívio em saber que as coisas caminham tão bem para elas que estão longe daqui. Mandaram toneladas de cartas. Da última vez que as pessoas foram mandadas para a Sibéria, só mandavam duas ou três cartas por ano, e as notícias não eram boas.

Eu deveria estar cortando madeira para fazer barris. Agora seria o momento certo para isso — logo a lua vai começar a brilhar e então será tarde demais. Quando vou terminar de preparar os barris para a nova casa? Quando poderei voltar a cantar? Em pouco tempo minha garganta vai esquecer como se faz.

Posso sentir a lua cheia e não consigo dormir. Deveria dizer a Liide que esse é um bom momento para cortar lenha. Quando cortada em lua cheia, a madeira seca bem. Mas aquele marido dela não entende nada dessas coisas: sabe tanto de fazenda quanto Liide sabe de trabalhos domésticos. Em uma das meias que Ingel fez para mim havia um furo, e Liide a costurou. Agora está completamente inutilizável.

Se ao menos eu tivesse um pouco do suco de amora de Ingel.
Truman deveria ter chegado a essa altura.
Tenho vontade de chutar a parede, mas não posso.

Hans Pekk, filho de Eerik, camponês estoniano

1992
LÄÄNEMAA, ESTÔNIA

Como elas veem o bastante para voar na escuridão?

As cebolas na panela já haviam amolecido o bastante, de modo que Aliide pôde acrescentar açúcar, sal e vinagre. O rábano enchia de lágrimas tanto os olhos de Aliide quanto os de Zara, e Aliide resolveu abrir a janela para deixar que a brisa entrasse. Zara decidiu fazer uma pergunta direta. Talvez fosse melhor começar por Martin, não perguntar ainda sobre a avó. Antes de conseguir pensar, o barulho de um carro que se aproximava sobressaltou as duas.

— Você está esperando visitas?

— Não. É um carro preto.

— Ai meu Deus, são eles.

Aliide fechou a porta da frente e passou a tranca. Depois se apressou em trancar a despensa e puxar as cortinas.

— Eles vão embora quando virem que não tem ninguém.

— Não, não vão.

— É claro que vão. Por que ficariam esperando no jardim se vissem que não tem ninguém em casa? Ninguém viu você vindo para cá. Ou viu?

— Não.

— Então é isso, é só você ficar aqui dentro até amanhã. Para o caso de eles permanecerem pelo vilarejo. Eles não vão ter onde ficar por aqui, num vilarejo semideserto.

Zara balançou a cabeça com veemência. Com certeza os homens saberiam que ela estava lá se vissem a casa vazia. Imaginariam que ela estivesse escondida ali, invadiriam e vasculhariam a casa inteira, e encontrariam...

— Eles vão machucar você!

— Calma, Zara. Tenha calma. Agora faça o que eu disse.

Considerada sua fragilidade, Aliide parecia resoluta, mais jovem e mais velha a um só tempo. Foi com ímpeto extraordinário que ela correu até o armário e agarrou o móvel com familiaridade.

— Venha me ajudar.

Arrastaram o armário para afastá-lo da parede e assim Aliide abriu a porta.

Aliide empurrou a garota hesitante para dentro do quartinho e levou a mão ao peito, que palpitava forte. Não conseguia obrigar-se a tomar uma caneca inteira de água, mas ainda assim bebeu um pouco, secou o rosto e cobriu a cabeça com um lenço. Os cabelos estavam tão molhados de suor que poderia ser suspeito se ela os mostrasse descobertos. Os homens poderiam pensar que ela estava suando de medo — isto é, se aqueles eram os homens que estavam atrás de Zara. E se quem estivesse no carro fossem os meninos que sempre arremessavam pedras e cantavam do outro lado da janela? E se decidissem fazer daquela a última visita à casa de Aliide e acabassem com ela?

Podia ouvir o carro se aproximando lentamente — o motorista devia ter notado os buracos na estrada.

No quartinho, Zara estendeu os braços e tocou as paredes dos dois lados. Um cheiro de terra, terra úmida. Paredes úmidas. Ar carente de oxigênio, misturado com bolor e ferrugem. Ali estava ela. Se fizessem algo com Aliide, ela podia nunca mais sair. Gritaria se isso acontecesse, estou aqui? Não, não gritaria. Permaneceria ali, e nunca conseguiria contar à avó como estava a casa agora. Por que o tempo havia sido tão curto? Ela devia ter sido mais dura, um pouco mais como Pasha. Ele conseguiria fazer com que Aliide dissesse tudo. Bateria nela, e ela falaria. Talvez Zara devesse ter usado esse tipo de truque, talvez assim descobrisse por que Aliide ficara tão brava com a sua avó e porque a mãe de Zara dizia não ter tia. Se Aliide houvesse sido um pouco menos gentil, se não tivesse lhe servido uma xícara de café nem preparado um banho para ela, Zara poderia ter sido mais agressiva. Fazia tanto tempo que ninguém a tratava assim. Isso a amolecera quando ela devia ter sido dura; devia ter lembrado que tinha pouco tempo e agido de forma correspondente.

Zara pressionou o ouvido contra o vão. Logo bateriam na porta da frente. Aliide planejava deixá-los entrar?

Aliide abriu as cortinas, atirou uma revista em cima da mesa e serviu-se café, para fingir que estava sentada ali lendo *Nelli Teataja* e tomando o café da manhã, perfeitamente tranquila. A garota teria deixado alguma pista na cozinha? Não, nada. Aliide nem chegara a servir café para as duas. Se estavam vindo, que viessem: capangas da máfia, soldados vermelhos e soldados brancos, russos, alemães, estonianos, que viessem todos. Aliide sobreviveria. Sempre sobrevivera.

Suas mãos não tremiam. O tremor que havia começado naquela noite na prefeitura terminara quando seu corpo envelhecera o bastante. Envelhecera o bastante para que ninguém mais a importunasse como haviam feito na prefeitura. E como Talvi havia ido embora, já não tinha ninguém por quem temer. O punho de Aliide tremeu. Bom, agora ela voltava a ter alguém no quartinho, alguém com quem se preocupar. Alguém de carne firme e pele sedosa, com cheiro de mulher jovem. E instável como uma jovem também. Seria essa sua própria aparência no passado? Ela também se protegia com um braço na frente dos seios, também se assustava com coisas triviais, seu olhar também ficava desvairado a cada ruído súbito? Seu estômago voltou a virar quando ela pensou na garota.

O carro parecia estar parando às margens dos campos. Dois homens desconhecidos desceram, não eram do vilarejo. Não eram jovenzinhos. O que estariam fazendo por ali? Estariam admirando a paisagem? Talvez estivessem estimando o valor das árvores. Acenderam cigarros, imperturbáveis. Exatamente como antes: os homens de botas cromadas sempre pareciam calmos no início. O ombro de Aliide tiritava, e ela teve que segurá-lo com a mão. O lenço já estava molhado nas têmporas.

Ouviu-se uma batida na porta, assobios imperativos. O assobio de um homem acostumado ao comando.

Sobre o forno, tempero de tomate e cebola. Num prato, o ralador e metade de um tomate. Aliide enfiou o tomate e a faca entre as ervas picadas e pegou o ralador. Tudo na cozinha indicava que ela estava fazendo enlatados, e em pânico ela passou a limpar a mesa para parecer que era hora do café. Ouviu-se outro assobio à porta. Aliide afastou o prato de rábano para o canto da mesa que tinha a gaveta — na gaveta, a Walther de Hans — e aspirou longamente os vapores do rábano, fazendo o ardor se espalhar e os olhos lacrimejarem. Secou os olhos e abriu a porta. As dobradiças rangeram, as cortinas revoaram, o vento atravessou o vestido caseiro de Aliide, que sentiu a maçaneta fria entre os dedos. O sol brilhava forte no jardim. Um homem a cumprimentou. Atrás dele outro homem, mais velho, que também a cumprimentou, e por sobre o cheiro de rábano Aliide pôde sentir o cheiro de um oficial do KGB. O cheiro chegava até ela como se estivesse num porão mofado e o vento entrasse amargo pela porta. Começou a respirar pela boca. Conhecia aquele tipo de homem. Homens com aquele tipo de postura, homens que sabem como punir uma mulher, e estavam ali para buscar uma mulher e puni-la. Pessoas com atitude insolente, que sorriem amplamente com dentes de ouro, empoladas em uniformes, enchapeladas, sabendo que ninguém pode lhes negar o que querem. O tipo de pessoa que usa botas para pisar em quem ficar em seu caminho.

O mais jovem queria entrar. Aliide deu passagem, foi sentar do lado da mesa onde deixara o prato de rábano e pôs o ralador em cima do prato. A mão esquerda permaneceu aberta sobre a toalha de mesa; a direita ela apoiou no colo, perto da gaveta.

O homem sentou-se sem ser convidado e pediu um pouco d'água. O do KGB não entrou: evidentemente estava dando uma volta na casa. Aliide sugeriu que ele se servisse do balde, água fresca tirada do poço.

— Temos água boa e um poço fundo — disse Aliide.

O homem levantou-se e bebeu quase o balde inteiro. O rábano também fazia seus olhos arderem, e ele os esfregava com gestos cada vez mais irritados. Aliide estava tensa, o coração apertado, mas o homem continuava falando sobre qualquer coisa, vagando despreocupadamente pela cozinha. Parou ao lado do armário e chutou a porta para abri-la. A porta atingiu a parede, que cedeu um pouco. O chute fez com que se desprendesse da bota um pouco de lama, que sujou o chão. O homem andou de volta até a porta, mas não quis examinar o restante da casa, em vez disso voltou para a cozinha, passou ao lado da geladeira, olhou os papéis que estavam em cima e começou a pegar objetos na prateleira. Pegou as tampas dos jarros, examinou uma xícara de café, um frasco de xampu, uma barra de sabonete Imperial Heather. Depois acendeu um cigarro, um Marlboro, e disse que era da polícia.

— Pasha Aleksandrovich Popov — disse, entregando a Aliide seus documentos.

— Existem muitos documentos falsos por aí — disse Aliide, devolvendo-lhe os papéis.

— Sim, existem — Pasha concordou, depois riu. — O ceticismo às vezes é saudável, mas a senhora sabe que é melhor me ouvir agora. Para o seu próprio bem.

— Não há nada para ser roubado aqui.

— A senhora viu alguma garota estranha?

Aliide respondeu que não e reclamou do marasmo da vida rural. O homem fungou e apertou os olhos para livrar-se das lágrimas, o rábano queimava no ar. Aliide retribuiu o olhar; não virou o rosto, não olhou para outro lado. As pálpebras dele se avermelhavam, o muco se acumulava no canto dos olhos de Aliide, e os olhares cruzados persistiram até que o homem chegou à porta e a abriu. O vento entrou com força. Os ombros de Aliide tiritaram. Por um instante o homem ficou parado à entrada, virado para o jardim, a jaqueta de couro inflada pela brisa; voltou com os olhos frios e aliviados e tirou uma pilha de fotos do bolso, espalhando-as sobre a mesa.

— Viu essa mulher? Estamos procurando por ela.

Zara não ousou se mover. As vozes chegavam tênues ao quarto onde ela estava, mas chegavam. Ouviu Aliide falando russo depois de abrir a porta da frente, cumprimentando-os, sendo educada. Pasha disse que eles vinham de longe e tinham sede, e continuou falando sobre coisas incertas. As vozes se aproximavam e recuavam, e então Aliide perguntou se o amigo dele gostava de jardinagem. Pasha não entendeu. Aliide explicou que pela janela via o amigo andando pelo jardim. Lavrenti estava, é claro, verificando o terreno. Só podia ser Lavrenti. Ou Pasha teria vindo com outra pessoa? Improvável. Estava acostumado ao comportamento de Lavrenti; ele era um pouco simples, mas não era preciso levar isso em conta. Aliide só torcia para que ele não pisasse nos canteiros de flores.

— Não se preocupe, ele gosta de jardins.

De repente a voz de Pasha pareceu muito próxima. Zara congelou.

— Então, a senhora viu alguma garota estranha por aqui?

Zara conteve a respiração, prendendo a poeira na garganta seca. Não podia tossir, não podia tossir. Aliide respondeu que a região era muito calma: qualquer forasteiro teria sido notado de imediato. Pasha repetiu a pergunta. Aliide se assustou com a teimosa persistência. Uma jovem? Uma garota estranha? Por que raios ela a teria visto? As palavras de Pasha não foram claras, mas ele disse algo sobre cabelos loiros. A voz de Aliide pôde-se ouvir perfeitamente. Não, ela não vira nenhuma garota loira. Pasha trazia consigo uma foto da garota. Que foto? Estaria percorrendo o país inteiro mostrando uma foto sua para qualquer um?

Que tipo de foto? A voz de Pasha se aproximou de novo, e Zara temeu que o pulso dela pudesse ser ouvido através da parede. Pasha tinha ouvidos aguçados.

— Você tem alguma razão para presumir que a garota esteja aqui?

Pasha pareceu se afastar. A voz que atravessava a parede chegava entrecortada.

— Veja...

Pasha não estaria mostrando aquelas fotos, ou estaria? Mas que outra foto teria dela? E quando Aliide as visse...

De súbito, Zara arrotou. O gosto de esperma espalhou-se por sua boca antes que ela fechasse os lábios. Será que a teriam ouvido da cozinha? Não, a conversa entre Pasha e Aliide tornava-se quase um murmúrio ao atravessar as paredes. Zara esperava a exclamação chocada de Aliide, afinal ela não poderia reagir de outra maneira àquelas fotos. Pasha as teria espalhado pela mesa lentamente, uma por uma, ou teria entregado todas as fotos juntas nas mãos de Aliide? Não, tinha certeza de que as distribuiria pela mesa como num jogo de paciência, obrigando Aliide a olhá-las. Aliide perscrutaria as fotos e veria a expressão que Pasha ensinara a Zara, boca aberta, língua de fora, entre todos aqueles vibradores. Então Aliide diria tudo sobre Zara, claro que diria, teria que dizer, porque ao ver as fotos passaria a odiar Zara. Veria a sujeira da garota e iria querê-la fora de sua casa. Aconteceria nesse instante, tinha que acontecer: logo Pasha abriria a porta e riria, parado na contraluz. Tudo estaria terminado.

Zara recuou para o fundo do quartinho e encostou-se à parede, esperando. A escuridão queimava, seus cabelos raspados se eriçavam. Aliide vira as fotos. A humilhação coçava e formigava sob a pele de Zara, como se ela estivesse coberta de feridas tensas, ainda não cicatrizadas. Logo a porta seria escancarada. Tinha que fechar os olhos, mergulhar nas profundezas do quarto, pensar que estava em outro lugar, que era uma estrela, uma orelha na cabeça de Lenin, os pelos do bigode de Lenin, um bigode de papel num pôster de papel, ela era uma esquina na moldura do quadro, uma lasca na moldura de gesso, encolhida num canto do quarto. Ela era pó de giz na superfície de uma lousa, na segurança de uma sala escolar, era a lasca de madeira num apontador.

As fotos estavam impressas em papel ocidental, tinham um brilho ocidental. Os lábios vermelhos e reluzentes de Zara contrastavam com a toalha de mesa. Seus cílios rígidos se espalhavam como pétalas sobre a sombra celeste em volta dos olhos. Tinha espinhas vermelhas e inchadas, embora a pele parecesse seca e fina. O colarinho tricotado estava esgarçado como se alguém o tivesse puxado.

— Nunca a vi — disse Aliide.

O homem não se incomodou. Em vez disso continuou, batendo as palavras como se fossem botas pesadas.

— O mundo inteiro está atrás dela.

— Ah é? Não ouvi nada a respeito, e sempre estou com o rádio ligado.

— A busca está sendo feita em sigilo de propósito, para não afugentá-la. Quanto menos ela imaginar que estamos atrás dela, menos cuidadosa vai ser.

— Ah.

— Senhora, essa mulher é uma criminosa perigosa.

— Perigosa?

— Já cometeu vários crimes.

— Que tipo de crime?

— Essa mulher matou o amante em sua própria cama. A sangue frio.

O homem do KGB voltou do jardim, parou atrás do mais jovem e tirou mais fotos do bolso da jaqueta de couro, espalhando-as ao lado das outras.

— Aqui está o corpo. Por favor, observe as fotos e pense de novo. Viu essa mulher?

— Nunca a vi.

— Por favor, olhe as fotos.

— Não preciso olhar as fotos. Já vi cadáveres antes.

— A garota parece muito inocente, mas depois de fazer isso com o amante... Ele era muito apegado a ela, e ela o estrangulou sem nenhuma razão, apertou um travesseiro contra o rosto dele quando estava desmaiado. A senhora mora sozinha, não é? A senhora vai estar dormindo pacificamente, no meio de um bom sonho, e nunca vai despertar. Pode acontecer a qualquer noite. Quando a senhora menos esperar, quando estiver completamente indefesa.

A mão de Aliide tateou a mesa por baixo da toalha. Seus dedos envolveram o puxador da gaveta, prontos para abri-la. Devia ter deixado a pistola pronta em cima da cadeira. O rábano esbranquiçava, ardia no ar e encobria o cheiro de suor russo. O homem que se apresentara como Popov debruçou-se sobre a mesa e fixou os olhos nela.

— Tudo bem. Eu ligo para o senhor se ela aparecer por aqui.

— Temos motivo para acreditar que vai aparecer.

— Por que ela viria justamente para cá?

— Ela é parente sua, senhora.

— Que histórias vocês inventam! — Aliide riu, e seu riso agitou o café dentro da xícara.

— A avó da garota mora em Vladivostok. O nome dela é Ingel Pekk, sua irmã. E, o que é mais importante, a senhora deve saber que a garota fala estoniano. Aprendeu com a sua irmã.

Ingel? Por que ele estaria falando sobre Ingel?

— Não tenho irmã.

— De acordo com os registros, tem sim.

— Não sei por que vocês vieram aqui inventando histórias, mas eu...

— Essa mulher, Zara Pekk, cometeu um assassinato neste país, e até onde sabemos não tem nenhum outro contato aqui além da senhora. É claro que vai vir para cá, para encontrar a parente distante. Vai imaginar que a senhora não sabe sobre o assassinato, já que não saiu nada a respeito no rádio ou nos jornais, e vai vir para cá.

Pekk? O sobrenome da garota era Pekk?

— Eu não tenho irmã — repetiu Aliide. Seus dedos relaxaram, a mão voltou a cair no colo. Ingel estava viva.

Pasha chutou uma cadeira.

— Onde está a garota?

— Eu não vi nenhuma garota!

O vento agitou as folhas de menta que secavam sobre o fogão e os cravos que esperavam sobre o jornal. As cortinas voaram. O homem acariciou a careca e baixou a voz.

— Tenho certeza de que a senhora entende a gravidade do crime que essa mulher, Zara Pekk, cometeu. Ligue para nós, para o seu próprio bem, quando ela aparecer. Tenha um bom dia. — Ele se deteve à porta. — Zara Pekk morava com a avó até decidir trabalhar no Ocidente. Deixou o passaporte, a carteira e todo o dinheiro na cena do crime. Precisa de alguém que a ajude. A senhora é a única opção que ela tem.

A impotência levou Zara ao chão.

As paredes ofegavam, o chão arfava, o piso era pura umidade. O papel de parede crepitava. Sentiu os passos de uma mosca que caminhava por sua bochecha. Como elas veem o bastante para voar na escuridão?

Agora Aliide sabia.

1949
LÄÄNEMAA, REPÚBLICA SOCIALISTA SOVIÉTICA DA ESTÔNIA

Aliide escreve cartas cheias de boas notícias

Não tinham tido notícias de Ingel. Então, para manter sob controle o desassossego de Hans, Aliide começou a escrever cartas em nome dela. Não conseguia suportar as perguntas que ele fazia todos os dias, se ouvira algo sobre Ingel, se havia chegado alguma carta, o modo como especulava sobre o que Ingel estaria fazendo a cada momento. Aliide conhecia o jeito de escrever e de contar histórias da irmã, e era fácil copiar sua letra. Escreveu que encontrara um mensageiro confiável e que agora estavam autorizadas a receber pacotes. Hans ficou encantado. Aliide contava sobre todas as coisas que conseguia fazer caber nos pacotes que mandava para Ingel, para ajudá-la a enfrentar as emergências. Hans também quis mandar seus cumprimentos, algo que Ingel soubesse que vinha dele.

— Pegue um galho do salgueiro de trás da igreja. Nós podemos colocá-lo no pacote. A primeira vez que nos vimos foi embaixo daquele salgueiro.

— Ingel vai se lembrar de algo assim?

— É claro que vai.

Aliide buscou um galho do salgueiro mais próximo.

— Este serve?

— É do salgueiro da igreja?

— É.

Hans pressionou o rosto contra as folhas.

— Que cheiro maravilhoso!

— Salgueiros não têm cheiro.

— Ponha um galho de pinheiro também.

Não disse por que o galho de pinheiro era tão importante. Aliide não quis saber.

— Alguém mais recebeu notícias da Ingel? — Hans perguntou.

— Provavelmente não.

— Você perguntou?

— Está louco? Não posso sair pelo vilarejo perguntando sobre Ingel!

— Pergunte a alguém de confiança. Talvez ela tenha escrito.

— Não sei e não vou perguntar!

— Ninguém vai se atrever a contar se você não perguntar. Porque você é casada com um porco comunista. Se perguntar, eles não vão pensar que você é...

— Hans, tente entender. Nunca vou mencionar o nome da Ingel fora desta casa. Nunca.

Hans desapareceu para dentro do quartinho. Não fazia a barba havia semanas.

Aliide começou a contar boas notícias.

Sobre que tipo de boas notícias podia escrever?

Primeiro contou que Linda começara a frequentar a escola e estava indo bem. Disse que havia muitos estonianos na turma.

Hans sorriu.

Depois contou que ela estava trabalhando como cozinheira, de modo que sempre tinham comida.

Hans suspirou de alívio.

Depois Aliide contou que, graças ao trabalho de cozinheira, era fácil ajudar os outros. Quando as pessoas chegavam ao colcoz, lambiam os beiços ao saber qual era o trabalho de Ingel, mas seus olhos enchiam-se de lágrimas quando descobriam que ela passava o dia todo só fazendo pão.

As sobrancelhas de Hans revelaram sua agonia.

Havia sido uma escolha ruim de palavras, pois enfatizava a escassez de comida.

Em seguida Aliide escreveu que não havia limite para o consumo de pão. Que não havia mais cotas.

Hans ficou aliviado, pelo bem de Ingel.

Aliide tentava não pensar muito naquilo. Acendia um *paperossi* para não haver cheiro de homem estranho quando Martin entrasse na cozinha.

1992

LÄÄNEMAA, ESTÔNIA

Aliide salva o açucareiro antes que caia

O barulho do carro se afastou. Ouviram-se batidas na porta do quartinho. O armário da frente começou a tremer, a louça em cima do armário chacoalhou, a asa da xícara de Ingel bateu no açucareiro de vidro e o açúcar, que enchia o pote até a borda, começou a transbordar. Aliide parou diante do armário. Os chutes na porta revelavam a energia e a futilidade de uma jovem. Aliide aumentou o volume do rádio. Os chutes se intensificaram, e ela aumentou ainda mais o volume.

— Pasha não é da polícia! E não é meu marido! Não acredite no que ele diz! Me deixe sair!

Aliide limpou a garganta. Sua laringe parecia frouxa, mas além desse fato ela sabia como se sentia. Parte dela havia voltado àquele momento décadas antes, diante do escritório central do colcoz, quando toda a força se evadira de suas pernas e ela desabara na areia. Agora o chão da cozinha era de cimento. Um frio tomou as solas de seus pés, percorrendo os ossos. Devia ser assim nos campos soviéticos, quarenta graus abaixo de zero, uma neblina densa, uma umidade que penetrava no corpo, cílios e lábios congelados, lagos cheios de troncos como cadáveres, as pessoas trabalhando nos lagos com a água até a cintura, a neblina imperscrutável, um frio interminável, a imensidão. Alguém cochichara algo a respeito no mercado. Não fora nos ouvidos dela, mas seus ouvidos se tornavam maiores e mais sensíveis com o passar dos anos, como os de um animal, e ela queria ouvir cada vez mais. Os olhos de quem falava, debaixo de sobrancelhas franzidas, eram tão escuros que não era possível distinguir a pupila da íris, e aqueles olhos a observavam, como se quem falava tivesse percebido que ela ouvia. Era 1955, e a reabilitação estava a todo vapor. Ela se apressara em ir embora, o coração acelerado.

Punhos e pés golpeavam a porta.

A neblina sobre o chão de cimento se dissipava.

Teria voltado por vingança?

Ingel a teria mandado?

Aliide foi até o armário e salvou o açucareiro que estava prestes a cair no chão.

1950
LÄÄNEMAA, REPÚBLICA SOCIALISTA SOVIÉTICA DA ESTÔNIA

Hans sente gosto de mosquito na boca

Aliide sentiu uma vibração enquanto limpava o armário. A louça começou a tremer, o pote de mel bateu contra a madeira e uma das xícaras mais próximas da borda caiu no chão e quebrou. Era a xícara de Martin. Cacos se espalharam pelo chão, e ouviu-se um estalido sob as galochas de Aliide quando ela pisou na asa da xícara. O uivo de Hans se prolongou enquanto Aliide tentava pensar. Se Hans tinha perdido a cabeça, ela se atreveria a ir até o sótão e abrir a porta? Ele a atacaria? Sairia às pressas, correria pelo vilarejo, agarraria alguém e contaria tudo? Alguém teria ido ao celeiro e subido até o sótão?

Aliide cuspiu saliva escurecida de carvão, lavou a boca com água, lambeu os lábios e foi até o celeiro. O teto tremia, a escada oscilava e o lampião pendurado no teto estava prestes a cair. Aliide subiu a escada. Os fardos de feno balançavam.

— Hans?

O uivo parou por um instante.

— Me deixe sair!

— Alguma coisa errada?

— Me deixe sair daqui! Eu sei que o Martin não está em casa.

— Não vou abrir a porta até que você me diga o que está acontecendo.

Silêncio.

— Liide, querida, por favor.

Aliide abriu a porta. Hans cambaleou ao sair. Estava encharcado de suor, as roupas molhadas, os pés imundos.

— Aconteceu alguma coisa com a Ingel.

— O quê? De onde você tirou isso?

— Eu tive um sonho.

— Um sonho?

— Ela estava com uma concha na mão e alguém ia servir sopa nessa concha, mas um enxame de mosquitos encheu a concha antes que ela pudesse receber a sopa. Eu sentia o gosto na minha boca, o gosto doce e quente de sangue. Então a Ingel estava em outro lugar, cheio de vapor, e começava a tirar o casaco que estava cheio de piolhos, tantos que nem dava para ver o tecido.

— Hans, foi só um pesadelo.

— Não, não foi! Foi uma visão! Ela estava tentando me contar alguma coisa! Sua boca se abria um pouco e ela olhava bem nos meus olhos e tentava abrir mais a boca, e eu tentava entender o que ela estava dizendo, mas acordei antes de escutar o que era. Ainda sinto gosto de mosquito na boca, e sentia os piolhos pelo meu corpo inteiro.

— Hans, a Ingel escreveu dizendo que estava tudo bem, lembra?

— Eu tentei voltar a dormir, para descobrir o que a Ingel estava tentando dizer, mas os piolhos corriam pelo meu corpo.

— Você não tem piolho!

Então Aliide notou que os braços de Hans, o pescoço e o rosto estavam cobertos de arranhões ensanguentados, e as pontas dos dedos estavam vermelhas.

— Hans, me escute. Você não pode mais ter esses ataques, entendeu? Você está colocando tudo em perigo.

— Era Ingel!

— Era um pesadelo.

— Eu tive uma visão!

— Era um sonho. Acalme-se um pouco.

— Temos que tirar a Ingel de lá.

— A Ingel está bem. Ela vai voltar, mas você tem que permanecer escondido até chegar a hora. O que a Ingel pensaria se visse você assim? Não quer que ela encontre o mesmo Hans com quem se casou quando ela voltar? A Ingel não vai querer um lunático!

Aliide segurou a mão de Hans e a apertou, sentindo seus dedos gelados e moles. Hesitou por um instante e jogou um braço em volta dele. Aos poucos seus músculos amoleceram, seu pulso voltou ao normal, e então... ele pôs a mão sobre o ombro dela.

— Me desculpe.

— Não se preocupe.

— Liide, não posso continuar assim.

— Vou pensar em alguma coisa. Prometo.

As mãos de Hans apertaram os ombros dela.

O corpo dele parecia certo, as mãos dele pareciam boas mãos.

Aliide daria tudo naquele momento para entrar com ele no quartinho, ir até a cama, tirar as roupas cobertas de suor frio e lamber o aroma de morte de cada um de seus poros.

Aliide sempre confiara que Hans saberia se comportar, mas agora já não tinha certeza. E se ele tivesse mais visões? E se acontecesse algo assim quando Martin estivesse em casa? Martin trabalhava durante o dia, mas qualquer pessoa do vilarejo podia aparecer na casa. E se Hans se recusasse a voltar para o sótão? E se fizesse uma confusão ou saísse correndo pela porta, direto para os braços da NKVD?

Aliide montou uma trouxa e a escondeu na entrada, atrás de outras coisas, panos femininos, coisas que Martin nunca tocaria. Se necessário, ela podia pegar a trouxa quando fosse sair. Era improvável que quisesse sair por qualquer outra porta, a não ser que estivesse no quarto e Martin na cozinha, então teria que saltar pela janela do quarto. Talvez devesse preparar uma segunda trouxa. Mas mesmo que levasse aquela trouxa consigo, para onde poderia ir? Hans podia dar um tiro em Martin no instante em que ele abrisse a porta do esconderijo, mas que bem isso traria? E se recebessem visitas? Mesmo que ela escapasse, eles não demorariam a capturá-la, a interrogá-la. Se Martin descobrisse, a primeira coisa que faria seria, sem dúvida, entregá-la nas mãos da Tcheka, e aqueles homens pensariam que Hans era amante de Aliide, e iriam querer saber como e quando e onde. Talvez fosse obrigada a explicar tudo, a mostrar a eles, a tirar a roupa e mostrar. E ficariam muito interessados no fato de a mulher de Martin ter um amante fascista, e Aliide teria que contar sobre o amante fascista e, sendo a mulher de Martin, teria que comparar o que fazia com o amante fascista e o que fazia com o homem que era um camarada respeitável. Qual dos dois era melhor? Qual dos dois ficava mais duro? Como se trepa com um porco fascista? E todos formariam um círculo em volta dela, com os pintos eretos, prontos para puni-la, prontos para educá-la, prontos para limpar qualquer rastro fascista que restasse em seu corpo.

Talvez Martin quisesse interrogar a mulher pessoalmente: para mostrar aos amigos que ele não tinha nada a ver com o caso. Provaria isso com um interrogatório cruel e com toda a energia de um marido traído. E mesmo que Aliide contasse tudo, eles não acreditariam, continuariam e continuariam, e acabariam convocando Volli. O que dissera a mulher de Volli? Que ele era bom no trabalho, ela tinha tanto orgulho. Quando não conseguiam extrair uma confissão de um bandido, chamavam Volli e a confissão vinha antes do amanhecer. Volli era tão eficiente. Volli era tão habilidoso. Não havia funcionário público melhor que Volli em todo o país.

— Tenho tanto orgulho de Volli — a mulher sussurrara, com tanto ardor quanto falara de Deus algum tempo antes. As palavras saíam de sua boca como se para formar um halo, a boca brilhando de ouro. O ouro que Volli conseguira para ela.

— O melhor marido do mundo.

* * *

Aliide observou Hans com atenção, seus olhos e gestos. A barba escondia muito, caso contrário ele seria igual a antes, o mesmo Hans. E então aconteceu de novo.

— A Ingel apareceu para mim na noite passada.

Hans estava bastante calmo.

— Então você teve outro pesadelo?

— Como você pode chamar a Ingel de pesadelo? — A voz dele se alterou subitamente. Ele a olhava com fúria, endireitando a coluna e apoiando as mãos sobre a mesa. Eram punhos.

— O que ela disse?

Seus punhos relaxaram.

— Chamou pelo meu nome. Isso foi tudo. Estava no meio de uma neblina, ou uma nuvem de vapor. Havia pessoas atrás dela, amontoadas como se estivesse em volta de um fogão, tão perto que algumas das roupas pegavam fogo. Ou talvez estivessem secando as roupas no fogão e elas pegaram fogo, não sei, não dava para ver bem. A Ingel estava na frente, sem prestar atenção nos que gritavam atrás dela. Eu sentia cheiro de fumaça. Ingel não reclamava, apenas me olhava e dizia o meu nome. Então o vapor subiu de novo em volta dela até que só se via a cabeça, e ela ainda olhava para mim, sem parar, e quando o vapor se dissolveu de novo ela estava cercada de beliches. Havia beliches por todas as paredes e no mais próximo um homem se masturbava. E do outro lado havia um homem em cima de uma mulher, e a Ingel no meio, e as pessoas passando ao lado dela. Ela só olhava para a frente, para mim, suspirando até repetir o meu nome. Ela quer me contar alguma coisa.

— É, tipo o quê?

— Você não fica empolgada com essas coisas?

Aliide sentiu um desgosto. Era como se Ingel estivesse ali, junto com eles. Viu que o olhar de Hans se movia para a parede atrás dela. Proibiu-se de virar para olhar.

— A Ingel não está correndo nenhum risco. Você leu as cartas dela, não leu?

O olhar de Hans a atravessava.

— Talvez ela não possa contar tudo nas cartas.

— Pelo amor de Deus, Hans!

— Não se zangue, Liide, querida. É a nossa Ingel. Ela só quer nos ver e conversar conosco.

Hans tinha que conseguir um passaporte o mais rápido possível, tinha que recuperar a razão. Mas se ele de fato conseguisse fugir, o que Aliide faria? Por que não fugia também, por que não assumia o risco e partia? Os dois podiam morrer, mas havia alternativa?

Os corvos gritavam como lunáticos no jardim.

1992
LÄÄNEMAA, ESTÔNIA

Zara encontra flores mortas

Zara pousou a orelha na fresta da porta, mas a cozinha estava em silêncio. Até o rádio estava mudo, nenhum som além das pancadas de dor em sua cabeça. Provocara em si mesma essa dor batendo a testa contra a porta, algo estúpido de se fazer. Não conseguiria convencer Aliide a abrir. Pasha e Lavrenti voltariam, isso estava claro, mas chegariam a entrar? Forçariam Aliide a falar, ou talvez ela resolvesse contar voluntariamente. Talvez pedisse a Pasha uma recompensa e usasse o dinheiro para a aragem do campo. Vinha reclamando que agora que não havia mais racionamento de bebida ela não tinha como pagar os poucos homens capacitados que restavam. Zara não conseguia adivinhar o que Aliide estaria tramando. Havia uma maçã e algumas bolotas de carvalho no bolso do vestido que Aliide lhe emprestara, sementes da Estônia que Zara queria levar como lembrança para a avó. Agora se perguntava se teria oportunidade.

Levantou-se. Embora o ambiente fosse sufocante, uma corrente de ar vinha de algum lugar. Havia uma manta e algumas cestas num canto, e espaço suficiente para que ela se mexesse um pouco. Tinha medo de explorar o espaço com as mãos, então começou com os pés, cutucando as cestas: algo retiniu atrás delas. Ao puxar o objeto com a ponta do pé, descobriu que era um prato. Do lado das cestas havia alguns papéis e algumas revistas. Um vaso com flores secas. Em cima do vaso uma pequena prateleira, e sobre a prateleira um castiçal com a ponta de uma vela. Mais acima um prego com uma moldura ou um espelho pendurado. Os dedos de Zara tatearam a prateleira, e seu polegar encostou em algo que pesava sobre um maço de folhas, um caderno. Para que teria sido usado aquele quarto? Por que ficava escondido atrás do armário?

1992
LÄÄNEMAA, ESTÔNIA

Aliide está quase começando a gostar da garota

Aliide parou do lado de fora do quartinho e acariciou o armário com os dedos, tocando em seguida a parede. Começou a mover o armário, lentamente, centímetro a centímetro. Podia ouvir o estalar de cada uma de suas vértebras, de suas articulações. Sentia o esqueleto inteiro, como se o tato se deslocasse para os ossos e adormecesse a carne.

Era uma parente sua aquela garota russa. Uma garota que parecia russa. Sua família produzia garotas russas. Não apenas Pioneiras como Talvi, não apenas menininhas de minissaia e laço grande na cabeça, mas verdadeiras russas, do tipo que vinha para cá em busca de uma vida melhor, bagunçando as coisas, querendo, exigindo. Russas como todos os outros russos. Linda não deveria ter tido filhos. Aliide também não, ninguém na família deveria ter tido filhos. Deveriam ter se limitado a viver suas vidas até o fim.

Aliide endireitou as costas, deixou o armário onde estava, serviu-se de um copo de vodca e bebeu tudo de uma vez, limpando a boca com a manga. Como uma russa. Ainda não sabia o que fazer ou que continuidade dar à situação. Sentia cheiro de pinheiro, e da água com folhas de bétula que Ingel usava para tomar banho, para lavar os cabelos — o cheiro forte de bétula que sempre pairava subitamente no ar quando Ingel desfazia as tranças. Outro copo de vodca não dispersou o cheiro. Aliide sentia o estômago se revolvendo. Seus pensamentos se turvavam, começavam a se agitar pelo crânio como se vagassem por um espaço vazio, detendo-se por um momento e logo voltando a se debater. Notou que ainda pensava na garota como "a garota", seu nome estranhamente lhe escapava, ela não sabia como usá-lo. O medo da garota era real. A fuga também devia ser real. Os homens da máfia eram reais, e não estavam interessados em Aliide, apenas na garota. Talvez a história dos mafiosos fosse verdadeira, talvez o destino tivesse levado a garota a Talim e lá ela assassinara um cliente, fugindo sem ter para onde ir. Era uma história verossímil. Talvez a garota não quisesse nada. Talvez não quisesse nada e não soubesse de nada a não ser da necessidade de fugir. Talvez fosse isso. Aliide entendia o que era querer apenas fugir. Fora Martin quem quisera que ela participasse da política, nunca Aliide, embora marchasse ao lado dele. Talvez a história da garota fosse simples assim. Mas Aliide tinha que se livrar dela: não queria que a máfia voltasse ali. O que fazer? Talvez não devesse fazer nada.

Se ninguém fosse notar o desaparecimento da garota, Aliide poderia simplesmente selar os buracos de ar do quarto secreto.

Algo se inchava no cérebro de Aliide. As cortinas revoavam loucamente, seus suportes chacoalhavam, o tecido batia. O fogo já deixara de crepitar e, para além do som do vento, restava apenas o tique-taque do relógio. Tudo se repetia. Mesmo que os rublos tivessem se convertido em coroas, houvesse menos aviões de guerra sobrevoando as cabeças e as mulheres dos oficiais tivessem baixado suas vozes, mesmo que todo dia os alto-falantes da torre do Pika Hermanni tocassem músicas da independência, haveria sempre botas cromadas, botas novas que chegavam, as mesmas ou diferentes, dispostas a pisar-lhe o pescoço. As covas estavam tapadas, os esconderijos na floresta estavam marcados, mas certas coisas continuavam se repetindo.

Aliide quis deitar, apoiar a cabeça pesada num travesseiro. A porta do quartinho estava à sua direita: a garota estava quieta. Aliide tirou a panela de tomate e cebola do fogão e a colocou no chão — os jarros tinham que ser preenchidos com o líquido ainda quente, mas uma tarefa desse porte parecia impossível agora. As pedras de seus brincos pesavam, e ela podia ouvir a algazarra dos corvos infiltrando-se na casa. Conseguiu guardar o rábano nos jarros, despejou vinagre em cima e apertou a tampa. Teria que fazê-lo sem os tomates, e o alho que ainda tinha que ser picado. Lavou as mãos na água usada, secou-as na bainha e saiu para sentar no banco sob as bétulas onde ela plantara gladíolos, a flor dos russos. Ainda dava para ouvir o barulho dos corvos ao longe, entre os salgueiros.

A garota realmente mentia melhor do que Aliide imaginava. Era mestre nisso.

Quase começava a gostar dela.

A neta de Hans.

Tinha o nariz de Hans.

O que Hans teria desejado que ela fizesse? Cuidasse da garota, como ele havia pedido que cuidasse de Ingel?

1950

LÄÄNEMAA, REPÚBLICA SOCIALISTA SOVIÉTICA DA ESTÔNIA

Por que Hans não pode amar Aliide?

O olhar de Hans tornou-se introvertido. Nos dias em que ele podia passar mais tempo na cozinha, quando Martin passava a noite fora, entretinha-se lendo os jornais ou brincando com Pelmi. Às vezes olhava para Aliide de soslaio, pressionava o queixo contra o peito e abraçava a si mesmo como se tentasse proteger algo dentro dele. Aliide agitava os potes, conferia as tinturas, tentava convencer Hans a tomar os chás que ela considerava apropriados, fervia-os em fogo baixo por um dia inteiro, mas Hans não dava bola, e Aliide tentava não ficar nervosa, abanava com o pano de prato, mexia no fogo, andava de um lado para o outro, lavava as roupas, dava tanta comida às galinhas que quando elas esvaziavam o prato acabavam cochilando o dia seguinte inteiro.

Hans não contou mais a Aliide sobre suas visões. Talvez o comportamento dela o tivesse incomodado, ou então ele tinha medo de que Aliide representasse uma ameaça se descobrisse. Aliide tentava pensar em uma maneira de perguntar-lhe sobre as visões, mas não sabia como. Como está Ingel? Tem visto Ingel ultimamente? Não, nada funcionava. E ela não podia saber como ele reagiria se ela puxasse o assunto do jeito errado.

Hans tinha que sair dali antes que o inverno chegasse. No inverno, ela não conseguiria escapar pela janela do sótão: isso deixaria marcas na neve. Podia roubar da milícia um passaporte sem nome, mas ele saberia preenchê-lo de modo a parecer autêntico? Teria que encontrar alguém que o fizesse. Que tipo de notícia se difundiria se a mulher de um dos líderes do partido fosse flagrada num esconderijo na floresta, à procura de um falsificador? Ou se surgisse o boato de que ela saíra pelo vilarejo perguntando sobre alguém que soubesse falsificar passaportes? Não, eles tinham que pegar um passaporte de verdade de alguém ainda vivo, alguém que achasse que o perdera.

— Hans, se eu conseguir para você um passaporte...

— Se? Você prometeu que conseguiria.

— Você vai fazer o que eu lhe disser e ir para onde eu mandar?

— Vou!

— Estão precisando de todo tipo de trabalhadores em Talim. E as fábricas têm alojamentos próprios. Duvido que eu consiga arranjar um apartamento para você com essa escassez, mas acho que conseguiria um lugar num alojamento. Ferrovias, estaleiros, há todo tipo de possibilidades. E se eu levar à governanta e ao gerente do alojamento um porco do colcoz, eles nem perguntarão que tipo de homem você é. E eu vou visitar você em Talim. Pense nisso, poderíamos fazer caminhadas, ir ao parque, passear pela praia, ir aonde quisermos! Poderíamos ir ao cinema! Imagine, você poderia caminhar por lá, como qualquer homem livre! Ficar do lado de fora, ver pessoas...

— Alguém me reconheceria.

— Ninguém reconheceria você com essa barba.

— É impressionante o que as pessoas reconhecem, o jeito de virar o pescoço, o jeito de andar.

— Hans, faz anos que ninguém vê você. Ninguém vai se lembrar. Admita, Hans, seria maravilhoso.

— Seria maravilhoso.

Olhou para a cadeira de Ingel.

Era como se estivesse piscando para ela.

Aliide pegou o casaco no cabide e foi até o celeiro. Manteve-se atenta ao forcado que havia ali ao lado quando Hans foi atrás dela e subiu para o sótão. Um suor salgado gotejou de seus cílios, e ela pôde sentir na boca o gosto de estrume. Usou o forcado para encher o carrinho de mão e em seguida subiu para empurrar os fardos de feno e tapar a porta do quartinho. Suas costas voltaram a estalar quando ela empurrou. O que era mesmo que Leida Haamer havia feito quando o filho começara a aparecer nos sonhos dela? Ele fora cercado no esconderijo e tentara escapar, saindo em disparada sem botas. Havia sido enterrado sem botas também. Toda noite Leida tinha o mesmo sonho: o filho reclamando que estava com frio nos pés. Maria Kreel aconselhara Leida a comprar botas que coubessem no filho e no próximo funeral do vilarejo, colocar as botas dentro do caixão com uma etiqueta com o nome dele. Os pesadelos acabaram quando ela o fez. Mas Ingel estava viva. Como funcionava com uma pessoa viva? Ou as visitas do espírito de Ingel significavam que ela já não estava viva?

Naquela noite Aliide pegou o pedaço da manta de casamento de Ingel que guardara e o enfiou no tubo do aquecedor para que fosse totalmente defumado.

1992
LÄÄNEMAA, ESTÔNIA

O que Ingel contou à garota sobre Aliide?

A noite escureceu a cozinha, e Aliide sentou-se em seu lugar, em sua cadeira habitual. Ingel teria contado à garota? É claro que não. Ou Linda? Não, é claro que não, isso seria ainda mais insano. Mas a garota mentira. Que tipo de ajuda poderia esperar de uma parente que nem sabia que ela era da família? Ou tinha a intenção de contar a Aliide e depois mudara de ideia? Ingel sabia que a neta estava ali? E quanto à foto, a garota mentira também sobre a foto? Trouxera a foto com ela, pegara a foto com Ingel?

O galo cantou. O relógio ressoou. O kefir em seu pote parecia estar olhando para ela, embora parecesse mais um cogumelo jogado num pote do que um animal. Ouvia arranhões vindos da porta do quarto secreto, soando como as patas de Hiisu, o velho cachorro. Os mafiosos podiam voltar. Se ela não abrisse a porta, eles a derrubariam. Incendiariam a casa. Como ela poderia saber, talvez eles estivessem atrás de sua floresta afinal. Talvez a garota tivesse se dado conta de que sua parente na Estônia logo seria dona de algumas árvores e estivesse pensando em vender a madeira na Finlândia. Talvez estivesse usando os mafiosos com esse fim e o negócio tivesse dado errado. Ingel a teria mandado para acertar a propriedade das terras? Talvez a garota fosse ingênua e pensasse que os mafiosos a ajudariam a conseguir algum dinheiro, mas então descobrira que ficariam com o dinheiro todo para eles. Tudo era possível. Tudo estava à venda no país agora.

Tinha que permanecer calma. Ela ia se levantar da cadeira, acenderia a luz da cozinha, fecharia as cortinas, trancaria a porta da frente, iria até o quarto secreto e o abriria, deixando a garota sair. Não podia ser tão difícil. Aliide estava muito mais tranquila do que poderia estar numa situação como aquela. O coração estava acelerado, o processo de pensamento era instável, mas ela não estava completamente delirante. Mantinha a sanidade, mesmo tendo acabado de descobrir que Ingel estava viva — presumindo que a máfia estivesse dizendo a verdade.

O que Ingel teria contado à garota sobre ela?

Russa ou não, a garota tinha o queixo de Hans.

E era rápida em fatiar tomates e em limpar frutos do bosque.

1951
Läänemaa, República Socialista Soviética da Estônia

O passaporte guardado no bolso do peito

Na próxima vez que o projecionista foi ao vilarejo, Aliide disse a Martin que queria ir com ele. Martin ficou encantado: da última vez ela ficara em casa por causa de um ataque de asma.

— Você vai me tirar para dançar depois?

— É claro que vou tirar a minha pequena para dançar.

O auditório estava quente, e Aliide escolheu lugares próximos a uma janela aberta. Dava para ouvir o ruído do gerador do lado de fora. Aliide tentou calcular quantos camponeses haveria ali e quais deles estariam mais propensos a, com a ajuda de Aliide, perder o passaporte naquele dia. Pessoas felizes marchavam pela tela numa passeata do Dia do Trabalho, os líderes do Kremlin se reuniam num telhado e acenavam para as pessoas, e as pessoas acenavam de volta. Talvez Heino Kokka? Um homem simples que havia tirado os documentos no escritório de Seevaldi fazia muito tempo, conseguindo uma pequena pensão por invalidez. O documentário terminou e teve início o filme principal, *Geração de vencedores*. E quanto a Kalle Rumvolt? Não, Kalle morava no colcoz, e seu endereço apareceria no passaporte. Aliide não sabia quem escolher, não conseguia se decidir; afinal, não tinha como saber qual deles poderia ter uma ficha, nem por que tipo de verificações Hans teria que passar quando estivesse em Talim. Talvez resolvessem ligar para ela, mesmo que ele levasse presunto e mel, para averiguar se o homem era quem ele dizia ser. E Hans não podia ir à milícia local para conseguir um carimbo, não nessas circunstâncias. A ideia inteira era uma loucura. Por que você está indo embora? Para onde vai? Deus sabe o que aconteceria se Hans entrasse lá e começasse a preencher os formulários em nome de Kalle Rumvolt ou, pior ainda, cruzasse com alguém no escritório que o reconhecesse. O plano inteiro estava fadado ao fracasso, e Aliide era tão tonta quanto o projecionista, que lambia com os olhos a ordenhadora enquanto a menina, ao fundo do auditório, flertava, ajeitando os cabelos com seus braços fortes, a carne dos bíceps balançando ao compasso do coração acelerado.

Precisavam de um passaporte de Talim.

O filme terminou e a dança começou. Entre cochichos e alvoroços, o cheiro de álcool despontou. Mais uma vez a risonha ordenhadora aproximou-se do projecionista. Aliide tinha dificuldade para respirar. Todo o esquema, tão idiota, lhe dava vontade de chorar. Disse a Martin que queria ir para casa e foi abrindo espaço entre as pessoas até sair. Parou no jardim para recuperar o fôlego, e foi então que aconteceu. O incêndio. Podia ouvir Martin dando ordens, e as pessoas saíram em um tumulto do prédio. Confusão. Martin tentou organizar o caos, e o projecionista foi carregado para fora, tossindo, colocado na frente de Aliide.

O projecionista era de Talim.

O projecionista estava em mangas de camisa.

O projecionista tirara o casaco de lã antes de o filme começar e enrolara-o em volta do braço sob os olhares da ordenhadora, babando. Onde esse homem, que se movia de um lado para o outro o tempo todo, onde esse homem teria guardado o passaporte, senão no bolso do peito do casaco?

Aliide apressou-se para dentro do auditório.

1992
LÄÄNEMAA, ESTÔNIA

A garota tem o queixo de Hans

O armário era pesado, mais pesado que antes. Ela teve que arrastar para fora, pelos pés, a garota inconsciente. As unhas estavam quebradas e os dedos sangravam; havia hematomas em sua testa.

Por que você veio para cá? A pergunta retumbava no peito de Aliide, mas ela não conseguia formulá-la. Na verdade, não queria saber. Os homens voltariam logo, ela tinha que despertar a garota. Exatamente o queixo de Hans. Jogou um pouco de água do balde no rosto dela. A garota se encolheu em posição fetal, depois se ergueu e ficou sentada.

— A minha avó vai gostar de algumas sementes. Sementes estonianas, de boca-de-leão.

Devia dar um tiro na garota.

A arma de Hans ainda estava escondida na gaveta da mesa.

— Foi um acidente. De verdade! Como eu estava na Estônia, lembrei que tinha parentes aqui. A minha avó tinha mencionado o nome do vilarejo. E quando percebi que tinha parentes aqui, pensei que seria uma forma de escapar, que existia pelo menos uma pessoa no país que podia me ajudar. Aliide era o único nome que eu sabia. Eu nem sabia se a tal Aliide estaria aqui, mas não conseguia pensar em mais nada a fazer. Foi o Pasha quem me trouxe para a Estônia.

Ou talvez ela devesse convencê-la a voltar ao quartinho e deixá-la presa ali.

Ou entregá-la à máfia. Devolver aos russos o que era dos russos.

— Eu não tinha escolha! O que eles faziam com as garotas... O jeito de... Se você visse como... Eles tiravam fotos de tudo e diziam que iam mandar os vídeos para o Sasha, para todo mundo, se eu tentasse fugir. Já devem ter feito isso.

— Quem é Sasha?

— É o meu namorado. Ou era, pelo menos. Eu não devia ter matado o chefe. Agora todos lá em casa sabem e eu nunca mais vou poder voltar...

— Você nunca mais poderia olhar o Sasha nos olhos.

— Não.

— Nem qualquer outra pessoa.

— Não.

— E nunca saberia, quando cruzasse com as pessoas pela rua, se elas tinham visto as fotos. Elas olhariam para você, e você nunca saberia se tinha sido reconhecida. Ririam entre elas, olhando na sua direção, e você não saberia se estavam falando de você.

Aliide calou a boca. Do que ela estava falando? A garota fixava os olhos nela.

— Faça um pouco de café — pediu Aliide. Abriu a porta da frente e fechou, batendo-a.

1951
LÄÄNEMAA, REPÚBLICA SOCIALISTA
SOVIÉTICA DA ESTÔNIA

Aliide passa gordura de ganso nas mãos

— Ants Makarov, filho de Andres. — Hans experimentou seu novo nome. — E só tenho que me inscrever para um apartamento e começar a trabalhar?

— Exatamente.

— Você é uma mulher incrível.

— É só uma questão de organização. Custou um porco. E alguns potes de mel.

Aliide entregou a Hans uma pilha de folhetos comunistas e ordenou que os lesse no trem a caminho de Talim.

— E depois deixe espalhados pelo quarto, para que as pessoas vejam.

Hans soltou os folhetos e limpou as mãos nas calças.

— Hans, as pessoas têm que acreditar em você! E você tem que ir às reuniões e participar!

— Eu não conseguiria fazer isso.

— Conseguiria sim! Eu levo você de charrete até a estação. Você pode se esconder entre as caixas para que ninguém do vilarejo o veja e se pergunte quem é aquele estranho comigo. Então você só tem que subir no trem. Eu vou visitar você e levar notícias.

Hans assentiu.

— Você vai ficar aqui? — perguntou.

Aliide virou-se para o fogão. Não havia contado a Hans o plano que começara a bolar depois de ter conseguido o passaporte. Ela se divorciaria de Martin e pediria uma dispensa do colcoz, dizendo que ia estudar, arranjar uma boa profissão e então voltar. Todos votariam a favor dela sem hesitar, já que no colcoz estavam precisando de trabalhadores formados. Seria um motivo forte o bastante para liberá-la daquela servidão que eles chamavam de comuna. Depois viraria pintora ou trabalharia nas ferrovias, que também ofereciam alojamento. E podia fazer aulas à noite, em todos os postos de trabalho se prezava que os trabalhadores estudassem. E assim poderia ficar perto de Hans, e eles poderiam fazer caminhadas juntos, ir ao cinema e coisas assim, e tudo seria maravilhoso: não cruzariam pelas ruas com ninguém que conhecessem, não estariam cercados de cães latindo, tudo seria novo e o cheiro de Ingel não estaria em lugar nenhum. Hans finalmente veria que mulher maravilhosa Aliide era. E se a mera promessa de um passaporte já fizera Hans demonstrar alguma empolgação, o que aconteceria quando tivesse toda uma vida nova? É claro que Aliide não sabia como Hans reagiria ao fato de as ruas de Talim estarem abarrotadas de russos, de metade dos trabalhadores das fábricas falarem russo, mas uma vez que sentisse o gosto do vento e do céu, já não lamentaria tanto o que se perdera, lamentaria? Seria capaz de suportar os russos, fazer algumas pequenas concessões?

Os sapatos novos de Aliide esperavam ao fundo do armário. Ela deixaria os sapatos velhos no trem, a caminho de Talim. Os novos tinham salto alto: já não precisaria pôr pedaços de madeira nos buracos das galochas para dar-lhe altura.

Acabavam de voltar do veterinário. Martin havia levado uma garrafa de licor para ele, e o doutor lhes dera os papéis dizendo que a fábrica de linguiça deveria levar a vaca deles, que estava doente havia muito tempo e morrera naquela manhã. Martin sentou-se no quarto da frente para ler. Aliide pegou o cachecol, foi até a cozinha e acendeu a luz.

Havia sangue no chão.

— O meu maridinho quer uma bebida antes de dormir?

Martin gostou da ideia. Já estava pegando um exemplar de *A Voz do Povo*.

Aliide preparou um drinque mais forte do que de costume. Não pôs a substância recomendada por Maria Kreel, em vez disso despejou um pó que havia tirado do bolso de Martin. Ele explicara uma vez, fazia muito tempo: pegara o pó com a NKVD, não tinha gosto de nada. Mais tarde Aliide trocara o pó por farinha, e agora pôs o conteúdo inteiro do pacote na bebida.

— A minha pequena sempre sabe o que eu quero — Martin disse com aprovação ao pegar o copo da mão dela. Tomou tudo num só gole e deu uma mordida no pão de centeio. Aliide foi lavar os pratos e pouco depois ouviu o jornal de Martin caindo no chão.

— Já está cansado?

— É, acho que estou ficando com um pouco de sono.

— O dia foi longo.

Martin levantou-se, cambaleou até o quarto e desabou na cama. A palha do colchão farfalhou. As molas de metal rangeram. Aliide foi ver como estava, cutucou o corpo, ele não se moveu. Deixou-o deitado ali ainda de sapatos, voltou à cozinha, fechou as cortinas e começou a passar gordura de ganso nas mãos.

— Alguém aí?

— Liide...

A voz vinha do fundo da cozinha, de um canto do armário, de trás da cesta de batatas.

Aliide tirou as coisas da frente e puxou Hans. O ombro sangrava, e Aliide abriu o casaco dele.

— Você foi para a floresta, não foi?

— Liide...

— Não para Talim.

— Eu tinha que ir.

— Você prometeu.

Aliide buscou álcool e gaze e começou a limpar a ferida.

— Você foi pego?

— Não.

— Tem certeza?

— Liide, não fique zangada.

Hans fazia caretas. Eles tinham sido cercados, uma emboscada perfeita. Ele levara um tiro, mas conseguira escapar.

— Pegaram todos os outros?

— Não sei.

— Você falou para alguém da floresta sobre mim?

— Não.

— Há muitos agentes da NKVD na floresta. Eu sei porque o Martin me contou. Um deles até passou por aqui quando estava procurando alguém em cujo grupo ele poderia se infiltrar. Eles têm uma bebida envenenada, que faz você contar o que sabe.

— Não tomei nenhuma bebida com ninguém.

Aliide examinou o ombro dele. Suas mãos voltaram vermelhas. Não podiam consultar um médico.

— Hans, vou chamar Maria Kreel.

Hans olhou para ela e sorriu.

— A Ingel está aqui. Ela vai dar um jeito.

A garrafa de álcool caiu da mão de Aliide. Cacos e líquido se espalharam pelo chão até o rodapé. Secou a testa, sentindo um cheiro de álcool e sangue. Uma raiva irrompia nela, seus joelhos vacilavam. Abriu a boca, mas não conseguia formar frases; saiu apenas um grunhido, e seus ouvidos se taparam. Voltou tateando em busca da cadeira, segurou-se nela até recuperar o fôlego e nesse instante Hans já havia desmaiado. Ela tinha que manter a mente focada, lidar com a situação. Sabia lidar com essas situações. Primeiro tinha que arrastar Hans para o quartinho, depois ir à casa da senhora Kreel. Agarrou Hans pelas axilas. Algo despontou do bolso de seu casaco. Um caderno. Ela o soltou e pegou o caderno.

20 DE MAIO DE 1950

Para a Estônia Livre!

Não sei o que pensar. Estou lendo a carta mais recente de Ingel. Recebi hoje; a última havia chegado dois dias atrás. Ingel escreveu que se lembra dos salgueiros daqui, de um em especial. No início eu sorri. Seria bom pensar naquilo até a próxima carta, pensar no salgueiro. Talvez eu tivesse me lembrado do salgueiro no mesmo instante que Ingel. Depois percebi que havia algo errado. A carta de Ingel parecia gasta, como se tivesse sido lida muitas vezes. E por que o envelope estaria tão limpo? Da última vez que as pessoas foram levadas, as cartas começaram a chegar sem envelope mesmo. Espero que tenha sido algum mensageiro que colocou a carta dentro do envelope, mas meu coração não me deixa acreditar nisso.

Estou comparando a assinatura da carta com a letra que está na Bíblia da família. Ingel escreveu o nome e a data de nascimento de Linda na Bíblia. A letra não é a mesma. Parece a mesma, mas não é.

Liide me trouxe uma garrafa de licor. Não quero olhar para ela.

Não tenho coragem de rasgar as cartas, embora essa fosse a minha vontade. Liide poderia perguntar onde estão, e então o que eu diria? Como posso perguntar a ela sobre isso? Tenho vontade de bater nela.

Hans Pekk, filho de Eerik, camponês estoniano

20 De Setembro de 1951

Para a Estônia Livre!

Liide já arranjou tudo. Conseguiu um passaporte para mim. Estou sentado folheando o passaporte e me perguntando se é mesmo verdade. Mas é verdade. Fui em frente e prometi a Aliide que não vou me embrenhar na floresta, que vou para Talim morar num alojamento. Liide anotou o endereço para mim e me deu várias instruções.

Não vou para Talim. Não há campos lá, não há floresta lá. Que tipo de homem eu seria na cidade?

Às vezes tenho vontade de apontar essa Walther para Aliide.

Tenho pensado perfeitamente há algum tempo. Só quero ver Linda de novo.

Ingel teria colocado mais sal no molho.

Hans Pekk, filho de Eerik, camponês estoniano

1951

LÄÄNEMAA, REPÚBLICA SOCIALISTA SOVIÉTICA DA ESTÔNIA

Aliide beija Hans e limpa o sangue do chão

Aliide percebeu que estava gritando, mas já não se importava. Jogou o balde de água no chão, quebrou um frasco de perfume Moscou Vermelho e esparramou uma pilha de modelos de costura Mulher Soviética. Nunca costuraria nenhum daqueles vestidos de Talim, nunca passearia de mãos dadas com Hans pela Praça Viru, despreocupada porque ali não apareceria nenhum daqueles homens, feliz e contente porque nenhuma das pessoas com quem cruzassem conseguiria reconhecê-la. Nunca faria com Hans as coisas com que vinha sonhando nos últimos meses, deitada ao lado de Martin, ouvindo-o roncar. Hans havia prometido! Aliide gritou até ficar sem voz. Que importava se Martin acordasse? Que diferença faria? Nada mais importava agora, estava tudo arruinado. Todos os problemas que ela havia enfrentado! Todos os esforços! Cobrando multas das pessoas só porque não tinham filhos! Todo o imenso trabalho que tivera, tantas noites sem dormir, todos os dias de sua vida desperdiçados pelo medo, pelo mau cheiro de Martin, por seu consentimento interminável, pelas mentiras intermináveis, por tanto se retorcer na cama com Martin, tremendo constantemente, as marcas nas axilas do vestido de seda denunciando o suor do medo, as mãos peludas do dentista, o verniz viscoso dos olhos de Linda depois daquela noite, as luzes, as botas dos soldados: ela teria perdoado tudo, esquecido tudo, por um só dia com Hans no parque de Talim. Por isso cuidava da pele, lavava o rosto com sabonete Papoula Vermelha, lembrava-se várias vezes ao dia de passar nas mãos gordura de ganso. Para não parecer uma mulher do campo. Eles não seriam interrogados nem sequer uma vez, seriam deixados em paz, mas isso não importava para Hans. Tudo o que ela pedia era que passassem um pequeno momento juntos no parque. Ela o alimentava e o vestia e esquentava a água do banho para ele, conseguira um cachorro novo que o protegesse, levava jornais para ele, levava pão, manteiga, leite, costurava meias, conseguia remédios e bebida para ele, escrevia cartas, fazia tudo para que ele fosse feliz. E Hans perguntara ao menos uma vez como ela estava? Alguma vez se preocupara com ela? Ela estava pronta para começar de novo, deixar tudo para trás, esquecer da vergonha a que se submetera pelo bem dele. E o que ele tinha feito? Tinha mentido!

Hans nunca tivera a intenção de passear com Aliide pelos parques de Talim.

E também havia aquelas cartas...

Hans estava inconsciente. Aliide pressionou o pé contra o ombro dele, mas ele não se moveu.

Foi verificar como estava Martin. Permanecia na mesma posição de antes. Não podia ter acordado nesse meio-tempo. Aliide deixara um balde vazio do lado das botas dele para o caso de ele acordar — o ruído a alertaria. O balde estava exatamente na mesma posição de antes, a um palmo da banheira.

Aliide voltou para a cozinha e checou o estado de Hans. Pegou a cigarreira de seu bolso — com os três leões já desbotados — e acendeu um dos *paperossis* enrolados à mão. O ar inundou os pulmões dela e a fumaça a fez tossir, mas a situação parecia mais clara.

Lavou as mãos.

Jogou fora a água vermelha.

Tomou um pouco de valeriana, sentou-se e fumou outro cigarro.

Foi até onde Hans estava.

Pegou no armário um remédio que preparara para evitar pesadelos e despejou-o na boca de Hans.

Ele acordou tossindo e cuspindo, derramando pelo chão parte do conteúdo da garrafa.

— Com isso você vai se sentir melhor — sussurrou Aliide.

Ele abriu os olhos, olhou através de Aliide, e engoliu.

Ela segurou a cabeça dele nos braços e esperou.

Depois foi buscar uma corda, amarrou as mãos e as pernas dele e o arrastou para dentro do quartinho secreto. Jogou o diário junto dele, tirou a caneca de Ingel da prateleira e guardou-a no bolso do avental.

Pôs um lençol em cima dele.

Deu-lhe um beijo na boca.

Fechou a porta.

Selou a porta com cola.

Bloqueou as entradas de ar.

Empurrou o armário para a frente da porta e foi limpar o sangue do chão da cozinha.

17 De agosto de 1950

Para a Estônia Livre!

Mas e se o irmão de Martin estivesse dizendo a verdade? Como Liide vai se virar aqui com Martin quando Ingel e eu tivermos partido? Ela pode acabar se dando mal, e eu com certeza não desejaria isso. Será que ela sabe que se as histórias do irmão forem verdadeiras, Martin pode sofrer um destino tão terrível quanto o do irmão? E ela também. Tentei perguntar se Martin contou a ela alguma coisa sobre o irmão. Ela deve ter pensado que eu estava louco por fazer uma pergunta como essa. Acredita em tudo o que Martin diz. Supostamente ele está tão apaixonado por ela que jamais mentiria.

Eu pedi conselhos a Ingel quando ela esteve aqui, mas ela apenas balançou a cabeça, não conseguia dizer nada, ou talvez não quisesse. Eu disse a ela que existiam outras razões para que Liide não me deixe entrar no quarto dela, além do fato de ser longe demais do porão para eu conseguir escapar caso alguém entre. Eu espiei lá dentro uma vez. Pelmi começou a latir, e Liide me mandou ir direto para o sótão e saiu para o jardim: um vendedor se aproximava da casa. Mas eu fui espiar o quarto dela e vi um prato de bolo em cima da pia. Era igual ao que Theodor Kruus tinha — eu lembrava bem porque ele se orgulhava tanto. Andei até lá para conferir e vi um par de brincos do lado do prato:

pedras preciosas com acabamento em ouro. E também havia um espelho, tão grande quanto uma janela.

Minha cabeça dói o tempo inteiro — às vezes parece que vai se partir em duas. Ingel me trouxe remédio para enxaqueca. Ainda resta meia barrica de carne salgada e um pouco de água no cantil. Ingel sempre me traz mais, mas Aliide não.

Hans Pekk, filho de Eerik, camponês estoniano

1992
Läänemaa, Estônia

O belo bosque estoniano de Aliide

Zara acabara de pegar o coador quando ouviu o carro se aproximando. Correu até a janela e fechou as cortinas. A careca de Pasha apareceu, tendo ao lado a cabeça de Lavrenti, mais lenta, quase relutante. Aliide parou no meio do jardim, inclinada sobre a bengala. Ajustou o nó do cachecol embaixo do queixo e jogou os ombros para trás.

Não havia tempo para pensar. Zara correu para o quarto dos fundos e tentou abrir a janela, pendurando-se às trancas de ferro emperradas. Batalhou com a alavanca e a janela se abriu de repente. Uma aranha escapou de trás do papel de parede roto e descolado. Zara abriu também a janela externa. Uma teia de aranha se desmanchou, e moscas mortas oscilaram entre as janelas. A noite e o canto dos grilos a saudou. A foto da avó. Ela tinha esquecido. Foi correndo até a cozinha. A foto não estava sobre a mesa. Onde Aliide poderia tê-la guardado? Não: ela nunca conseguiria adivinhar onde estava. Voltou ao outro quarto e pulou pela janela no canteiro de peônias. Algumas hastes se quebraram, por sorte não muitas. Talvez Lavrenti não notasse. Zara jogou as cortinas rendadas de volta para dentro da casa, fechou as janelas e correu para o jardim, passando pelas macieiras, pela colmeia, pelas ameixeiras. Suas pernas já sentiam a corrida. Um pé descalço afundou num buraco de toupeira. Devia seguir pelo mesmo caminho de antes, passando pelos salgueiros, ou seria melhor atravessar diretamente os campos?

Encolheu-se num canto de onde dava para ver o jardim da frente. A BMW de Pasha estava parada diante do portão, mas ela não via nem ouvia ninguém. Aonde teriam ido? Com certeza Lavrenti apareceria a qualquer momento para inspecionar o jardim. Agarrou-se à cerca e saltou por cima dela, fazendo o metal ranger. Parou onde estava, mas não ouviu nada. Dava para divisar as marcas de pneu do carro de Pasha na estrada do outro lado da cerca. Rastejou em direção à casa, pronta para correr a qualquer momento, e ao chegar perto o bastante espiou por trás das bétulas e da cerca: à luz amarela da cozinha, Aliide fatiava um pão. Então Aliide tirou alguns pratos da estante e levou à mesa, virou-se para o armário, mexeu lá dentro e voltou para a mesa com uma lata de leite — dos tempos estonianos, como Aliide dissera. Pasha continuou falando e comendo alguma coisa, maçã em conserva, a julgar pela cor do pote. Lavrenti olhou para o teto e brincou ao expelir a fumaça do cigarro, soprando ora para cima ora para baixo. O olhar no rosto de Aliide era tão comum que Zara não conseguia interpretá-lo: era como se os netos tivessem ido visitá-la e ela lhes oferecesse um sanduíche, como uma boa avó. Aliide riu, e Pasha também, compartilhando a piada. Depois ele perguntou alguma coisa e ela foi buscar uma cesta na despensa. Na cesta havia ferramentas. Parecia impossível, mas Pasha começou a consertar a geladeira!

Zara agarrou-se ao tronco da bétula para não cair: sua cabeça parecia girar. Aliide pretendia entregá-la? Era isso aquela pequena encenação? Pretendia vender Zara para eles? Pasha teria lhe dado dinheiro? Sobre o que estariam conversando? Ou Aliide estaria apenas brincando para ganhar tempo, o tempo que levaria para decidir? Ela tinha que fugir, mas não conseguia. Os grilos cantavam e a noite avançava, bichos corriam pela grama e as luzes se acendiam em casas distantes. Ouviu-se um farfalhar vindo de um canto do celeiro, um farfalhar que se aproximou da pele dela. Sua pele farfalhava, e um portão quebrado rangeu com cansaço em sua mente. O que Aliide faria?

Depois da interminável refeição e do conserto da geladeira, Pasha levantou-se e Lavrenti o seguiu. Pareciam estar se despedindo de Aliide. A luz do jardim se acendeu e a porta da frente se abriu. Os três saíram, mas Aliide se deteve antes dos degraus. Os homens acenderam cigarros, e Pasha ficou olhando para a floresta enquanto Lavrenti caminhava até os canteiros de flores. Zara recuou para a sombra.

— A senhora tem árvores muito bonitas.

— Não são bonitas? É um bosque estoniano. O meu bosque.

Pum.

O corpo de Pasha caiu ao pé dos degraus.

Outro baque.

Lavrenti desabou no chão.

Aliide havia atirado na cabeça dos dois.

Zara fechou os olhos, depois voltou a abri-los. Aliide examinava os bolsos dos homens, tirando as armas, as carteiras e um pequeno pacote.

Zara sabia que era um maço de dólares.

As botas de Lavrenti ainda brilhavam. Botas de um soldado.

Foi só quando ouviu um choque de madeira e vidro que Zara lembrou que trouxera um objeto do quartinho. Estava apertando o tronco forte demais, e cacos de vidro caíram de seu bolso. Não era um espelho, embora ela tivesse pensado isso quando o viu. Era um porta-retratos. Não dava para ver bem à luz do luar, mas entre os cacos havia a foto de um jovem de uniforme militar. Quase não dava para decifrar a anotação no verso: Hans Pekk, 6 de agosto de 1929.

O porta-retratos estava guardado no meio do caderno que encontrara. Limpou com cuidado os pedaços de vidro e leu no caderno o mesmo nome: Hans Pekk.

15 DE AGOSTO DE 1950

Para a Estônia Livre!

Eu me pergunto se é por isso que Martin ainda está aqui no campo. Por que está aqui se tem uma relação tão boa com o partido? A essa altura já não deveria ser algum figurão em Talim? Essa é a impressão que Liide me transmite, pelo menos, que todas essas pessoas já têm cargos importantes. Liide não se questiona nem um pouco sobre isso? Ou eles estarão indo a Talim e Liide não quer me contar? Vou tentar perguntar de novo sobre o irmão de Martin, mas ela sempre age de um jeito estranho quando eu pergunto sobre Martin. Fica toda ofendida, age como se eu a estivesse acusando de alguma maldade. É difícil conversar com ela.

Arenque salgado me dá sede. Queria ter um pouco da cerveja de Ingel.

Aqui não sei quando é dia e quando é noite. Sinto falta do nascer do sol nos campos. Ouço os pássaros saltitando pelo telhado e sinto falta das minhas garotas.

Não sei se ainda me resta algum amigo vivo.

Hans Pekk, filho de Eerik, camponês estoniano

1992
LÄÄNEMAA, ESTÔNIA

Aliide embala o livro de receitas e se prepara para dormir

As luzes traseiras recuavam à distância. A garota tinha tanta pressa que fora fácil colocá-la dentro do táxi, embora ela continuasse murmurando algo. Aliide a fez lembrar que a qualquer momento alguém poderia aparecer procurando Pasha e Lavrenti: a necessidade de se apressar era mais urgente que nunca. Seria melhor que ela chegasse ao porto antes que qualquer pessoa se perguntasse onde estavam aqueles homens.

Se a garota conseguisse chegar em casa, diria a Ingel que a terra que ela perdera muitos anos antes estava lá esperando por ela. Ingel e Linda podiam reivindicar a cidadania estoniana, podiam até conseguir uma pensão e, uma vez que tirassem o passaporte, podiam recuperar a propriedade da terra. Ingel estava voltando, e Aliide não podia fazer nada para impedir. E por que a garota não sobreviveria? Elas haviam encontrado seu passaporte no bolso de Pasha, e o maço de dólares podia pagar muito mais que um táxi para Talim, podia pagar a expedição de um visto, para que ela não tivesse que achar um caminhão onde se esconder quando estivesse no porto. Os olhos da garota estavam arregalados, como os de um cavalo arisco, mas ela ficaria bem. O taxista recebera um bolo tão grosso de notas que não faria nenhuma pergunta durante a viagem.

Como era uma descendente de Ingel e Linda, Zara também podia tirar um passaporte estoniano. Nunca mais precisaria voltar à Rússia. Aliide deveria ter-lhe dito isso? Talvez. Talvez ela se desse conta disso por si própria.

Aliide voltou a entrar na casa e buscou um papel e uma caneta. Escreveria uma carta para Ingel. Diria que ela podia conseguir no cartório todos os documentos de que precisasse para voltar, que ela e Linda podiam se mudar para a casa quando quisessem. Diria que a despensa estava cheia de geleias e conservas, feitas de acordo com as velhas receitas da família. No final das contas, ela havia adquirido bastante habilidade na cozinha, mesmo que Ingel nunca tivesse confiado nela. Até havia recebido elogios por isso.

Podia ver as botas de Pasha e Lavrenti do outro lado da porta.

Os meninos já estariam indo até ali, os que cantavam as músicas? Já saberiam que Aliide estava de novo sozinha?

Os filhos de Aino poderiam conseguir para ela um pouco de gasolina. Ela lhes daria todas as bebidas do armário e qualquer coisa da casa que eles quisessem. Que levassem tudo.

Colocou o caderno de receitas dentro do envelope junto com a carta.

Mandaria a carta no dia seguinte, depois pegaria a gasolina e a derramaria por toda a casa. Em seguida, teria que arrancar as tábuas do piso do quartinho — seria difícil, mas ela conseguiria. Depois se deitaria ao lado de Hans. Em sua própria casa, ao lado de seu Hans. Conseguiria executar tudo antes que os meninos aparecessem, ou eles planejavam fazer naquela noite o que quer que estivessem planejando?

Parte Cinco

25 DE AGOSTO DE 1950

Para a Estônia Livre!

Quando estava na floresta, conheci um homem. Era o irmão do marido de Liide, o irmão de Martin. Estava muito confuso. Um comunista. Eu o estrangulei.

Antes, ele disse que tinha ido a Nova York com Hans Pöögelmann. Eles tinham organizado os comunistas de lá e publicado o jornal *Novo Mundo*. Eram homens desse tipo. Era um pouco difícil entender o sentido de suas histórias; a cabeça rodava tanto que ele apenas gaguejava, e às vezes parava totalmente de falar, cuspindo saliva. No começo pensei que fosse algum animal selvagem revirando meu esconderijo. É claro que ele não sabia que era meu esconderijo. Seu pé ficou preso na minha armadilha de arame, e foi assim que eu percebi que havia alguma coisa ali. Não fui olhar de imediato. Esperei que a noite baixasse e fui ver se havia rastros. Ele havia comido mirtilos ali perto, e não como os animais comem. Foi assim que eu soube que era uma pessoa. Mas ele conseguiu se manter tão em silêncio que eu não vi nada até ele me segurar pelas pernas. Era um animal, tinha olhos de animal, mas não era muito forte, e rapidamente eu o rendi, sentei em cima do peito dele e perguntei quem era. De início ele gritou, e eu tive que tampar sua boca com a mão, mas depois se acalmou. Eu tinha um pouco de corda comigo e amarrei seus punhos só por precaução. Ele não portava nenhuma arma, foi a primeira coisa que eu verifiquei. Consegui descobrir que o nome dele era Konstantin Truu. Perguntei se era parente de Martin Truu. Era. Não contei que isso significava que nós éramos familiares, porque desse jeito eu reconheceria que tinha um parente comunista. Disse apenas que Martin Truu era conhecido no vilarejo, e Konstantin adorou saber disso — ou talvez estivesse com medo, era difícil julgar por seu comportamento. Ele ficou bastante excitado pelo menos. Começou a falar de um grande mal-entendido que devia ser informado a Stalin. Suspeitei que aquele gago fosse um falsário. Você encontra todo tipo de pessoas pouco confiáveis correndo pela floresta. Ele pediu ajuda, pediu um pouco de comida. Provavelmente era um desses frescos da cidade que não conseguem sobreviver na floresta — a NKVD manda qualquer pessoa caçar os rapazes estonianos. Mas eu ouvi a história até o fim, para descobrir alguma coisa sobre o marido de Liide. Talvez esse Konstantin fosse na verdade um agente e tivesse ficado louco na floresta. Talvez algum vestígio de verdade pudesse escapar de sua boca.

Ele veio dos Estados Unidos com Pöögelmann e foi até a Rússia para trabalhar com os soviéticos. Depois voltou à Estônia com um amigo, e na fronteira o amigo levou um tiro, mas Konstantin conseguiu chegar a Talim. Tentou se juntar aos comunistas de lá, mas eles resolveram mandá-lo para a Sibéria. Por isso ele fugiu e se embrenhou na floresta. Não sabia que ano era, só queria avisar Stalin do mal-entendido que havia acontecido. Foi então que eu o estrangulei. Ele tinha me visto vivo quando supostamente eu estava morto.

Vasculhei os bolsos dele e encontrei algumas cartas. Cartas que Martin mandara para ele quando estava em Nova York. Levei as cartas comigo e li. Planejava entregá-las a Liide, mas não o fiz. Não há motivo para assustá-la ainda mais. Escondi as cartas embaixo das tábuas do piso no mesmo lugar em que guardo este diário. Não seria bom que alguém as encontrasse. Cartas como essas podem mandá-lo para a Sibéria, mesmo que tenham sido escritas nos anos 1930. Eu me pergunto o que Martin teve que fazer para não ser mandado para lá. Será que sabe que o irmão voltou para a Estônia?

Hans Pekk, filho de Eerik, camponês estoniano

1946

ESTÔNIA OCIDENTAL

Ultrassecreto

Ext. nº 2

Relatório de atividades sobre o agente subversivo TRUU, Martin, filho de Albert, República Socialista Soviética da Estônia.

TRUU, Martin, filho de Albert, nascido em 1910 em Narva, Estônia, estudante universitário. Subversivo desde 1944.

TRUU, Konstantin, filho de Albert, nascido em 1899 em Narva, Estônia, estudante universitário. Localização desconhecida.

O agente "Corvo" infiltrou-se na organização criminosa subversiva de espiões conhecida como Futuro e descobriu que o criminoso Martin TRUU estava escondido na casa da cidadã Milja MÄGISTE. De acordo com informações fornecidas pelo agente "Corvo", o círculo espião subversivo estava em constante contato com agências estrangeiras de inteligência. O irmão do criminoso Martin TRUU, Konstantin TRUU, esteve em Nova York, e suspeita-se que Martin TRUU ainda tenha contatos lá. A atual localização de Konstantin TRUU é desconhecida. Enquanto estava em Nova York, ele tomou parte ativa no grupo de comunistas estonianos expatriados e editou o jornal *Novo Mundo*.

A prisão do criminoso Martin TRUU com a ajuda do agente "Corvo" é recomendada. Martin TRUU é considerado passível de reabilitação, desde que consinta em colaborar.

1946
ESTÔNIA OCIDENTAL

Ultrassecreto

Ext. nº 2

Relatório de atividades sobre a adequação de TRUU, Martin, para recrutamento como agente da República Socialista Soviética da Estônia.

Investigamos os interesses de Martin TRUU concernentes ao irmão, Konstantin TRUU, que presumivelmente vive nos Estados Unidos.

Também investigamos a confiabilidade de Martin TRUU, com a assistência dos agentes "Paul" e "Martelo". Martin TRUU ainda não demonstrou nenhum interesse em viajar para o exterior e não expressou qualquer opinião antissoviética.

Com o objetivo de determinar se Martin TRUU tem interesse em estabelecer laços criminais no exterior ou se de fato já é um agente da inteligência estadunidense, as seguintes operações foram empreendidas:

Arranjamos para que os agentes "Paul" e "Martelo" estabelecessem contato com Martin TRUU. O agente "Paul" disse a TRUU que ia a Moscou para ver a irmã, alegando que a irmã trabalhava na embaixada sueca. TRUU não mostrou qualquer interesse nessa visita. Mandamos de fato o agente "Paul" a Moscou e, quando ele retornou, encontrou novamente Martin TRUU e lhe contou a viagem em detalhes. TRUU continuou a não demonstrar nenhum interesse no que lhe era contado. A missão do agente "Paul" era deixar claro que mantinha contato ativo com a irmã, e por meio dos detalhes particulares insinuar a Martin TRUU que, por meio da mesma irmã, seria possível fazer conexões ilegais com o exterior. TRUU não mordeu a isca.

O agente "Paul" também conseguiu ser deixado sozinho no apartamento de Martin TRUU, mas não encontrou aparelhos de transmissão ou de filmagem. Nenhuma carta do irmão foi encontrada, embora houvesse um papel sobre a mesa com as iniciais A.V., que poderiam se referir a Vari Astra, a irmã da falecida esposa de Konstantin TRUU, que mora nos Estados Unidos.

Mais investigações são requeridas para determinar se o sujeito tem ambição de coletar informação confidencial em nome de algum poder estrangeiro. Se for esse o caso, ele será alimentado com desinformação "confidencial".

O sujeito está secretamente preocupado por ter um irmão vivendo no exterior ao mesmo tempo em que alega que o irmão está morto, embora haja evidência de que eles trocam correspondência. Esse contato ilegal faz de Martin TRUU um sujeito não confiável, mas o recrutamento e a reabilitação são recomendáveis. Devido a seus duradouros laços com atividades criminais, detém informações abundantes e valiosas para propósitos de identificação.

Uma investigação adicional é necessária para determinar se ele usa contatos ilegais para a correspondência.

Mais investigação também é necessária para saber se Martin TRUU tem entabulado contato com marinheiros que se dirijam ao exterior, por meio dos quais ele poderia mandar cartas ilegais para o irmão. O agente "Martelo" é recomendado para essa operação por suas relações confidenciais com Martin TRUU.

1946
ESTÔNIA OCIDENTAL

Ultrassecreto

Ext. nº 2

Relatório sobre investigação de atividades criminais antissoviéticas na República Socialista Soviética da Estônia.

Como um grande número de criminosos antissoviéticos sob investigação se evadiu do país, eles estão sendo monitorados por meio de um serviço secreto de vigilância postal. Sem essa assistência não seríamos tão eficientes quanto necessário. A investigação da atividade criminal antissoviética é complicada pelo fato de os criminosos em questão operarem por meio de correspondência enviada a múltiplos endereços, possivelmente para proteger os parentes que vivem na República Socialista Soviética da Estônia. As cartas são então remetidas a partir desses falsos endereços para os parentes dos criminosos. Alguns dos criminosos em questão mantêm contato com seus parentes, sem intermediários, mas mandam cartas com os nomes de suas esposas.

Essas circunstâncias nos levaram a desenvolver novos métodos, que nos permitiram determinar as relações familiares e outros laços próximos de numerosos criminosos antissoviéticos. Por meio de operações executadas em parceria com a vigilância postal, também determinamos os nomes de solteira das esposas dos criminosos antissoviéticos, assim como os apelidos e os apodos carinhosos.

Embora tenhamos obtido resultados encorajadores, a investigação dos criminosos antissoviéticos ainda tem sérias lacunas. A identificação dos criminosos que, de acordo com nossas informações, vivem na União Soviética, mas sobre os quais não há mais dados, tem sido particularmente lenta.

É necessário coletar constante e ativamente informações de identificação.

O agente "X" provou-se adequado em operações relacionadas aos Estados Unidos, porque tem uma abundância de informações importantes para identificar expatriados antissoviéticos conectados com seu irmão, Konstantin TRUU.

Como criminosos sob investigação podem se esconder em lugares onde o controle empregatício é fraco, infiltramos alguns agentes em grandes áreas de construção e centros de indústria florestal. Seria melhor mandar o agente "X" para o

Colcoz Vitória, uma vez que, de acordo com nossas informações, vários antissoviéticos que retornaram dos Estados Unidos para a República Socialista Soviética da Estônia estão tentando se esconder lá.

1946
ESTÔNIA OCIDENTAL

Ultrassecreto

Ext. nº 2

Relatório sobre o progresso da investigação acerca das atividades criminais antissoviéticas na República Socialista Soviética da Estônia.

O agente "X" não fez nenhum progresso em situar os retornados dos Estados Unidos. Em vez disso, conseguiu estabelecer uma relação muito próxima com um indivíduo que, se possível, deve ser recrutado. O primo mais novo do indivíduo está na Suécia e aparentemente está tentando obter materiais antissoviéticos da República Socialista Soviética da Estônia para publicação pela imprensa norte-americana.

1946
ESTÔNIA OCIDENTAL

Ultrassecreto

Ext. nº 2

Relatório sobre a investigação de atividades nacionalistas subversivas na República Socialista Soviética da Estônia.

As tarefas mais ativas em liquidar operações de banditismo em Haapsalu e nas áreas subjacentes a Läänemaa, na Estônia Ocidental, serão delegadas ao agente "X". Bandidos nacionalistas iniciaram atividades em sua área, e esperamos criar uma rede de agentes para apreendê-los. O agente "X" nos garantiu que, se houvesse criminosos na área retornados dos Estados Unidos, ele já os teria identificado. Ele presume que tenham mudado de locação. Por essa razão, seus talentos serão mais bem aproveitados na missão de liquidar os bandidos nacionalistas.

1946
ESTÔNIA OCIDENTAL

Ultrassecreto

Ext. nº 2

Resumo de atividades na República Socialista Soviética da Estônia.

Em nossas atividades, demos ênfase à melhoria da colaboração com os agentes empregados e à construção de ferramentas para suprir nossos aparatos com novos recrutas. A intenção é recrutar indivíduos que conheçam bem os locais e tenham potencial de identificar os que estão dispostos a informar. Agentes que têm familiaridade com a área também podem nos informar de imediato sobre indivíduos novos na região que representem algum perigo.

Como resultado desse reforço no trabalho dos agentes, começamos a receber mais evidências concernentes à presença de indivíduos suspeitos na área. Ao longo do último mês recebemos mais de uma dezena de indicações desse tipo, e ao longo do último ano chegamos a sessenta.

Para além dos expatriados que retornam, indivíduos que têm parentes ou outros contatos próximos no exterior e indivíduos que foram previamente acusados de atividades antirrevolucionárias estão particularmente propensos a transmitir informação, de acordo com a análise de nossos operativos. Também é prudente ficar atento aos jovens de grupos politicamente pouco confiáveis.

Dos antissoviéticos identificados, seis foram presos – entre esses, quatro estavam escondidos e dois estavam armados. Um foi morto em trabalho conjunto com a Tcheka.

Ao longo de um ano, cidadãos soviéticos forneceram 120 depoimentos, nove dos quais foram anônimos. Os depoimentos eram do seguinte tipo: depoimentos concernentes a indivíduos hostis ou suspeitos da República Socialista Soviética da Estônia, depoimentos concernentes a opiniões dos elementos hostis expressas em áreas hostis e depoimentos concernentes a criminosos antissoviéticos escondidos.

Todos os depoimentos foram cuidadosamente examinados e investigados. Os métodos de investigação dos fatos revelados nos depoimentos foram desenvolvidos rapidamente para prevenir que tais indivíduos traíssem a pátria.

1946
ESTÔNIA OCIDENTAL

Ultrassecreto

Ext. nº 2

Relatório sobre o depoimento de KOSE, Eha, filha de Matti.

KOSE, Eha, filha de Matti. Nascida em 1918. Estoniana. Residente em Haapsalu.

Em 1º de março, recebemos um depoimento da cidadã Eha KOSE, filha de Matti.

Em seu depoimento ela declarava que seu ex-noivo, Hans PEKK, filho de Eerik, era membro ativo da liga de autodefesa Omakaitse e expressou opiniões antissoviéticas durante a ocupação alemã. Depois da dissolução do noivado, Eha KOSE encontrou o ex-noivo apenas uma vez, ocasião na qual ele lhe confidenciou suas opiniões antissoviéticas. Entre outras afirmações, Hans PEKK deu a entender que a única coisa que estava sendo construída na Sibéria eram prisões. Eha KOSE e Hans PEKK romperam contato depois de ele se comprometer com Ingel TAMM, filha de Richard. Em seguida, Hans PEKK casou-se com Ingel TAMM e foi declarado morto em 1945.

Com base nessas declarações, muitas testemunhas foram questionadas e confirmaram que Hans PEKK pertenceu à organização supramencionada. Uma testemunha, Anton TOOMINGAS, relatou que uma pessoa parecida com Hans PEKK participou de atividades terroristas em 1945. TOOMINGAS disse ter ouvido que um homem semelhante a Hans PEKK fez parte de um grupo criminoso que assaltou membros do comitê executivo. Durante essa batalha, um bandido não identificado atirou com uma pistola e matou o diretor do comitê executivo, Jaani SIREL. O mesmo grupo pode ter participado do roubo de um caminhão da fábrica de manteiga Uue-Antsla na província de Vöru, no sudeste da Estônia. Contudo, não houve relato sobre ninguém que se parecesse com Hans PEKK em Vöru.

Para elucidar as atividades de PEKK durante a ocupação alemã, estabeleceu-se uma unidade de operações para cuidar da questão. Entre suas tarefas estava a investigação de sua suposta morte e a busca por testemunhas que pudessem fornecer informações sobre sua possível participação no assassinato de cidadãos soviéticos.

1946
ESTÔNIA OCIDENTAL

Ultrassecreto

Ext. nº 2

Relatório sobre as atividades do agente "X", República Socialista Soviética da Estônia.

De acordo com o testemunho do agente "Jootii", as atividades do agente "X" no Colcoz Vitória foram exemplares, e não há motivo para questionar sua adequação à categoria de agentes recrutados dentre pessoas legalizadas. O agente "X" recrutou dois novos agentes – "Helmar" e "Groselha" – do círculo interno dos nacionalistas subversivos, isto é, dos Irmãos da Floresta (um grupo que inclui Jaan SOOP, entre outros). "Helmar" tem uma relação próxima com Vambola LAURI, que auxiliou no fornecimento de alimentos para os subversivos nacionalistas. LAURI informou a "Helmar" que tem armas escondidas no jardim, mas não forneceu a localização exata.

É recomendado que o agente "X" receba 200 rublos para dar ao agente "Helmar". "Helmar" e "Groselha" não conhecem a localização dos nacionalistas em suas proximidades e ainda não visitaram as casas de seus familiares. "Helmar" especula que vai poder organizar uma reunião com o nacionalista Jaan SOOP com o pretexto de lhe oferecer assistência financeira.

1947
ESTÔNIA OCIDENTAL

Ultrassecreto

Ext. nº 2

Relatório sobre as atividades do agente "X" na eliminação dos nacionalistas subversivos na República Socialista Soviética da Estônia.

PEKK, Ingel, filha de Richard. Nascida em 1920. Estoniana. Casada com o criminoso Hans PEKK, filho de Eerik.

TAMM, Aliide, filha de Richard. Nascida em 1925. Estoniana. Irmã de PEKK, Ingel, filha de Richard.

De acordo com o testemunho do agente "X", o agente "Helmar" obteve sucesso na reunião com o nacionalista subversivo Jaan SOOP na floresta. SOOP pretende sair da floresta e se esconder no celeiro de Vambola LAURI para passar o inverno. Não há informação sobre a localização do bunker de SOOP na floresta. O agente "Helmar" relata, entretanto, que no caminhc viu Hans PEKK, que havia sido declarado morto. Tem quase certeza de que era PEKK. Ao encontrar SOOP, o agente "Helmar" perguntou se ele trazia um guarda-costas. O nacionalista SOOP negou e demonstrou surpresa. O agente "Helmar" disse ter visto um homem muito parecido com Hans PEKK no caminho, diante do que o bandido SOOP expressou surpresa ainda mais efusiva. SOOP disse que PEKK estava morto e que tinha certeza desse fato. O agente "Helmar" não acreditou nele.

Ingel PEKK e Aliide TAMM, membros da família de Hans PEKK, se apresentarão para novos interrogatórios. Os interrogatórios anteriores não produziram resultado.

1947
ESTÔNIA OCIDENTAL

Ultrassecreto

Ext. nº 2

Relatório sobre o interrogatório de TAMM, Aliide, filha de Richard.

Os agentes "X", "Corvo" e "Raposa" realizaram o interrogatório de Aliide TAMM depois que ela foi presa por fornecer alimentos aos bandidos. A suspeita negou ter cometido esse ato ilícito e manteve sua posição. Também declarou acreditar que Hans PEKK está morto desde 1945. Não forneceu nenhuma informação que ajude na apreensão do nacionalista Hans PEKK. Os agentes "X", "Corvo" e "Raposa" a conhecem há um longo tempo, mas não têm certeza se ela estava mentindo ou não.

1947
ESTÔNIA OCIDENTAL

Ultrassecreto

Ext. nº 2

Relatório sobre as atividades para eliminação do nacionalista PEKK, Hans, filho de Eerik.

PEKK, Hans, filho de Eerik, nascido em 1913 em Lihula. Antigo membro da organização Omakaitse. Entrou para a clandestinidade em 1943. Colaborou durante a ocupação alemã. Foi declarado morto em 1945.

De acordo com o agente "X", o vilarejo inteiro parece acreditar que o nacionalista Hans PEKK foi assassinado em 1945. O nacionalista RISTLA, Hendrik, testemunha do assassinato, foi morto no início deste ano. Não há mais testemunhas. De acordo com o depoimento de RISTLA, ele e Hans

PEKK, depois de anos no fronte, estavam voltando para casa de charrete quando foram atacados em uma estrada florestal. Hans PEKK levou um tiro e morreu, mas RISTLA ficou apenas ferido e conseguiu escapar. De acordo com RISTLA, foi uma tentativa de roubo. Quando habitantes do vilarejo foram até o local no dia seguinte encontraram uma carroça vazia, mas nenhum sinal do corpo de PEKK. O cavalo também desaparecera. RISTLA declarou não ter reconhecido os homens que os atacaram. Crimes semelhantes ocorreram antes na província, e por essa razão os habitantes locais não consideraram improvável o acontecimento. RISTLA falou abertamente sobre a ocorrência e a história não demonstrou inconsistências com o passar do tempo.

RISTLA já havia sido interrogado antes, mas não sobre a morte de PEKK.

Durante a ocupação alemã, RISTLA foi um ativista em favor dos alemães e depois da ocupação continuou comprometido com uma série de atos contrarrevolucionários em oposição ao país. Embora tenhamos tentado impedir que traísse a pátria, não obtivemos sucesso: RISTLA deu continuidade a suas atividades terroristas ilegais até a morte.

O bandido Jaan SOOP foi preso com base na informação fornecida pelo agente "Helmar". Em seu interrogatório, SOOP confessou ter mantido contato com Hans PEKK quando estava escondido na floresta. SOOP disse que PEKK havia disseminado opiniões antissoviéticas e roubado dinheiro para dar aos camponeses. Além disso, PEKK ameaçou usar sua pistola para matar a sangue-frio todo e qualquer comunista, se tivesse oportunidade. Nossa informação indica que Hans PEKK também tinha um rifle.

A mulher do bandido PEKK, Ingel PEKK, e sua cunhada, Aliide TAMM, foram trazidas para interrogatórios três vezes, mas negaram repetidamente qualquer conhecimento sobre as atividades de PEKK e não acreditam que ele esteja vivo. Linda PEKK, a filha de Hans PEKK e Ingel PEKK, também foi trazida para questionamento, mas a informação fornecida por ela não difere das de Ingel PEKK e Aliide TAMM.

O agente "X" não verificou, contudo, se as mulheres estavam dizendo a verdade. De acordo com o agente "X", o agente "Helmar" tem certeza de que Ingel PEKK e Aliide TAMM deram cobertura aos criminosos. "Helmar" ganhou intimidade com Peeter KUUM, que colaborava com Jaan SOOP, que disse a KUUM que ele precisava de ajuda médica para alguém que estava na floresta. Peeter KUUM o encorajou a ir à casa de Aliide TAMM e prometeu que também sairia de lá de barriga cheia.

Recomenda-se uma vigília de 24 horas na casa de Ingel PEKK e Aliide TAMM. Quaisquer mulheres que visitem a casa também devem ser investigadas. Alguns dos criminosos vão às casas vestidos de mulheres.

1948
ESTÔNIA OCIDENTAL

Ultrassecreto

Ext. nº 2

Relatório sobre as atividades do agente "X" para eliminação dos nacionalistas clandestinos na República Socialista Soviética da Estônia.

O agente "X" obteve sucesso em estabelecer um laço íntimo com um membro da família de Hans PEKK – que se acredita ainda esteja vivo – e a recomendou como recruta. O recrutamento foi realizado pelo agente "Martelo". O agente "X" sentiu que não devia realizar o recrutamento ele próprio, por seu vínculo tão próximo com a sujeita, isto é, a agente "Mosca". O agente "X" também será mais capaz de observar os métodos da agente "Mosca" se ela não tiver conhecimento de sua tarefa ou da natureza de sua missão. O agente "Martelo" vai servir de ligação com a agente "Mosca".

Sabe-se que a agente "Mosca" teve relações próximas com os alemães durante a ocupação. Soldados alemães costumavam frequentar sua casa. De acordo com o agente "X", contudo, ela não tinha interesse em colaborar com os alemães e não tentou manter contato com eles após a ocupação. Por esse motivo, ela foi, na avaliação do agente "X", uma excelente escolha para essa operação, porque estamos tentando localizar indivíduos que colaboram com os alemães. Alguns deles foram recrutados para servir de espiões para os alemães. Pela proximidade de sua casa com a floresta e por seus vínculos familiares, a agente "Mosca" também tem conhecimento das atividades dos nacionalistas. Por seu emprego como inspetora de taxas, ela também tem acesso ativo às casas locais, podendo se valer de uma excelente posição para detectar atividades suspeitas.

A agente "Mosca" observou particularmente de perto as vidas de Ingel PEKK e Linda PEKK, por mais de um ano, e tem certeza de que o bandido PEKK está morto, mas também relata que sua mulher, Ingel PEKK, vem estocando material nacionalista (uma bandeira estoniana, jornais, livros) em sua casa e tem ajudado os bandidos, fornecendo comida fresca e conservas para serem utilizadas na floresta. Linda PEKK mostrou interesse em organizações nacionalistas juvenis. Ingel PEKK desempenhou por muitos anos atividades de traição.

Como colaboradora de criminosos nacionalistas, recomenda-se que Ingel PEKK seja levada presa.

1949

ESTÔNIA OCIDENTAL

Ultrassecreto

Ext. nº 2

Relatório de progresso da missão de eliminar o nacionalista PEKK, Hans, filho de Eerik.

Depois da prisão de Ingel PEKK – mulher ou viúva de Hans PEKK – e de sua filha, Linda PEKK, mais nenhum sinal concernente a Hans PEKK foi recebido. A agente "Mosca" estudou os modos e as atitudes dos parentes de PEKK, mas não há indicação de que alguém saiba algo a respeito. Contudo, a agente "Mosca" vem monitorando Asta KALVET, que colaborou com Linda PEKK na organização de uma juventude nacionalista. É um grupo incomum, pois os jovens em questão são mulheres. Em nossa experiência, atividades de traição similares em geral só foram encontradas entre rapazes politicamente não confiáveis. Necessita-se de mais pesquisa para determinar se essa é uma área crescente de preocupação ou simplesmente um caso excepcional. Asta KALVET será trazida para interrogatório.

Esperávamos que, uma vez que Ingel PEKK e Linda PEKK já não fossem capazes de providenciar comida ou dar outra assistência a Hans PEKK – que presumimos que ainda esteja vivo –, ele desejaria se reabilitar ou participaria de atos visíveis de terrorismo, roubo etc. Isso, no entanto, não aconteceu.

1950
ESTÔNIA OCIDENTAL

Ultrassecreto

Ext. nº 2

Relatório de progresso sobre a missão de eliminar o nacionalista PEKK, Hans, filho de Eerik.

A agente "Mosca" coletou evidências de atividade nacionalista local. Investigamos cautelosamente a partir das evidências e tentamos monitorar sujeitos que disseminaram posições antissoviéticas.

A agente "Mosca" também providenciou uma lista de indivíduos aos quais Hans PEKK poderia recorrer para pedir ajuda. Não houve, contudo, sinais de que Hans PEKK o tenha feito. Fizemos contato com parentes e membros da família de Hans PEKK, convidando-os ao escritório, e dissemos que, se Hans PEKK entrar em contato com eles,

eles devem nos informar imediatamente a respeito. Também dissemos que Hans PEKK estaria apto para reabilitação, mas eles receberam essa sugestão com desconfiança.

1951
ESTÔNIA OCIDENTAL

Ultrassecreto

Ext. nº 2

Relatório sobre o término da missão de eliminação do nacionalista PEKK, Hans, filho de Eerik.

Segundo informações recebidas pela agente "Mosca", capturamos os nacionalistas Vello ARRO e Raimond HEIMAN. Recomenda-se a conclusão da missão de encontrar Hans PEKK. Não recebemos qualquer evidência suplementar que indicasse que Hans PEKK está vivo e que persista em suas atividades clandestinas. O agente "X" será transferido para outras operações destinadas à descoberta de atividades antissoviéticas. A agente "Mosca" continuará coletando evidências de nacionalismo.

5 de Outubro de 1951

Para a Estônia Livre!

Só mais uma noite aqui. Venho conversando com Ingel sobre partir à procura de Linda. Juntos a encontraremos, não importa quanto tempo demore.

Embora eu ainda não esteja livre, logo vou estar, e meu coração está tão leve quanto o de uma andorinha.

Em breve nós três estaremos juntos.

Hans Pekk, filho de Eerik, camponês estoniano

Este livro foi composto na tipologia Goudy Oldstyle Std,
em corpo 11,5/15,6, e impresso em papel off-white 80g/m^2
no Sistema Cameron da Divisão Gráfica
da Distribuidora Record.